U0127784

何斐——译

The
News Where
You Are

未知归处

Catherine O'Flynn

[英] 凯瑟琳·欧弗林　著

人民文学出版社

著作权合同登记:图字 01-2012-2921 号

图书在版编目(CIP)数据

未知归处/(英)欧弗林著;何斐译. —北京:
人民文学出版社,2012
ISBN 978-7-02-009174-4

Ⅰ.①未… Ⅱ.①欧… ②何… Ⅲ.①长篇小说-英
国-现代 Ⅳ.①I561.45

中国版本图书馆 CIP 数据核字(2012)第 082570 号

特约策划:邱小群
责任编辑:马爱农
封面设计:董红红

出版发行 人民文学出版社
社 址 北京市朝内大街 166 号
邮政编码 100705
网 址 http://www.rw-cn.com
印 制 山东新华印刷厂德州厂
经 销 全国新华书店等
字 数 195 千字
开 本 890×1240 毫米 1/32
印 张 9.75
印 数 1—10000
版 次 2012 年 7 月北京第 1 版
印 次 2012 年 7 月第 1 次印刷
书 号 978-7-02-009174-4
定 价 28.00 元

献给伊迪和彼得

序　言
二〇〇九年四月

这会儿，他不再佯装小跑了，而是沿着小路，慢慢走；一个皱巴巴的空袋子，在柏油路上被风吹得起起落落——就这样，他循着风的踪迹往前走，要是没有它们，他不知道自己会不会往前挪动脚步。

他步履沉重，运动服的弹力袖口磨得手腕痒痒的，看着自己的手背松弛的肌肉夹在亮红的聚酯纤维里，对比鲜明，荒诞可笑。好挫败的感觉啊！

米奇再次让他平息下来，他最终明白，米奇永远不会这么做。

踱步间，天色渐暗，忽觉大滴的雨点在身边小路上溅开。菲尔点了点头，雨，才是一直在不断失去的东西。

他听见有小车驶近。车开过时的速力，必定会把那个空袋子吹远，他不知道他还能跟着什么走。驾驶员正抄乡村近道，加快速度。菲尔轻轻地朝左边的篱笆走去。他自惭形秽——一个被雨水浸泡的、从头到脚穿着耐克的糟老头子。真他妈的！

小车渐渐靠近，并慢慢转向菲尔身侧的道路。菲尔朝着它的方向，习惯性地温和一笑。直至小车开到身边，他才意识到司机并未避闪。在最后几秒，挡风玻璃上天空的映像消失了，菲尔看到轮胎后那张熟悉的面孔，因为惊恐而苍白，且泪流满面。

1

六个月后

弗兰克的女儿坐在客座前排，一遍遍地哼着相同的调子。在高音部分开始前，她的调子忽而向上扬起，忽而急转直下。弗兰克开着车，直往城里去。

"莫，你在唱什么?"弗兰克问道。

"那是披头士的一首歌。说的是有一个人，总是问，自己什么时候会变老。"

"啊? 是那首《当我六十四岁时》吗?"

"对，就是那首……爸爸，你想知道点什么吗?"

"嗯，说吧。"

"我六十四岁时，就是我现在年龄的八倍，八八六十四。"

"没错。"

她看向车窗外，"百分之八百!"充满惊奇地摇摇头后，莫又开始哼起来了。

弗兰克皱了皱眉头，说:"但《当我六十四岁时》听起来不像你唱的这样啊。"

莫眉开眼笑地说:"这我知道！这个是我自己编的调子,比原来的好。"

"哦,你行啊。"弗兰克打断道。"跟原来的很不一样。歌词相同吗?"

"我不知道,我只是哼哼。"

"我知道,可按你的想象,歌词是一样的吗?"

"不一样,比原来的好。按我歌词里的人想象,到那时,有机器人,猫会说话,汽车会飞。"

"很奇怪的调子。"

"那正是他所想的,当他老的时候,音乐听起来就是那个样子。"

"噢,我知道了,这叫未来世界音乐。这样解释倒是行得通。"

莫接着又哼了另外几段,最后还是停了下来。弗兰克松了一口气。

"爸?"

"怎么啦?"

"你觉得奶奶爱听音乐吗?"

"像你这种的未来世界音乐,她应该不听。"

"不一定是我这种,我是说所有音乐。"

"嗯,她有时听。她房间里有个收音机。"

"我知道,不过那已布满灰尘。她应该听听音乐。我觉得这会让她少些难过。她可以听她小时候听过的那些。"

弗兰克沉默了一会儿。

"也许我可以给她一些老歌,她可以用我的耳机听。"

"有时,老歌让人伤感,它勾起人们对往事的回忆。"弗兰克对莫笑笑,说道。

"噢。"

弗兰克伸手拧了一下她的手。莫花了好多时间,想方设法让奶奶开心些。对莫而言,这是一项大工程。

"我们要走另外一条路去超市吗?"

"我想先让你看个东西。"

"好的。"

弗兰克打开收音机,接着,他们听到一部戏剧节目。弗兰克和莫会心一笑。

他把车停在后街一米处,然后和莫走到热闹街区。一座天桥横跨六个交通路口。两个人七拐八拐爬上混凝土台阶,来到桥顶,在高速公路交叉处停了下来。车流嘈杂,弗兰克只好弯下腰跟莫说话。风吹她的头发,飘到他脸上。

"还记得我告诉过你的有关我父亲的事吧。"

"你就说过他有一条狗!"莫兴奋地说。

"对啊,他小的时候,养过一条狗。你还记得我说过我父亲做什么工作吗?"

"记得,他是一名建筑师,建房子的。"

"看见了吗,那边那个镶深色玻璃的大楼?"

"看见了。"

"它叫伍斯特大厦,就是我的父亲设计的。"

"他住在里面吗?"

"没,他没住在那。我们住在一栋房子里。他建这座大厦是给别人工作用的。"

"有几层?"

"二十层。"

"有自动梯吗?"

"没有,有两个(升降)电梯。"

"我们可以上去吗?"

"不行。我们现在不能进去。"

"我们去看看可以吧?"

"我们现在就是去那儿啊。"

莫飞快地跑过天桥,而后停下来等她爸赶上她。伍斯特大厦实际比在桥上看过去远一点。这幢大楼被挤在其他建筑丛中,位于格鲁吉亚民居和停车场之间。伍斯特大厦是一座盛年时期的道格拉斯·H. 奥克罗夫及其拍档创作的经典建筑。这座一九七一年建的大楼,看起来坚硬粗糙,预制混凝土板建的外墙,全然没有装饰。尽管这座大厦高度上具有居高临下的防守性,并在卡尔顿大街和纽曼大道之间占据了很大一块地,俯视时,寥寥无几的乔治亚楼群依然处在中心位置。

他们接近地面时,莫注意到大楼外的周围绕了一圈的白木板。

"爸,这里怎么会有这么多木板呢?"

"防止有人拆房子。"

"他们要把它拆掉?"莫停住脚步问。

弗兰克点点头。"知道为什么今天要带你来这儿了吧。大楼很快就要消失了。"

"可是,他们为什么要把它拆掉? 难道是坏了?"

"哪里,坏倒没坏,还好着呢,只不过……他们不再需要它了。"

"可是老爸,有那么多人可以在这里工作。或者,用它来安置无家可归的人也很好啊,总好过睡在大街上,他们可以在桌子下睡觉,而且有电梯上上下下。"

"他们想在城里建新的住处,在这里工作的人需要套房,这座建筑不适合家居。父亲当时建这座大厦不是用来居住的,所以他们说要把它推倒另建。"

莫沉思良久。"这里面所有房子,全都要拆掉吗?"

"有些还会保留一段时间,像艾斯顿大厅。不过大部分都不会留下来。这好比人们穿衣服,你妈妈和我穿过的衣服,就不会留给你再穿,因为你穿起来不好看。有时建筑物也一样,因为跟不上时代了,所以再没人喜欢。"

弗兰克突然又觉得,说它不时尚其实不恰当。别人并不见得会把父亲的建筑同水磨牛仔或滑雪裤联系在一起。他们也许只是遗憾地摇摇头,对自己过时的品位自嘲地笑笑,但不会把想法强加给这个城市。除了建在爱得堡斯顿的家,父亲在这个城市建造的八座大楼中,仅有两座还保留了下来。几个星期后,就只剩下一幢了。

莫眯着眼看大楼,数了数窗户,末了,转身对弗兰克说:"爸,你不觉得吗,过时了的东西,有时还会回到潮流上来。就像妈妈说的,现在商店卖的衣服其实跟二十年前的一样。说不定,如果他们等一等,这座建筑会再次变成时尚建筑。"

弗兰克点点头说:"可能吧。人们对此意见不一,有人觉得这房子应该保留,有人却反对这么做……而且,反对的人最后赢了。"

"我不觉得这大楼不好看啊。"

弗兰克拿出相机。"不管怎么说,我先给你和你身后这房子拍张照片吧。以后无论有多少楼房在此起起落落,你都会知道这幢楼曾经存在,你和我,曾于某个上午,站在这里谈论过它。"

莫不喜欢冲着相机笑,她说那是因为她已经长大了,要严肃一点。完了她又说,"爸,这些房子被拆掉,你很难过吧?"

弗兰克抬起头看大楼顶层,想起自己还小的时候站在那儿向远处眺望的情景。"是啊,我挺难过的。"

莫抓着父亲的手。她看了看街上的其他房子,伍斯特大厦是唯一被木板圈起来的。"我也很难过。"

2

两天后。弗兰克听着耳麦里传来开播倒计时,拿起桌子底下的瓶装水,喝了一大口,时间最后剩下几秒时,他眉头微皱、神情专注地投入工作。在导播提示下,播音开始。

"现在报道一则非同寻常的求生经历。六十五岁的乔夫·普克斯在自己后花园发现一个三十英尺深的洞,颇为震惊。不小心掉下去后,这位来自佐韦郡的退休电工被一名出现得很及时的过路人救起。"弗兰克头朝一边歪了歪,好奇的表情带着一丝宽慰的微笑。"以上消息由斯科特·帕思特提供。"

节目还在继续。弗兰克的头有点痛,心想,真该在开播前先吃点东西。他想起火星酒吧,这念想整个下午都在桌边萦绕,心里满是向往和遗憾。转身看到茱莉亚裸露的手臂,妄想着要是狠狠地啃上一口,该多沁人心脾啊。一抬头,茱莉亚正盯着他。他轻轻摇了摇头,如从白日梦中醒来一般。他心神不定,左顾右盼,思绪缥缈而模糊,心里的失落,除了啃不上茱莉亚水灵灵的肌肉,似乎还有很多。末了,脸上挤出一丝黯淡的微笑。茱莉亚看起来还是那样,情绪低落。

"真是奇谈怪闻啊。这样的事居然也会发生,人怎么可能掉进洞里?"

制作人的声音从耳麦传来。"不讨论这些了,该工作了吧?"

"蹊跷之处不在于那个掉下去的男人,而是那个洞。那儿怎么会有个洞呢?它会不会继续变大,或者在别的花园敞开,说不定要把整个房子吞没呢?我觉得这才是人们感兴趣的。"

"可那不是我们这条新闻的焦点,以'不同寻常的求生经历'为招牌,和那个陌生人没什么相干,这则新闻价值何在?"

另一个声音切进来:"茱莉亚,轮到你了,五、四、三、二、一……"

茱莉亚介绍了一则有关酒吧的新闻,说的是沃尔汉普敦有一间酒吧,那儿做的牛排和肾脏馅饼在全国性比赛中表现突出。

弗兰克想,馅饼也许是一种不错的选择,再来点牛肉和黑啤酒。他知道家里没有这些,要的话只能去泰斯科,那可是郁闷无比的行程。他不止一次地幻想拥有一间酒吧,专门提供美味的食物。他想起"玫瑰皇冠",他们那儿的菜式主要有三种风格的冰比萨——七英寸,很酥脆,所以切不成块,比萨表面有一层神秘的酱,吃起来粘在嘴里,然后融化。弗兰克对食物没有太多渴求,但他认为,吃的东西至少对自己没坏处才好。

有关馅饼的话题差不多要告一段落了。弗兰克看了看呈现在他面前的其他链接,振作了一下。刚刚因为心猿意马,这会儿想要露出一丝调皮的微笑掩饰一下,可是来不及了,只好露齿傻笑了一下。

"能达到全国赛决赛水平的馅饼,可不是一般水平哦!"他转过身,嬉皮笑脸地对茱莉亚说。茱莉亚不屑地回瞪了他一眼。他收起一脸坏笑,说:"不过说真的,Bull's Head① 不错,祝你晚上好运!"

新闻简报播完,他向茱莉亚道歉:"你知道的,我不是有意要开那样的玩笑。"

"行了,我倒是希望你他妈的没那么做,毫无幽默可言,那根本不能算是玩笑。对于你刚才开的完全没意义的所谓玩笑,我应该作什么反应才是呢? 如果我笑,我看起来就像神经病;如果我不笑,又好像我很讨厌你似的。"

"一个爱怜的微笑即可,观众能懂。"

"虽说只是一个微笑,但不容易做到,真的。"

"试一试,就把它当成一种病,我就是这么做的。"

茱莉亚摇摇头,拿上外套,说了声"明天见"。

门在她身后关上,留下弗兰克一个人在那儿犯愁晚上该做些什么。饥饿感奇怪地消失了,他不太想马上回家。早上安德丽亚带着女儿莫去布莱弗看她阿姨,明天才会回来。家人在的时候,这房子尚有忍受的必要,一旦她们离开,他巴不得解脱。有时他会叫上几个哥们去喝一杯,但今晚,要他硬是伪装自己,要他再去那种地方说说笑笑,似乎变得很难。

---

① Bull's Head,伦敦最早最重要的一个爵士俱乐部。

他上了车，朝奎恩路开去。小车像自己能判断方向似的，在天桥上滑行，再向地下交叉道俯冲。隧道的灯光掠过挡风玻璃，掠过他的脸，感觉好像自己在发光一样。熟悉的城市在眼前飞驰而过。一个个名字连同一张张脸，带着自己的旧新闻，还有往日的记忆，漂泊在这个城市。他是一个很容易触景而怀旧、而忧郁的人。

小车驶入一个车库的刹那，弗兰克有点困惑：自己怎么会在这里呢？看到木桶里的鲜花，突然想起，今晚，他想去向一个人表达一点自己的敬意。一阵疲惫袭来，无法抵挡。

收银台的年轻人认出了他，弗兰克表情赶紧振作了一下。

"我在电视上看过你。"

"对，是我。"

"另外一个呢，那个宝贝，叫茉莉亚是吧？她是很好的搭档，这些花是送她的吗？"

"这些花？不是送她的，给别人的。"

"哈，你真坏，看上别的女主持了？"

"是啊，花是送给埃瑟·兰泽恩的。"

"你告诉那个茉莉亚，如果她寂寞，就到这来，我会陪她度过性感的时光，且告诉她，我知道她喜欢什么。"

"行，我会转告她的，不过你不知道，她可是个大忙人。"

临走，弗兰克还听到那小青年对同伴说："她比这家伙好多了。"弗兰克笑笑，心想，要是把这事告诉安德丽亚，她肯定觉得特逗。

驱车上了快车道,离开市区。时光飞逝,自己居然记得这条路,真有点奇怪。街道两旁排满了停靠的车,他找到一个在房子里能看到的停车位。这个地方变了,跟他第一次看的不一样了。那时,木头上的油漆已经斑驳,在花园前围成篱笆的女贞子朝四处疯长,爬满窗口,道路的一半也被它覆盖了。他不知道在这十年中,有多少人来过又走了。现在,窗户都是塑料管的了,花园前部分已经没了,铺上不到四平方米的混凝土,在拐角的地方岔开,延伸到人行道上。

　　弗兰克心里很清楚,无论现在住在这里的是谁,他肯定对威廉·格伦顿一无所知。他在这里住的时候,没人留意;他死了,也没人留意。唯一让这个世界注意到他曾经存在的,是他的尸体散发的腐臭。他直直坐在一把高高的靠背椅上,二十六日的旧报纸还搁在大腿上,就这么死了。弗兰克记得,登讣告时,没有威廉的照片,就在这房子前,他凭借想象,报道了威廉的故事。手里捧着的花是用塑料膜缠住的,他把塑料膜拉开,这样,花就可以松散开了。走到门前,他从另一边朝房子看了看,电视散发着幽蓝的光,通过窗帘缝隙,摇曳着……弗兰克手上的花坠落到地板上。

　　弗兰克站在那,想着威廉·格伦顿。有些无形的东西虽然已经消失,但依然留下痕迹,永远的痕迹。

3

周六,他驱车前往常青之家。母亲坐在自己屋里,膝盖上放着本书,一本她读了一年的书。她表情痛苦地看着弗兰克,"外面还很闷热吗?"

"已经不热了,妈妈,现在是十一月,天气已经很冷了。"

"这天气,真是受不了,让人窒息。人们怎么会生活在像西班牙的那些地方呢?他们为什么要跑到那些地方去的?在沙滩上汗流浃背,像鸡放在烤箱里烤一样,真要命,真要命。"

"我给你开窗好吗?"

"下场雨多好,让空气新鲜点。没什么比一场倾盆大雨更好了。"

"妈,雨正下着呢,你往窗外看看。"

莫林慢慢转过头,朝窗外看去。"噢,谢天谢地。"稍作停顿,她又说,"可这又让我关节痛。"

"什么让你关节痛?"

"雨。"

弗兰克拉过一把椅子坐在她身边,"妈,这个星期你都做了些什么?"

"坐在这,慢慢等死,太慢了。"弗兰克呼出一口气,他妈看着他说:"我知道你到这儿看我觉得很厌烦,没完没了地拖累你。我早就跟你说过,把我忘了,让我自己在这儿呆着,过你自己的生活,我已经死了。"

弗兰克没理会老太婆说这些,直朝窗外看去。"他们该让人扫扫地上的落叶了,要不看起来挺乏味的。是不是园丁和他的工友们没以前那么勤快出来做事了?"

老太太耸耸肩,"说不定他们是故意把叶子留在那的,可能他们还在想,我们坐在这儿,就是要等着看那些枯了的叶子从树枝上掉下来呢。"

"妈……"

"看看自己将来吧,有一天你也会老的。看你怎么面对,你那些朋友也都会一个个死去,你也会渐渐失去知觉的。"

"妈,你还没失去知觉,你很健康啊……"

"呵,你开玩笑。"

"你不管身体上还是精神上,状态都很好啊,比这里其他人好多了,但你老把自己关在屋里。你才七十二岁,这不算什么,他们这年龄还会到处闲逛,听音乐,在花园里散步。"

"'他们为什么不会尖叫?'弗兰克,'他们为什么不会尖叫?'你知道这是谁写的吗?"

"你说的是拉金吧,你每次都拿他来说事。"

"是，我老糊涂了，"她厉声说道，"我忘了。"

他们陷入沉默。

"看过这本书吗？"莫林指着她膝盖上那本书问弗兰克。

"我没看过。"

"内容错综复杂且富有灵性，我迫不及待想看到结尾。这个故事说的是，有个人发现他原来有个哥哥，可他父母一直没告诉过他，他想方设法去找这个哥哥，最后发现他是一个古……生物……你们把那叫做什么来着？"

"古生物学家。"

"对，我还真以为你没读过这本书呢？"

"我是没读过，我只是瞎猜猜中了。"弗兰克微笑着对母亲说。

"真了不起，他什么都知道。"接着，母子俩又陷入沉默。

"安德丽亚说她爱你，她今天有必修课。"

"噢，安德丽亚，她很喜欢书，对吧？她依然还是一个很不错的读者吧？我记得我和她聊过书籍方面的东西，聊得很尽兴。她肯定会喜欢这本书。"

"嗯，她星期三来的时候，你可以跟她聊聊。"弗兰克知道安德丽亚不仅看过这本书，而且是她把自己看的书给了他母亲，她每次来这儿，都会听到母亲对书的第一章作相同的描述。她夹在书中的花形书签，一个星期又一个星期，还是夹在相同的那页。

莫林看着窗外。

"下雨后凉爽了许多。这对花园有好处。"

"妈，现在可是十一月了。"

"我知道,我又不是傻瓜。"莫林气冲冲地说。"冬天也要有雨啊,不是吗? 如果没有雨,我们整个冬天怎么过呢? 我们会干枯而死,变成枯壳。"

弗兰克没吱声。他妈看着他,"我前几天看到你在电视上,报道了一件非常悲哀的事——一个小孩等着做手术的事。"

他想了想,"哦,是,雷恩·纽曼。"

"她及时接受了手术吗?"

"我不知道,妈。"

"我没法看你的节目,太凄惨了。总是那些得病的孩子、那些相互伤害的可怕的人、咬小孩的狗,还有那些无家可归的年轻人。这种节目真的令人很不舒服。还有那个女的。"

"哪个女的?"

"坐在你旁边那个讨厌的女人。"

"茉莉亚?"

"我搞不懂你怎么能容忍跟她共事。瞧她那傻笑的样子,听到那些可怕的故事居然还能傻笑,好像很享受似的,真是可恶。"

"妈,她没笑,她脸本来就长成那样。她很专业的。"

"噢,那她就是魔鬼。我倒喜欢另一个。"

"哪个?"

"那个花哨的小姐,很活泼,只要她在,你们的节目就不会那么凄凄惨惨的了。那是西部印第安人吧,他们那儿的人很可爱活泼,还有很漂亮的歌手。"

弗兰克深吸了口气,又缓缓地呼出。

"你爸的嗓音也很好。"

"我好像没听过他唱歌吧。"

"我们结婚前他常唱，很优美的男中音。他唱《在你居住的街道》，可怜的道格拉斯，多美的声音啊。你很小的时候，他也经常唱给你听。那首《车之旅》你还记得吗？你大声喊'爸爸，猴子，猴子'他就唱'小红猴'，你很喜欢，像歌里的猴子一样拍着手大笑。你让我们觉得很幸福，那时我们全家是那么的幸福。"

母亲哭了，弗兰克握住她的手。母子俩默默地看着窗外，雨点从玻璃上滚落……

4

粗俗的笑话曾是弗兰克的前辈——菲尔·史密斯威的一个标志，每个节目至少包含一个深奥的双关语和拐弯抹角的文字游戏。史密斯威常常机智有加——他看起来好像有点悲伤，而跟他搭档的主持人会叹叹气，有点故意引人注意的噱头。菲尔身上有某种适于上电视镜头的闪光点，很多观众喜欢他，他的 DNA 里，好像有一种东西让他可以对每个人都殷勤和蔼。很久以前，他从地方台到国家电视台，从新闻转到娱乐。他曾主持过一档每周六黄金时间播出的节目，很轰动。可就在六个月前，他不幸在一起交通逃逸事故中丧生。弗兰克很怀念他，他失去了一个良师益友。

弗兰克经常回想起他们一起工作的日子，那时，弗兰克还是一名记者，而菲尔是主持人。每天大约相同时间，菲尔会接到一个叫西里尔的人打来的电话。菲尔从未跟人提起过这个人的来电，而且他每次都压低了嗓子通话。弗兰克曾问过他一次。

"西里尔是谁呀？"

菲尔敲敲他的鼻梁。

"天机不可泄露。你也有外遇吧?"

"跟一个家伙?"

"已婚男人做的那种事,你又不是第一个。"

"你是说你跟一个叫西里尔的家伙?"弗兰克耸耸肩。对这件事,菲尔再也没说什么。

一九九三年,菲尔从英国新闻中心离开,从此这类电话中断。几个月后的一天早晨,就在他接替了菲尔成为新闻主播之后,弗兰克接到在前台工作的罗琳打来的电话。

"你好,弗兰克,很抱歉打扰你了。"

"罗琳? 大声点好吗?"

"不行啊,能听到吗?"

"还行吧,你还好吗?"

"我挺好的。最近几个星期,我们打了好几次电话给你。"

"哦,是吧,不好意思我没得到任何留言。"

"不,我没有留言——是有个人总打电话来找你,却从不留下姓名和号码——还总是说他会再打过来——说实话,真的很烦人,不过,你知道的,可能他也没什么大不了的事,只不过想显摆一下什么吧。"

"可能他只是喜欢和你说说话吧,你电话里的声音很吸引人——尤其是你声音沙哑的低语——特别有感染力。"

"呵呵——真有趣——好了,不开玩笑了,他现在就在这,等着见你。"

弗兰克放下他一直很喜欢吃的 Frazzles。

"只要你想推辞,我可以告诉他你现在很忙。"

"可他还会来,不是吗?"

"噢,是的,他还会来。"

"我希望那时我能应付。"

"那最好。"

"你要怎样拿捏他呢?"

稍停片刻。"很难说。"

"他戴着棒球帽吗?"

"没有,他没戴帽子。"

"那就好——这还不算太坏。他拎了几个手提袋?"

"呃……一个袋子也没拎,他只拿了一只公文包。"

"哦——一只公文包——就可能有点糟糕。你估计他公文包里都装着什么?"

"我不知道。"她犹豫道,"你还记得那个带了好多衣架的家伙吗?"

弗兰克叹了口气,"我记得。好了,我这就出去。"

罗琳说的都是真的。就第一印象而言,这是个古怪而很难拿捏的人,大约六十几岁,穿着一件长皮夹克,戴着反光眼镜。弗兰克走上前去,伸出手。

"嗨,你好,你是在等我吧。"

"你好,弗兰克,你能见我真是太好了,我是你的前任菲尔·史密斯威的一个商业伙伴,我叫西里尔,西里尔·维克斯。"

弗兰克掩藏起自己的惊奇,"你好,西里尔,很高兴见到你。有什么可以帮你的吗?"

"弗兰克,你也知道的,菲尔升迁到更大、更好的地方了,我一直以来都知道他早晚会这么做。我不是要冒犯你哦,但对于他来说,地方电视台真是太小了。"

弗兰克表示同意,"没事,我理解。菲尔具备明星素质——他一直就具备这些。"

"他确实是这样,菲尔·史密斯威现在是在第一线,而且,他有整支队伍的人马在身边为他效劳,我不得不面对这样的现实:他再也不需要我了。说真的,这让我有点受伤,但能理解。"

整件事情对西里尔的伤害看起来不仅是一点点,他像一条被扔在车上并被锁住的狗。"菲尔和我走过了很长一段路,回到了侏罗纪时期——或者海盗电台,它当年就这么被称呼的。菲尔做他的早间节目,我是颇感荣耀的打杂的——但事情就是这样开始的。"西里尔停顿了一会儿,"很抱歉弗兰克,我太唠叨了,还是直接说重点吧。关键的一点是,我相信菲尔告诉过你我提供的服务,呃,说白了,我倒希望你可以把他已经丢弃的东西捡起来。"

弗兰克不知该如何应对,他不想伤害西里尔的感情。"我是怕菲尔不愿意公开他个人的事情。"

西里尔叹息,"我早该猜到,他肯定什么都不会说。那就是我们这样的该死的职业,永远是隐藏在角落里的肮脏的秘密。没有人愿意承认雇用过我们。"

弗兰克试图忍住不去动那个可怕的念头——西里尔是某种高级男妓。"我还是不太明白,菲尔雇用你做什么?"

西里尔好像体验到一种小小的骄傲和自我满足感,回答说:"搞笑恶作剧。"

弗兰克用了好一会儿才让这事在心里沉淀下来。"恶作剧,你开玩笑吧? 就是他过去在节目里常开的那类玩笑? 他会为这样的事付钱?"

"当然,弗兰克,如果你想要质量,就得付钱。"

弗兰克脑子里挺乱的。说那些是笑话都有点夸张了,这么说来,那些话中有话的双关语和灰色的俏皮话都是提前安排好并付过钱的。

西里尔似乎没注意到弗兰克的怀疑,"那是很合理的价格,每个笑话付一英镑,如果他用上了这个笑话,就付三英镑。我可以为你保持这个价格。"

弗兰克只好迅速作出反应,"你看,西里尔,谢谢你的好意,不过这确实不是我能做的事,我不会讲笑话,我一点不擅长此道,那些笑话一到我嘴边就索然寡味了。"

"胡说,"西里尔说,"没有所谓糟糕的喜剧演员,只有糟糕的剧本!"弗兰克懒得跟他较劲。

西里尔继续说:"你说出一个伟大的喜剧演员来,然后接着再说一个,这些有名的演员都是我给他们写东西,你说出英国近四十年的一位喜剧演员,他肯定都雇用过我当恶作剧制造先生。"

弗兰克想了想。"行,那就罗尼·巴克。"

"不，别说巴克，说别的吧，再想想，很有名的。"

"托米·库帕？"

"继续猜。"

"埃里克·莫克姆？"

"不是，再试试，再说一个。"

"我都说了三个了！"

"是，不过你挑的这三个我都没给他们写过东西，有点不可思议。"

"西里尔，这都没什么，问题是……"

"布莱斯·史帕克弗——你知道他吗？"

"呃……不知道，不好意思。"

"知道那个大约翰尼·杰森演的《台词少年》吗？"

"也不知道。"

"帕蒂·欧马利的《我只想让你继续》，知道吗？"

"抱歉，我还是不知道。"

"你看不看喜剧，弗兰克？这些都是大牌，你看看这个。"西里尔开始掏他的公务包，抽出一张模糊的照片，好像是在电视屏幕上拍下来的。"看见了吧？"

"这么模糊，什么也看不出来。"

"放尊重一些，弗兰克，这可不容易，这个头衔过去传得可快了。你看这。"他把照片往弗兰克眼前拿近一步，"你的眼神不要集中，就像看三维图片一样。现在看到了吗？"

"真搞不懂我要这些东西有什么用。"

西里尔咧着嘴笑起来,摇了摇手中的照片以示强调,"弗兰克,这些是一九八八年格兰扁区①电视台《你一定会笑》节目的证书,而那个,"西里尔指着照片上一个方块补丁说道,"是我的名字。"

弗兰克看着西里尔,然后慢慢地说,"西里尔,谢谢你的一番好意,可事实是,我不打算从你这儿买任何笑料。我不需要一个插科打诨的写手,我真的不需要这样的写手。我不是菲尔·史密斯威,我是地方新闻播报员,不是帕蒂欧……"说到这,弗兰克头脑已一片空白。

"帕蒂·欧马利的《我只想让你继续》……"

弗兰克打断他,"我不是他,所以,我恐怕只好说'不'了。"

西里尔盯着弗兰克头顶上方,嘴唇紧闭,接着,眼里淌出泪水。弗兰克有点恐慌地看着远处的罗琳,但是她摇摇头,便闪身躲到她的监视器后面。弗兰克在口袋里找到一块手帕,递给西里尔。他让他坐下,试图使他平静。

"没事,西里尔,继续干,事情没那么糟糕。"

西里尔还在那儿哭,过了好一会儿才把自己的声音控制到可以说话。

"我很抱歉,弗兰克,我走了,这场面真够荒唐的! 我真的……很抱歉。"

弗兰克把手放在西里尔手臂上,"没事了,你不必急着走,先顺顺气,一切都会好的。"

---

① 格兰扁区,英国苏格兰东部行政区。

西里尔试图做个深呼吸，"我很尴尬，我不知道我倒了什么霉。"他的嗓门又大起来，"你知道吧，我再也不想这样哭了，请千万别告诉菲尔，我无法忍受他想象我这样哭的样子。"

"放松几分钟就好，一切都会过去的。"

西里尔坐下来，低头深呼吸，弗兰克去给他拿一塑料杯水。当他返回来的时候，西里尔好像已经调整好自己了。

"你现在感觉好点了吧？"

"是的，谢谢，还是挺抱歉的，我就是有点不由自主。"

"我没料到你会把事情看得这么严重，我的意思是，那只不过是一个星期几英镑，不至于给你这么大的打击。"

西里尔摇摇头，"不是钱的问题——我有退休金，菲尔和我有很久的老交情——我做这行，全是因为他。自从他升迁以后，我曾尝试过其他老客户，但他们已经找到新的写手，要么就不再做这行了。帕蒂·欧马利正在训练自己当一名地理老师，这你相信吗？是菲尔让我坚持一直干下来。每年一次，我会遇到其他写手，而且我可以在他们面前把头抬得高高的，因为我知道我写的东西水平不减当年。"他停下来，咕噜咕噜喝了一通水，喝完后，眼睛直往空空的塑料杯里瞅，"写笑话是我的看家本领，凭什么我得出局？"

弗兰克做了个鬼脸，"我真的很抱歉，西里尔，可我觉得我对那方面的事的确没有发言权。"

西里尔哼了哼鼻子，用眼睛盯着弗兰克，似乎找到弗兰克软弱的一面，"弗兰克，做笑话节目好像让你不那么舒服，我可以给你写很详细的台词——详细到让那些不怎么留意这种节目的人根本看不出来,但那些怀念菲尔插科打诨的人一定很欣赏——只需要一点点暗示。不用每天,一个星期一次就好,以一个小的故事的方式,在某个环节不经意地讲出来,刚刚好就行。"

弗兰克无语。

"求求你了,弗兰克,我不会让你看起来像个傻瓜。"

那是十五年前的事了。许多共事的人来了又走了,工作室历经无数变化。菲尔已去世,但笑话节目还保存着,如果要和过去菲尔主持这个节目时相比,现在这个节目只是临时性的,而且弗兰克显得很不自在,这一点倒比以前更值得关注。

他刚开始接手这个节目时,弗兰克的制作人通过他儿子的一个朋友,发现弗兰克在这个城市的学生中间正慢慢成为狂热崇拜的偶像——糟糕的笑话事实上却在吸引更多的观众。有一个域名地址为 www. unfunniestmanongodsearth. com 的网站剪贴了弗兰克正在节目中插科打诨的图片;有个论坛把焦点集中在他的"反时限"上,而且有的参与者认为弗兰克的确具备在每一场插科打诨的玩笑中都能无止境地反弹琵琶的喜剧天赋。只不过几个月,弗兰克从一个无趣但可信的新闻播报员变成一个逗笑的人,而不断增加的观众则意味着他的老板不会想到让他隐退。他开始受到邀请去充当更多的公众形象,这些邀请,他觉得很难拒绝。他曾想设法让自己穿得像以前当新闻播报员时那么寒碜,由此来伪装自己的外表,但无论是他的服装还是他伪装出来的样子,都让弗兰克感到厌烦。他坚信,人们看到的东西远远超过表面。

5

　　一九八九年，弗兰克开始在英国新闻中心工作。从那时起，他学会了对挂在树上的猫、戴假发的发言人、滑旱冰的鸭子这类八卦耐心地微笑。他知道那个默认的规则，那就是：任何一个把职业生涯消耗在地区性新闻上的人，要么毫无野心，要么就是野心遭遇过挫折。但他清楚，这两种情况都不属于他，对于他来说，地方新闻台是他一直想要呆的地方，仅此而已。

　　他母亲一直坚持认为，正是他父亲所奉献的雄浑的东西与混凝土，反而促使弗兰克去追求低调的东西和低调的人生。当他还是个小男孩的时候，确实是这样，那时他被各种各样的规划和图纸包围，但让他着迷的不是窗户或其他与楼房内外联系的东西，而是那些可能生活和工作在大楼里面的人，还有他们背后隐藏的故事。

　　弗兰克觉得自己是一个优秀的地方新闻报道者。孩提时，他曾通过父亲的工作，接触过许多很大很好的城市，正因为那样的关系，在许多当地新闻工作者中，他们唯独信任他。菲尔离开后，他的晋升使弗兰克成为这个节目有史以来最年轻的播音员，他明白他应该为这样的成就而骄傲，但他依然还有些怀念当记者的生涯。

在当地电视台呆了二十年后，他不再是那个目光明亮、工作热忱的年轻人了，他喜欢那种不显山露水的低调，当地的人们则常把这种低调的东西与平庸和微不足道等同起来。他开始困惑，到底是什么东西在新闻中起重要作用，又有什么东西被忽略。对于他而言，新闻中最重要的，通常是那些没有被传播的故事、那些对当地及当地民众关注最多的东西；同时他也很想知道自己在其中的影响力——虽然不是直接的，而是由他父亲所带来的。随着他建造的楼房一个接一个被推土机清除，弗兰克开始怀疑，已经消失的东西反倒比留下来的东西更能证明这里曾有过的一切。

一九九一年五月，大概与第一次大拆迁差不多时间，弗兰克报道了多萝西·埃玲的死讯。他播报新闻时，习惯于让新闻故事在不知不觉中被娓娓道来。被谋杀的妇女、弃婴、在火拼中被抓的青少年……这一切都不会在他工作时对他产生影响。在做准备工作以及播报新闻的过程中，激情沉浸在新闻室，他的全部注意力都集中在工作上。只有到晚上很晚的时候，跟同事一起喝酒，或在家和安德丽亚一起时，理智会在经过白天发生的种种事件后，跟随着他的意志游离。他会觉得自己突然间变得焦虑，惶恐在某件事上有重大失误，接着他会想起他播过的故事，听到自己第一次播过的新闻语句，知道自己其实受到那一个个细节的影响。他已经习惯了这些，就把自己当成听众来对待，唯有通过思考一些不相关的事，才能将注意力转移。

但多萝西·埃玲的死非同一般。

她死后十九天才被人发现，像通常发生的这类事情一样，有邻居报告，说闻到一股恶臭。当警察破门进去时，发现她躺在床上。此后多年，他很吃惊地发现，那些离群索居的人，死的时候大多都在睡眠时，要么坐在扶手椅上，要么躺在床上或沙发上。他们若是在泡茶或浇花中途死去，倒不会令人吃惊。可他们却似乎做好了准备，等着看是否有人注意到他们从这个世界上消失。

他播的新闻是从演播室直播的。这条新闻才刚说到没几句，他就觉得喉咙发紧，堵得难受，有好一阵子，感觉自己要哭出来了。他只好装着在舒缓咳嗽，来掩饰自己的情绪，这样才能够让自己继续播下去，到后来，他的注意力才不会游离。当他读这样的新闻内容时，他会被一股强大的力量战胜，那就是：他发出的声音，是她曾存在于这个世界的最后记录，那以后，就没人会再提起多萝西·埃玲这个人。一个人死时是那么无声无息，孤单寂寞，让他觉得那似乎都不像是死亡，更像是灭绝。弗兰克觉得，随着演播室那个自动提示器的滚动，她的名字也跟着永远消失，就像她本人一样。

他无法理解自己感觉到的那种焦虑从何而来，但这种焦虑明显在扩大、蔓延。自多萝西之后，弗兰克对他所碰到的类似死亡的人，开始用笔记本保存他们的记录——写下他们的名字、死亡日期，以及他能找到的所有详细资料。这样的事有时半年就会有两起，有时接下来的一整年都没一个。大多数人没有登公告，只有少部分人会在那些慢新闻中被偶然发现。对大多数人而言，他们悄无声息的死并不会比他们悄无声息的活激起更多涟漪，尽管弗兰克觉得，他们应当被记住。在他心里，一个人不留下任何痕迹就消失是无法接受的。他为他们每个人留下记录，甚至，在可能的时候去参加他们的葬礼，或带上鲜花到他们门前祭奠。

多萝西·埃玲的葬礼在她死后四个月举行，在寻找她最近血亲的所有尝试都失败之后。仪式很简短，教区牧师诵读了圣经第二十三章。弗兰克开始用心去理解圣经里的字句，知道了圣经的不同的版本，有深有浅。他开始注意不同的牧师会在不同的诵词上加强语气；他过去总认为，诵词的目的是用来让死者身后的人安宁，但随着时间的过去，他渐渐得悉，这些言语其实是用来安抚牧师自己。让他感到宽慰的是，这样的仪式让沉睡的人不会觉得被遗弃，不会觉得迷失和害怕，所以自己的关注是值得的。弗兰克每次听到颂歌，心里都会想，不知耶稣是否得到安慰，这样的心情此后多年都一样。他能相信此时躺在普通棺材里、除了一个陌生人再也没有人来悼念的死者，真的能感到"你和我在一起"吗？

多萝西·埃玲的葬礼上，有另外一个哀悼者，那是一个金发、丰满、面带坦荡的妇女，弗兰克后来跟她交谈，得知她叫乔·曼尼，是验尸官办公室的一名技术人员。工作任务允许的时候，她总是会设法去参加类似的葬礼，对她而言，出席葬礼是对死者尊重的一种简单标志。弗兰克觉得他自己参加葬礼的目的很难解释，可乔似乎很能理解。那些年，他和乔都已经习惯了在冰冷的房间长凳上见到对方，乔会告诉他寻找到死者近亲时大大小小的喜悦——

失散多年的姐妹、已经移居海外的兄长等等;她也会告诉他什么亲人都找不到时的难过。

安德丽亚有一次问起他笔记本里面的那些名单和日期列表,他告诉了她。

"有点不可思议吧?"

她犹豫了一下才回答:"是有点。"

"我也不很清楚我为什么要做这些。"

她笑笑,说:"因为你性情忧郁。"

"你这么说让我觉得我有点像我母亲。"

她看着他,说:"也许更多的是跟你父亲有关。"

弗兰克把笔记本推开,呵呵一笑,说:"我希望以后我可以不这么做了。"

安德丽亚摸了摸他的脸,"你应该说出来,对吧? 如果你觉得这份工作让你这样——让你太伤感或很沮丧。"

他对她说,他很好。

6

从弗兰克和安德丽亚的家到常青之家高级生活区,驱车只要四十五分钟。可今天,都已经过了一个小时了,在 NEC 公司附近的克鲁夫特,他们被困在严重的交通阻塞中。百无聊赖,安德丽亚与另一辆车上的大丹犬愁眉苦脸地对视着;一个地毯展厅的广告不断在收音机里重复播放,似乎持续了很长时间;莫坐在后座,全神贯注在她的连环漫画里;弗兰克则在发动机空转的时候,哼着小调。

收音机广告里,销售助理领着一位丈夫及其妻子参观展厅。这位丈夫是一个很勉强的顾客,销售助理在一边不停地赞美各种地毯材料,他都千篇一律地用他那低沉、严肃的北部口音回应:"噢,可以吧?那得从我口袋掏多少钱啊?"听到令人吃惊的低价,他总是有点犯晕,因为他那对此毫不在意的老婆一定会说:"要了吧,吉姆,这不是躺着偷懒的时候。"这种情形重复了一遍又一遍,结果出乎意料的百分之零的费用对吉姆来说实在太多了,他终于最后一次晕倒,并且再也没能醒来。他是否真的死了还不得而知,但他太太好像没当回事,她对销售助理说:"我觉得我们最好还是全都要了。"画外音告诉人们所有商店的位置,随后,氦语音①加快速度,大致说了一下相关的信用条款和条件。

安德丽亚的目光从大丹犬身上挪开,转而看着弗兰克说:"我们有必要听本地电台吗?"

"我只是想听听新闻,看他们有没有报道学校关门抗议那件事。"

"我听不下去了。"

"他们马上就会播放音乐——这是播老唱片的时间,不会总是播广告。"

她叹了下气,"菲尔·柯林斯②的《大祈祷》。"音乐已经开始响起,安德丽亚马上听出是弹拨弦乐,"哦,上帝,能不能不播这个……"

弗兰克脸上堆满笑容,把收音机声音调高,"太神了!哎,莫,这是我们的歌!"

莫坐在那慢条斯理地往前欠了欠身子,问:"你说什么啊?"

"这是专属于你妈和我的歌。"

安德丽亚在座位上转回身说:"不是的,莫,你别听他瞎说。"

弗兰克在镜子里注视着莫,诡秘地点点头。

"为什么说那是你们的歌呢,妈妈?"

"不是我们的歌,你爸那样说是故意气我。"

莫听了一会儿这首歌。

---

① 氦语音,物理化学和分析化学中的专用术语。指的是在高压通电或做核磁共振时在计算机上体现出的特征峰值信息,用来测定气体的组成、状态等信息。
② 菲尔·柯林斯,英国伦敦著名男歌手。

"中国怎么可能在你手中?"

"谁知道呢。"

莫又继续听了一会儿,然后皱着鼻子说:"妈,我不喜欢这首歌,没意思。"

弗兰克摇摇头,"你们俩啊,都不解风雅。"

弗兰克遇见安德丽亚,是在一九八八年,不过在一九八三年,在伯明翰调频电台茶室玻璃门后,每天都会遇到。调频台播放表列出的是最受欢迎的前四十首歌曲,但最后总是被来自蒂娜·特纳和邦妮·泰勒的流行抒情歌曲挤掉。台里工作的女人都喜欢长发、身着皮草和花边的摇滚少女那种不修边幅的外表;男人则喜欢亚麻色挑染头发,戴红色的大框眼镜,穿天蓝色牛仔裤和五颜六色的针织品的外形。安德丽亚不久就注意到一种很让人费解的反差——许多流行音乐节目主持人都有着阴沉低落个性,可他们却选择穿那种比日常衣着宽大得多的衣服。

弗兰克当时刚毕业,播音员是他第一份工作,安德丽亚则还是一个学生,在电台实习,他们很快就判断出彼此互不对味。安德丽亚的衣服和头发有点五十年代的味道,弗兰克觉得她冷漠、镇定得有点可怕。可到后来,他发现安德丽亚很多思想都跟他一样,这让他有点难以置信,虽然他后来也知道,这一切都是因为开始时的错误印象造成的。

刚在这个台得到这份工作的时候,弗兰克设想他以后可能天天都得穿套装、打领带。口袋里的钱紧巴巴的,他便到当地救济会分部买了两套西服。在他看来,西装就是西装,除了检查一下衣服上有没破洞,确认裤子不是那种夸张的喇叭裤,他根本不在意裤子的宽度或衣领的样式。伯明翰调频台,仅仅维持了五年就过气了,弗兰克的西服却是十年不老,这的确有些许嘲讽的意味。不过,安德丽亚从未怀疑弗兰克在衣着上会有什么含糊,事实上,他是走在复古潮流的前沿。

人们都是喜欢占实习生的便宜的,安德丽亚的遭遇也一样。许多制作人和播报员都确信无疑地认为,他们能提供给她的最好经验就是:要么把她晾在一个角落不理不睬,让她好好"观察",要么就使唤她给拿饮料或午饭。台里的职员大都觉得应该教给她一些更丰富有用的东西,但又不愿意在她身上多花时间,所以大家对她的存在觉得挺厌烦的,都希望尽可能把她撂到别的地方去。于是,她最终出现在了弗兰克的办公桌前。他们在一起的第一天上午,他给她拿了杯茶,问她实习进展如何。安德丽亚听到他这么问,觉得很意外,因为三周以来,还没有一个人曾过问过她。

"实习确实很有用。"

弗兰克没料到她会回答得那么肯定,他留意过,她常被使唤去商店买咖啡和巧克力。"此话怎讲?"

"在来这儿之前,我无法确定我大学毕业后要做什么,现在我知道了。"

弗兰克无法将她当作主持人来看,便问:"你打算做制作人?"

安德丽亚轻快地摇摇头。"不,我做翻译,西班牙语,我的学位是一个大错误,我从来没想过在这儿或者类似于这样的地方工作。

我对从事媒体工作没兴趣，我打算放弃现在这个学位，去报名修一个西班牙语学位，我一开始就该这么做。"

弗兰克点点头，"很好啊，那就对了，那才是一个有积极意义的结果。"

实习期最后的一周里，安德丽亚就跟弗兰克一起工作。虽然选择了新的职业方向，安德丽亚还是很感激弗兰克很真诚地向她介绍他的工作以及他工作的方式。安德丽亚还发现，跟他一起出去采访是一种很好的放松，因为演播室卡罗尔·德克的嗓门像扬声器一样咕咕隆隆。弗兰克比大部分职员都年轻，但从某个角度上，让安德丽亚敬佩的是，他比他们显得可靠、成熟。他认真地对待工作，不完全是出于追求抱负或得到提升，而是因为他在乎他从事的工作并希望自己能做得更好。

弗兰克很快就发现，安德丽亚并不像她刚开始时给人的印象那样。她耳朵敏锐，很能捕捉声音的节奏及身边的东西，而且能出色地模仿某些主持人。她对荒谬的东西感觉敏锐，可对那些显而易见很琐细、可笑的事，她却一点不觉得琐细、可笑。共事到第三天，弗兰克就意识到自己不断地在安德丽亚身上，找到让自己喜欢她的东西。他很想不要这么做，但还是遏制不住这念头疯长。他喜欢她的利兹①口音，喜欢她拆开 Kit Kats② 的样子，喜欢她姣好

① 利兹，英国城市名。
② Kit Kats，雀巢公司生产的一种巧克力。

而纯洁的脸。虽然这一切让他多少有点魂不守舍，但他还是喜欢她，甚至她说起那些莫名其妙的乐队时的样子——好像她能判断他也知道这些乐队似的，他也喜欢。他不知道她何以知晓他了解有关那些乐队的事情，不过他还是禁不住有点受宠若惊。

莫又从后座往前欠了欠身说："妈？"

"嗯？"

"你觉得专属于你和爸爸的歌是什么歌？"

安德丽亚想了想，"我不知道，我说不准我和你爸爸有没有什么专门的歌曲。"

莫却打破沙锅问到底，"我觉得你们应该有的，那很重要，你好好想想。"

安德丽亚又想了想，而后笑笑说："好吧，要是有的话，那可能就是小妖精乐队①唱的了。"

莫看起来很开心，"回家后我们听听他们的歌好不？"

"好啊——你应该听得出来的，我以前放过。"

"为什么那就是属于你们的歌呢？"

"噢，我遇到你爸那时，他是这个乐队的超级粉丝，简直就是小妖精乐队的大专家。"

弗兰克轻轻摇摇头，看了安德丽亚一眼，"你也是这个乐队的常客，不是吗？"

---

① 小妖精乐队（Pixies），八十年代末期美国最有影响力的另类摇滚乐队之一。

安德丽亚甜甜地一笑，哼了一声，"是大粉丝。"

弗兰克回想起他们一起工作那段时间的最后一次午餐时光。安德丽亚坐在那儿看一份音乐报纸——那是一直让弗兰克觉得心里很没底的东西。她抬头看他，问道："你听说过冲浪手罗莎吗？"

弗兰克想到用种种冒险的策略来应对这个问题，但他最后还是出于淳朴和诚实，用简单的摇头作答。

安德丽亚接着说："这是一个老生常谈的话题，不过你知道的，你别让我失望。"

他听得出她话语里透着的怀疑，于是便想，自己也许能安全地冒点险，而不暴露他在这方面的无知。

"是的。我的意思是，她真的能不辜负那一番炒作吗？"

安德丽亚看着他，过了一会儿突然大笑起来。他喜欢她的笑声——那是一种发自心底的、奔放的略略大笑，总是让他也忍不住大笑，尽管这种情形多少有点让人觉得害羞不安。

笑声停下来后，她说："你真是个有趣的家伙。"

他耸耸肩，不知道她说的有趣是什么概念，却不想去拒绝这种恭维。尽管他不喜欢就此假装自己是有趣的，他还是觉得以后有机会可以补救，早晚让她知道这些。

这会儿，莫刚看完连环画，半心半意地朝车窗外一只大贵宾犬挥手，可这次跟刚才相反，是狗懒得理她了。

她往座位前方挪了挪说："爸爸，这座楼房里，没住什么人是吗?"

"哪座楼房?"

"这就是上次我们去看过的楼房,那时他们把它给拆了。里面没人住了是吧?"

弗兰克还没来得及回答,安德丽亚悄悄给他一个警示的表情。"你之前问过我啊,记不记得我那时是怎么跟你说的?"

"你当时是说不会再有人住了。你说他们几个月前就让它空着了——可是我在想,假如有无家可归的人进去避雨,结果会怎样呢? 或者,万一有些小孩因为好奇跑进去又怎么办呢? 还有,如果以前在楼里工作过的人,突然想起雨伞忘在里面了,然后跑回楼里去拿,会怎样?"

弗兰克回答说:"宝贝,没人能进去的——你看见过的,它四周围起高高的隔板,在拆迁之前,人家肯定会最后确认里面已空无一物,建筑始终是要被拆除的,我做新闻工作这么久了,还从来没听说还有谁会困在这样的楼里。"

"要是有只鸽子从窗户飞进去了,或者一只小狗跳到里面去,怎么办?"

"城市里是没有流浪狗的,鸽子要真飞进去了,也可以再飞出来啊。"弗兰克想了想,"你想去看看它是怎么拆的吗? 看到他们拆,你就不会担心这担心那的了。"

他马上意识到自己又说错话了。莫一脸惊惧,"有人看着它被拆掉? 那房子倒下来砸到他们怎么办?"

"不会砸到人的,观看的人都站得远远的,人都挺聪明的,他们能准确判断房子的倒向。"

莫摇摇头，"爸，你不要去。妈妈，你叫爸别去，那很危险。我不想去看，爸爸。"

弗兰克透过镜子看着莫的眼睛。"好吧，我们就不去了。"他突然觉得自己好像要哭了。

他把手伸到后座，捏了捏莫的腿，说："我也不是真想去。"

7

跑运输新闻线的记者莫斯坦萨从弗兰克办公桌旁经过时,弗兰克正要伸手去收拾桌上凌乱的三明治包装袋。"弗兰克,不能想,马上回答,你在吃什么?"

弗兰克看着莫斯坦萨说:"三明治。"

"是,是三明治,什么馅的?"

弗兰克想了一会,"我不记得了。"

"太好了,这正是我想要的,来,你再尝一口——看看你吃到什么了?"

弗兰克咬了一大口,慢慢嚼。

"你尝到什么味道?什么馅的?"

弗兰克使劲想,"又湿又冷的,什么呀?"

莫斯坦萨很夸张地高声嚷道:"哈!那可不是包装盒上说的!我就想说说这事,那个女人,她在我们的食物里做了什么手脚?她是用注射器把香味都吸干了吧?谁能从金枪鱼蛋黄酱里分辨出奶酪和凉拌卷心菜的味道来?要不然,这些东西根本就是她每天早上用一大桶冷稀饭,包成软稀稀的面包?亲爱的,你知道最可笑的是什么吗?我们付钱给她!我们居然还给她钱,太傻了!"

茱莉亚坐在一旁抬头看,"公平地说,我觉得事实上她做的就不是三明治,那是从小食店里买的残羹冷炙。过去,从餐厅员工那儿,至少还能要到点新鲜蔬菜。"

莫斯坦萨皱了皱鼻子,茱莉娅似乎没留意。弗兰克又咬了一口三明治,"我不介意,能充饥就行。"

茱莉亚摇摇头,"你这是在浪费时间,莫斯坦萨。这个国家不会闹革命,弗兰克是直接原因,一个很好哄的农民,一杯羹就满足了。如果你想要更好的三明治,就去'恩泰司',他们那儿出的东西就很好——新鲜的烤面包、当地产的蔬菜、所有有机原料。"

莫斯坦萨说话前装模作样作思考状,"不,他妈的,我还是去麦当劳吧,有谁想要真正的食物吗?"

茱莉亚一声叹息,回到屏幕前。弗兰克向莫斯坦萨要了一个苹果派,然后,赶在上午制作会议之前,回头继续浏览那些故事。

开头好像是一个医院的故事,说是医院里有个病人,不经意间听见医院职员在嘲笑他的体重并无礼地针对他,他由此受到伤害,西伯明翰医院正为此事向这位病人道歉。弗兰克已经看过文件夹,里面有对这个人的采访,他说他虽然承认自己超重,但不希望听到员工像嘲笑孩子一样嘲笑他。他要表达的重点是,护理行业的职员们应当更专心、更专业。弗兰克觉得这事很难争辩,却担心一旦在晚间新闻露脸,这位老兄会把自己暴露在更为刻薄的评判中,观众有时可是很残忍的,弗兰克对这点很了解。接下来,是那天晚些时候一起预期的量刑，一名男子将一锅热油倒在妻子头上，被判有罪。来自审讯室的录像里，能看出这个身穿运动服、用夹克遮住脸的小个子男人，而被丈夫泼油受伤前，照片上的那个妻子，则是一个双眼疲惫、笑容像幽灵一般的女人。

再接下来终于转到一个令人愉快些的故事，说的是当今宠物肥胖以及犬类健身房的建立。那是没有太多繁琐新闻而显得宁静的一天，要不然茱莉亚又要抱怨"一堆陈词滥调"了。新闻繁多的日子和安宁的日子对人们生活的影响是大不相同的。今天，宠物健身房算是幸运的，要换了别的时间，这样的新闻肯定不会被播报；可对于受虐的妻子，今天却是不幸的一天。

经过这些年，弗兰克已经开始在新闻中探究到事情发生的规律和循环方式，相同的事情因为没有更多地关注其根源而一遍又一遍地发生，有时他很肯定他报道的东西以前就介绍过，有时他觉得整个节目他都完全记得。表面上的东西改变了，但来历是相同的——无非是又一个患病的小孩需要到国外进行手术，又有一对老夫妻被诈骗了全部积蓄，一个没人管的光秃秃的牧场；有时这一切他几乎全都可以预料到，就像算牌时知道什么时候有人出大王一样。事件发生的频率在他心里压缩，形成通用的新闻主题，而种种事件的融合，则形成了当地新闻受害人的种种综合表象。不过他还没有因此变得感觉迟钝，他意识到了这种模式，不过他还是饶有兴致，即使节目播完好几个小时，那种痛感、失落感，或者更多的是每个故事里的快乐，依然留在心里。无论如何，这一切都是世间常情。

他被手机来电打断。走出办公室一看，是西里尔。

"是啊，是啊，伙计。"

"你好，西里尔。"

"今天捕捞到什么了？"

弗兰克不知道"捕鱼"这样的隐喻是什么时候开始的，但他觉得他们制造的这些词汇真的让人难以忍受。"没什么，西里尔，抱歉。"

"加油啊弗兰克，一个星期了，扔条小鱼给我也行啊。"

弗兰克闭上眼睛，用手指敲了敲鼻梁。时间过去一星期了，可他觉得好像没那么久，一则新笑话该付钱了。几个月前有一阵子，西里尔的电话变得少了，弗兰克有过单纯的幻想，希望他们人间蒸发了，但现在，他们又回来了，一个星期至少一两个电话，他只好自认倒霉。"行了，是有宠物健身房那么回事……"他还没继续说下去，西里尔已在电话那端哈哈大笑起来。

"给狗用的健身房？你耍我啊！你不能这样啊！"

弗兰克叹了口气，"是，我没敢指望你。"

"哦，弗兰克，什么人的主意啊？乱叫的疯子。"接着又是一阵爆笑，"这可是个金矿啊，我回头好好想想吧。我看是有这可能，一个小时内回来找你——关于狗和狗骨头的事！"说完，他无助地大笑起来。

弗兰克把头靠在墙上稍稍歇了一下。"西里尔，记住，要滑稽一点。"可西里尔已经把电话挂了。

弗兰克拿起一张当地报纸，希望找到一些新的话题引子，待会儿可以在制作会议上用。报纸随便翻到一半，眼球突然被什么东西吸引住了：史默伍德中路，一名七十九岁男子笔直地坐在一张长凳上死了，尸体被发现。警察估计，这名男子已经死了两天，后来才被人发现。此人名叫迈克尔·丘奇，警察还在寻找更进一步的信息。弗兰克伸手去拿他那本记事本，记下详细信息。报纸刊出了死者的照片，那是一张质量较差的护照样式的照片，大概是从公交车卡中提取出来的，看得出这老人穿着一件 V 领工作服，衬衫多少有点向一边倾斜；整洁的分头，红润的脸颊，锐利的蓝眼睛。弗兰克把报纸拿近了些，盯着照片看。他终于认出了这个人，又匆匆浏览了一遍这则新闻。这个人的名字对他来说没什么，但他确定他以前看过这双眼睛——一双不同寻常的大眼睛，让他的脸看上去有一种装出来的天真无邪的滑稽表情。弗兰克使劲想，自己之前在哪见过这个迈克尔·丘奇。

茱莉亚注意到他在凝视着那张报纸。"看到什么有价值的新闻了？"

"不好意思，你说什么？"

"我是说报纸，弗兰克。不至于吧，报纸里能有什么比为狗特制的练习器更重要的吗？"

弗兰克再一次看着迈克尔·丘奇的脸。死了两天，完全没人知道。"马汀觉得有新闻价值的东西，我毫不怀疑。"

茱莉亚回头继续打字，弗兰克继续盯着那个老人的眼睛看。他感觉到自己的血液在周身快速流淌。也许这次，他要做的，不像以前只是去逝去的人身边放些花那么简单了。

8

"呼叫庄家！呼叫庄家！"亨利大声叫道，眼睛发亮。"是这样吗？是呼叫庄家吗？"

弗兰克摇摇头，"抱歉，不是庄家，是其他人。"

亨利使劲拍手，"喔，你太棒了，你对我真是太好了，再来一个，现在我们大家都到齐了，这很好，可这样不对是吧？"

弗兰克耸耸肩。"不，对不起。又错了。"

亨利作震惊状。"混蛋，我知道你有，噢，等着，你等着啊，'嗨，晚上好，欢迎欢迎。'啊？啊？"

弗兰克不知道这事要持续多久，每次去看他妈，他都会花些时间到坊间的酒吧逛逛，那儿的女经理认为，他的到来能够提升酒吧气氛。安德丽亚倒觉得，弗兰克更有可能让每个人回到房间去打盹儿。亨利从电视上认出了弗兰克，不过这点他从未在弗兰克前表现出来，或者是假装不认识。亨利的眼睛里，透着一种鬼魅般的目光，而他咧嘴露出的锐利的笑，则让弗兰克觉得，其实亨利很清楚弗兰克是谁，而且，还不怀好意地嘲弄他。

"哦，上帝！不，你不是讨厌的小滑头，对吗？"

弗兰克表情谦卑地说："也许是。"

"哦，我的天！记住，别做噩梦，你是什么臭狗屎？！"

沃尔特走过来，亨利被打断。

"哦，亨利，看在上帝的分上，让人家单独呆会儿，歇歇行吗？"亨利马上侧身走开了。沃尔特对着弗兰克摇了摇骨牌盒子，问道："想不想玩一把？"

"玩啊，怎么不玩呢？"弗兰克拉了一把椅子，坐到他们常坐的靠窗的桌子旁。沃尔特边发牌，边饶有兴致地低声哼着"我打电话只想告诉你我爱你"①。有时，弗兰克挺好奇的，寻思如果他父亲也这么生活，兴许能长寿——安安静静地玩骨牌游戏，随意地聊聊天气，自在地相伴，可是，想象就是想象，终归不是现实。

父亲五十一岁时死在一个房间里。当时，里面人很多，他站在一个屏幕前，投影机的光亮照着他，他正用一根指示棒指着他为一家法律事务所总部做的设计图，没想到他手臂突然在设计图纸上方抽搐起来，同事们当时都斜着身子看有什么他们需要关注的东西，注意力都集中在指示棒末端。当投影机的转扇发出的轻柔呼呼声突然被道格拉斯粗重的痛苦呼喊淹没时，他颓然向一侧倒下，一下子撞向屏幕，设计图上苍白的蓝色线条顷刻间定格在他痛苦扭曲的脸上，直至他倒地。在救护车到来之前，他已气绝身亡。

---

① 电影《红衣女郎》主题曲。

父亲去世时，弗兰克才十一岁，但事实上，道格拉斯在弗兰克的生活中，大部分时间都是缺席的，对工作的狂热占据了他的大部分时间和精力。弗兰克和他妈妈呆在道格拉斯为他们建造的房子里，那是一幢很现代化的两层平顶房，矗立在埃格巴斯顿平缓的斜坡上。

　　在父亲去世前，弗兰克就注意到母亲莫林经常神志恍惚的样子。还是个小男孩的时候，他就意识到，妈妈有时看电视时，会眼睛盯着屏幕，可根本什么都没看；还会莫名其妙地问他要去哪里却不管他怎么回答；或者，打开橱柜，盯上好几分钟。她有时候也是好好的，但有时他从学校回到家，看到她在卧室窗前，呆呆地看着窗外的天空，脸上有种可怕的失落的表情。当他渐渐长大，便开始怀疑母亲这么做全都是为他着想——只有他一个人是她想要的观众。有时朋友或同事来访，跟他们在一起，她有说有笑，判若两人。有时候，他觉得她经常不快乐，甚至看得出她好像有理由这么做，他还觉得她是故意让他看到她那样。这是一种他永远都不能摆脱的感觉。

　　沃尔特总是赢，弗兰克不知道沃尔特跟那些菜鸟级的对手玩这种游戏，到底能得到什么，也许仅仅是他这个年龄毫不费劲得来的一点新奇感吧。

　　"前几天我看到你母亲在这儿。"

　　"哦，太好了。照你这么说，那她的确偶尔会到屋外走走咯？"

　　"是，她不会总来这儿，但有时还是会来的，她来的时候真让人高兴,她是那么的幽默。"

这样的话弗兰克听过好多次了。

"她是这样的。"

"对,她让我觉得很愉悦,才思敏捷。"沃尔特自个儿在那里大笑道:"你应该听过她怎么说这里的经营,她称他们是'阴谋团伙'。我知道她有她心情忧郁的日子,我们大家都有,但心情好的时候,她像一杯简单清澈的杜松子补酒。"

忧郁的日子,弗兰克总觉得那是紫色而不是蓝色的。当他想起杜松子补酒的时候,会心地笑了:亮晶晶且清新悦目——这是一个很好的描述。他现在很少看到她那个侧面了,但他知道沃尔特的意思。

道格拉斯死后,莫林继续在当地一家医院的手术室兼职,身边有许多朋友和同事,但尽管这样,她还是经常说一些丧气的话,好像日子已经过到头了——她常提起那个很久很久以前的自己,遥远到弗兰克刚记事时起。有时她的忧郁由自我嘲讽,渐渐发展到小驴屹耳①式的消沉暗淡。安德丽亚在他们刚结婚不久就问弗兰克,是否察觉到他母亲很沮丧,弗兰克说:"她不是沮丧,是悲苦。"

但退休后,莫林悲伤、忧郁、孤独或多愁善感的境况,随着她日益增加的酒量而加重。深夜,母亲喝完一瓶酒后,弗兰克会接到她

---

① 小驴屹耳:动画片《小熊维尼和朋友们》中的角色,小驴屹耳是一头十分悲观的驴子,他觉得整个世界都是一个十分阴沉且处于宿命论下的地方。

的电话,跟他说自己活不长久了,或者说她希望死后火葬不要土葬。这样的情景,让弗兰克觉得自己也陷入了她的情绪循环里。

接着有几年,渐渐地,房子对于母亲来说显得太大了,她再也没精力也没心思把那些大窗户和木地板弄得干干净净的了,弗兰克和安德丽亚来这里的大部分时间都用在打扫卫生和购物上。莫林开始变得消瘦,而且好像从来不知道自己什么时候吃过什么东西。有一天弗兰克接到一个母亲家附近的一位报刊经销商打来的电话,说莫林要用公共汽车票去付报纸的钱。

医生没排除莫林是老年痴呆症,但还是把她当一般的意志消沉来诊断。弗兰克叫她搬过来跟他一家同住,但莫林拒绝了。她说她宁愿他用枕头把自己憋死,也不要成为他的负担。经过多次查访和考虑,在六十七岁那年,莫林住进了常青之家高级生活区。

各种豪华私人看护之家引进英国之前,常青之家在美国就有了。莫林的家,因为有地处米德兰的优势,而被商业命名为"阿登①常绿森林"。它是一处大型的用途明确的建筑设施,里面有一百多个永久性客房,并让短暂逗留的房客得到关怀备至的服务。宅地分为两个区,莫林、沃尔特和亨利住在"爱心"区;而那些呆痴症状更严重或更需要照顾的人则住在一个单独的、更为安全的区,叫"黄金岁月",由此,这个区域不可避免地被房客们称之为"老糊涂岁月"。

---

① 阿登:英格兰中部沃里克郡西南部地区,传为莎士比亚剧作《皆大欢喜》的背景地。

由于某种弗兰克从来都不知道的历史原因,这块住宅区一直以来吸引了相当大比例的从娱乐业退休的房客,弗兰克第一次还是从菲尔那儿听说常青之家的,而菲尔自己也是通过其他人才知道的,这样的口耳相传,吸引了许多人来到常青之家。退休的魔术师、舞女、音乐家及技术人员,到了这里后才发现大家都齐聚到这个不散的欢场,边喝着茶,边试图确定谁是最近进入生命倒计时的人。

　　房客们每个月举行一次舞会,莫林曾参加过一次,还告诉弗兰克说那种舞会有着让人感觉被活埋的魔力和娱乐价值。弗兰克注意到贴在墙上的下一次舞会的海报是这样写的:

魔术大师

(欧尼·韦伯斯特)

将向我们呈献异彩纷呈的戏法大作:

《魔法永垂不朽》

二十七日,周六,下午四点,莎士比亚酒吧

　　"《魔法永垂不朽》,你要去参加吗,沃尔特?"

　　"不,这个节目已经取消了。"

　　"为什么?"

　　"他死了。"

　　"哦,天哪!"

　　沃尔特咧着大嘴巴笑道:"这就证明那些家伙不正当,对吧?"

9

时间已接近午夜,弗兰克取下领结,脱下晚礼服,倒在沙发上。他满脑子都是当天晚上所应对的场面——无聊琐屑的谈话、半真半假的玩笑、没完没了的空话。对着相机,挤出笑容,笑到脸都痛了。G. E. 琼斯工业应对策略公司得到了他们应得的钱,举行招待会,烤牛排晚餐后,紧接着是冗长的酒会。他还以为他的演说完了就可以脱身,没想到后来还要拍照。他至少摆了四十个姿势,而其中至少有一半是跟一个好像叫德里克的人合影。

等待闪光灯的间隙,坐在旁边的醉醺醺的经理们及董事会成员信口开河说出的无稽的论断和奇谈,总是让弗兰克觉得讶异。之前仅通过电视屏幕见到的某个人,在真正近距离地出现在身边的时候,对于交谈的技巧似乎有一种奇怪的影响力。拍照时,人们一般都习惯说"奶酪①",其中一位却坚持说"阴茎";另外一个人则

---

① 照相时发英文"奶酪"(cheese)的音,嘴会自然咧开成微笑状,相当于我们说"茄子"。

问弗兰克:"你有没有往桌子底下的瓶子里撒尿?"还有一个人则含糊不清地咕哝道:"我老婆不喜欢这样。"弗兰克知道,脑子里的嗡嗡声不平息下去,他是无法入睡的。他不想让自己的辗转反侧把安德丽亚吵醒,于是,他坐在冰凉漆黑的客厅里,等待着内心的平静慢慢降临。

他看着袖口的扣子,在心里咒骂菲尔·史密斯威,这可是他的礼物。他觉得骂一个死去的人不太好,但忍不住责备菲尔,责备菲尔比责备自己容易。对于这些应酬,他知道他可以说"不",就像茱莉亚一样,但菲尔对什么事都只说"是",弗兰克只好别无二话地执行,菲尔总是说这是他们工作的一部分,他强调许多通过应酬是为了支持慈善机构。但大部分慈善餐会,都显而易见在展示企业公关并显露菲尔的真实动机。弗兰克怀疑,菲尔只不过是喜欢那种光彩夺目,即使那些东西其实有时很低俗,可毕竟,正是在类似的一次新车发布餐会上,菲尔才有幸认识他最后一任妻子——比他小将近四十岁的米歇尔。

当茱莉亚加入到这个行列时,她明确表态不做任何类似活动——她认为那是对她的中立和诚实的一种妥协。刚开始,弗兰克对茱莉亚这种有点夸张的一本正经没多想,但随着时间的推移,他渐渐感到,繁缛的剪彩、没完没了的演讲让人越来越觉得不舒服。以那样的形式浪费一个晚上,真的很可笑,而且,这些破事,占用了更多本该与安德丽亚和莫一起度过的时间。他现在在想办法,只接受那些本年度已经许下承诺的邀请。

他摘下袖扣,用手把玩着。扣子手感沉实,表面抛光精良,纯银制作,爱玛士造,弗兰克确信这些东西贵得吓人,它们已经成了菲尔的告别礼物。菲尔典型的风格是,他不仅给所在部门每个人买礼物,而且就其心意和礼物的价值而言,这些东西远远超过那块脏乱不堪的填埋场——那是用办公室为他募捐得来的款子买来的。在箱子里面,菲尔放了一张小小的便条,上面写着:"活得有点档次,哪怕一辈子就一次。"即便弗兰克知道菲尔以前买这些,是想要嘲笑他在生活中丝毫不懂附庸风雅、对美好的东西缺乏情趣,但他依然觉得这些东西很漂亮。

菲尔·史密斯威的职业生涯跟好运、个人魅力和令人惊讶的适应能力联系在一起。他从保险业起步,曲曲折折地历经房地产机构、音乐会推广及非法广播。像大家一样,他也在事业上经历过波折,但他剥落他老化的皮肤继续朝前走的能力,意味着所有波折都是短暂的。他在六十三岁那年入主国家电视台,对大多数人来说,那可是个考虑退休的年龄,但对菲尔来说,正是伟大事业的开始。菲尔只比弗兰克的父亲小五岁,但弗兰克却永远无法把他们两个当成同辈而论,菲尔好像完全属于当下红极一时的人。

一九八九年,弗兰克以记者的身份加入英国新闻中心时,菲尔做电视节目已经有十五年了,是最后留下来的九个新闻节目主播元老之一,弗兰克就是在对菲尔的仰望中长大的。菲尔在屏幕前轻松随意的魅力,让弗兰克疑惑——人怎么可以做到这样。弗兰克渐渐意识到地方电台主持人的某种压力,那些口齿流畅的人、那些能透过麦克风用微笑去交流的人、那些能跟听众建立亲密和谐关系的人,对于自身稀有而特殊的天赋,他们都养成了一种夸张得有点奇怪的论调。他们常常能看到,其他人是如何费尽心思努力追求、摸索那些他们觉得毫不费劲、信手拈来的东西的。他们开始明白,他们的个人价值是作为商品用来跟现金进行配给和交换的。在电视屏幕之外,他们渴望像毫无魅力可言的塑料叉子一样,这个中原由,既有对新来者的怀疑,也有一种广义上的妄想——害怕将来有一天,有人会因为其自然、轻松、无可限量的魅力取代他们曾拥有的一切。不过,弗兰克在这方面也许是幸运的,因为他显得没那么让人感到威胁,因此除了他们轻微的蔑视,他没遭受更多别的东西。

弗兰克很快就了解到,菲尔在这方面却另当别论,他在屏幕上的热情从容泰然,而他走下屏幕时的个人生活却是另外一副稀松散漫的样子。远离摄像机的菲尔,有一种不良的幽默感,枯燥、无情,还总是话中带刺;他总能找到事来刺激身边的人,而且乐此不疲,不过还是没有人生气或觉得那样令人讨厌,反而表现得像被人挠痒痒的小狗一样。菲尔是生活中美好事物的热爱者,他从未停止过对弗兰克的缺乏品位滑稽地嘲笑。弗兰克一进办公室,菲尔必定表现出无比关注的样子,问他对系在脖子上的那条领带满不满意;而每逢他们一起吃点东西垫肚子的时候,弗兰克对食物完全漠不关心的样子则让他既惊讶又惧怕。

他最擅长的一项本事就是跟同行主持人和通讯员叫板,当然这些只是偶尔为之,而且,他发誓他做的一切都不是故意的。在录像结束的最后几秒,即当他们的工作要转到演播室的时候,他一定会说一些鸡毛蒜皮的事情,脸上像戴着面具一般不动声色,有人称此为"手榴弹",因为在真正的狂轰滥炸之前,总有一小会儿的耽搁。这种情况下,搭档的主持人会改变一个话题,在一阵突发的大笑爆出之前五至十秒,巧妙地把场面撑住,菲尔则会皱皱眉头,向观众说抱歉,然后进入另一个环节。很没劲的是,有时台词一点趣味都没有,有时甚至毫无意义,但前后内容的连贯却被破坏殆尽。通常,他们制造的那点幽默只是出于探究一丁点儿菲尔的内心世界,与正在播报的新闻无关。当弗兰克还是个体育记者的时候,菲尔也曾有一次跟他打趣。那时他们坐在演播室准备开工,正好就在这时传来卖炸鱼和薯条的商店里有人被致命的鱼刺刺到的新闻,采访记者在现场当着过分激动的目击者陈词,并猜测这起事件的动机。记者准备返回演播室时,菲尔转身,用先知先觉的口吻对弗兰克说,"问题是,吃干腊肠会让你的小便变成红色。"

弗兰克记得,只有一次,有人对菲尔说过的什么话进行还击;还有个楼层经理曾因为一个无伤大雅的摩擦叫他滚,弗兰克对菲尔当时的反应感到很惊讶。

"哦,天哪,弗兰克,他以为我是一个十足的鸡巴。"

"别傻了,他今天心情不好。"

"不,你没看到他看着我的样子,简直像是恨透我了,那么恶毒地说我。"

"我也在场啊!那不是恶毒,他只是乱发作,没什么的。"

"我不喜欢他恨我这个想法。"

弗兰克大笑道:"他不讨厌你,而且即便他讨厌,那又怎么样?

你怎么会在意他的想法呢？每个人都认为我是鸡巴，可这并不能让我恼怒。"

菲尔微笑了一下，"是啊，不过你的情况不一样。"

弗兰克点头表示认同。经过这次交谈，他觉得自己瞥见了菲尔的另一面——不是表面上那种信手拈来的魅力，而是内心深处有点狂乱不知所措的茫然。那么自信的一个人，怎么还会那么需要被人喜欢—— 这是永远不会出现在自己身上的事。

他把袖扣放在咖啡桌上并把咖啡喝完。威士忌的作用，让这个夜的边缘渐渐平息。他进屋看了看莫，伸手理了理她脸上一缕头发，这才慢慢爬上床，倒头便睡。

10

莫林一直都是一个与众不同的母亲。通常来说,会使别的母亲们高兴的事情,对莫林则起着刚好相反的作用。这一点弗兰克从他还是个小男孩的时候就知道了。他还记得到同学家做客的时候,发现他们家的墙壁和冰箱上贴着他们信手涂鸦的画,他有多么的震惊和迷惑。每次他从学校带着画回家的时候,他的母亲只会说:"我该怎么处理啊? 他们让你把这些东西带回家来干吗?"弗兰克对此并不感到沮丧,事实上他跟母亲的想法一样。他知道,他的那些画是垃圾。它们只是被强迫之下匆忙画出来的东西,甚至和他想画的东西毫无相似之处。

莫林无法忍受自吹自擂。为了抵消她丈夫的过度自信,她近乎残忍地否定、贬低自己。同样地,弗兰克获得的还不错的成绩——他成绩确实还不错——对别的母亲们来说可能是快乐的源泉,对莫林来说却是痛苦的根源。当她发现弗兰克得了 O 等①——这个成

---

① O 等,英国中学生的普通级考试,普通级考试及格,亦作 Ordinary level。

绩比他班上很多同学要好——她会非常失望。"你可别告诉别人你得了什么分数。要不然,我该如何面对别的母亲呢?"

弗兰克倒是觉得这样有它的好处。他的母亲不会像别的母亲那样对他过分地亲切。她不会在公众场合摸着他的头夸耀他的成绩,弄乱他的头发。她几乎从来不去看他被迫参演的那些糟糕透顶的学校话剧。她也不会站在最前排,大声喊着一些傻话,使他成为其他男孩嘲笑的对象。她讨厌母亲节的感恩活动,认为那是美国式的矫揉造作。她也不喜欢巧克力、沐浴盐或者烹调书之类的礼物。

她不是一个容易取悦的母亲。但是弗兰克曾想,或许他更喜欢这样的母亲,而不是一个随便什么东西都能让她欣喜万分的母亲。那些极少数能使她高兴的事显得更有价值。她喜欢书,而如果弗兰克想办法给她买一本她喜欢的书,她的喜悦和感激会分外真诚。她喜欢看电视里播的老电影,还把这份喜爱连同关于四五十年代二三线演员的广泛知识传给了弗兰克。后来,弗兰克会给她买一些她少女时期在电影院看过的电影录像带,再后来是DVD。她拆开包装看到片名的时候,会惊喜得喘不过气来,总是说:"这才是一部影片啊。"

但当她的年纪再大一点的时候,那极少数能取悦她的事又变得更少了。从她搬到常青之家以后,弗兰克就没办法再找到任何东西来减轻她的哀愁了。她说她没办法集中注意力看书或者看电影了。由于这种状况,她没有因为弗兰克或其他任何人的努力表现得快乐些。对于任何意在改善她现状的主意,她都很快流露出不屑,而且,对于这么做会让别人多么沮丧,她表现得要么不在意,要么是假装不在意。弗兰克经常会带着怒气离开常青之家。因为她完全不理会安德丽亚和莫为了使她高兴起来所做的种种努力,甚至偶尔装一装高兴都不愿意。

弗兰克发现自己现在常常会想,为什么她就不能像别的母亲多一些。那些家庭妇女们看到家人会开开心心,在孙儿孙女面前更是表现得满怀喜悦。弗兰克越来越近乎刁难般地坚持要他的母亲做那些别的母亲和祖母们喜欢做的事,首先就是他决心要她偶尔离开常青之家出去旅行。

他每个月告诉她一次他们要开车出去旅行,而她则是每次都表示反对:"那是什么地方啊?""那里有什么好看的?""我不想在这种炎热/下雨/起雾……的天气出门。"但是没有任何一个理由能使弗兰克改变主意。他和安德丽亚几乎要用拖的办法把她从她的靠椅上弄出来。而莫林则完全一副被绑架的样子。"噢,你们要带我去哪里?"继而对着别的房客大喊:"我不知道什么时候才能回来。"那些房客们则是笑着回喊道:"旅途愉快,莫林。"而弗兰克则是心想为什么他不能有一个像他们这样开通地说话、想事的母亲。

外出旅行中,弗兰克和莫坐回到后排,由安德丽亚开车,而莫林则被塞在前座,前面塞一张毛毯,那是她坚持要的,只不过是个道具。弗兰克尽量选择一些可以确保莫去得了的地方。他发现自己一直希望母亲在莫面前能有更好的表现,这有点莫名其妙地反常规而行之。莫很喜欢莫林,而且很高兴自己继承了她的名字。

弗兰克想要保护她,不让她看见莫林不好的一面。

他们驱车去古色古香的集镇,或去参观名胜古宅,或去迷人的森林散步……但所有这些莫林每次的表现都像是去看牙医一样难受。通常在中途停车进茶馆时,她反而会比较放松。这给了她难得的机会可以喝她喜欢的淡茶,还有对别的顾客评头品足。看到一对老年夫妇共享着一片水果蛋糕,彼此相伴,这让任何人都会备感温馨的一幕,莫林却会鄙夷地说:"看看他们,真是无聊透了,什么都不说,什么都不做,只这样度过该死的一天又一天。"或者免不了说一句:"他们怎么不尖叫呢?"

虽然她很少喜欢他们的目的地,弗兰克却发现莫林在车上的时候显得很平和。特别是车子开过一些住宅区的时候,她似乎饶有兴趣地看着那些郊区的房子。

今天当他们开车经过亚德里的时候,她说:"那栋小房子可真漂亮。不是吗,安德丽亚?漂亮的屋顶,还有一条花园小路。"

那是一所普普通通的半独立式房子。安德丽亚瞥了一眼房子,说:"是还不错,不过莫林,你的房子更漂亮,它可是上过杂志头版呢。"

莫林点点头,"我想它应该是很漂亮的,但我总是觉得道格拉斯认为我们住在里面反而毁了它,我们似乎打乱了简洁的线条和尖锐的边缘。"

莫慢吞吞地从座位上倾身向前,"奶奶。"

"唉,亲爱的。"

"你认识道格拉斯。"

"是的，亲爱的。"

"就是爷爷。"

弗兰克察觉到妈妈的耐心开始消失，便抢白道："是的，亲爱的。我知道我们在谈论谁。"

"我从未见过他。"

"我知道。"

"但我看过他的照片。"

"他抽着烟斗，对吧？"

"是的。"

"他为什么要用烟斗啊？"

"我不知道，我猜他喜欢那样。"

"他喜欢夏洛克·福尔摩斯？"

"不见得吧。"

莫慢吞吞地回到座位上，有些失望。莫林轻轻地转过头，微笑地看着莫。

"你知道你看起来真的很像爷爷吗？"

莫看着弗兰克问："真的吗？"

弗兰克耸耸肩，"是有点，再加个烟管就更像了。你喜欢长得像你爷爷吗？坐在家里尽情地吃着抹满意大利肉酱的吐司面包？"

莫很夸张地作恶心状，"我怎么可能长得像他？他是男人，我是女孩。"

"是啊，是啊，你看起来当然不像一个男人，长得不是很像他，不过你们的眼睛和嘴巴都挺像的，还有，你有些表情跟他也很像。"

莫一脸奇怪的表情，好像很想知道她哪些表情跟爷爷相像。弗兰克看着她，试图去想象父亲小时候的样子，但还是想不出来。当他想起父亲的时候，除了他忘我工作的情形，别的都想不起来。道格拉斯曾是战后跟马丁、罗伯茨齐名的伯明翰鼎鼎有名的建筑师，也是深受这个城市的工程师郝伯特·曼泽尼器重的、具有远见卓识的建筑师之一，这一点，弗兰克曾从曼泽尼那儿得到证实："在有形的价值上，我一直不太肯定它们能否跟过去同日而语，对于伯明翰的建筑而言，我们的建筑风格真正有价值的少得可怜。"

　　曼泽尼这番话，让弗兰克觉得，曼泽尼对这个城市里的维多利亚女王遗产的价值，抱有一种很怀疑的态度。地标性建筑、奢华的百货公司以及精心装饰过的公共建筑，都一一被拆除，取而代之的是道格拉斯及其同辈们所钟爱的朴素的楼房。伯明翰成了未来建设之中的伯明翰。

　　当然，结果并不是想象的那样，战后的发展狂潮像一场灾难一样轰轰烈烈，环城混凝土公路及其他规划，在建成后就显露出了其先天的缺陷或已经过时了。推倒旧的，建立新的，一切从头开始的渴望长盛不衰，这是这个城市根深蒂固的特点，只是目标转移了而已，现在的目标是战后所建的楼房、整洁的道路，以及取代维多利亚时代的装饰物而建的混凝土工程的天下了。弗兰克的父亲花了一辈子心血来构建未来蓝图，试图替代维多利亚时代的城市旧容，展现在眼前时，已然没有往日那么多愁善感。

　　安德丽亚透过后视镜看着莫。

"也许你长大以后，会像你爷爷一样当一名建筑师。"

莫摇摇头，"我不想当建筑师。"

"为什么?"

"因为建筑师死了以后，别人会拆掉他建的东西。"

"那样的事不会发生在每个建筑师身上。"弗兰克在一边说道。

"不，亲爱的。"莫林补充道，"有些是建筑师还活着的时候，房子就开始拆了。"

11

　　每隔几分钟,他就得靠边停下,查看一下线路图,确保一切正常;接着又迁回曲折,遵照记忆,然后再次往前,慢慢地在大雨中驾车前行。尽管大雨倾盆,挡风玻璃的刮雨器每一次刮水都还很卖力,就像要把文弱优雅的自己从玻璃中拖出来一样,由此而发出的嘎吱声冲击着弗兰克的神经。他意识到他不由自主地随着刮雨器的节奏在眨眼,于是决定把车靠边停下来,准备步行。

　　山顶房产是六十年代在城市边缘开发的小户型地产。就像它的名字表达的含义一样,它坐落在一个不起眼的小山包上,从一个方向看去,它是这个城市身后的一道风景;在另一个角度看,它像一片耕犁过的地。开发商的某些奇怪的构思加上那块地本身的轮廓,山顶房产有几分尚在试验中的感觉。弗兰克看了地图,在 A—Z 页,他看到支架固定的欧几里得几何道路网,沿着椭圆形线条向下,在山顶房产处形成一个 U 形弯曲。地图上并没有更清晰的描述,一个个弯道呈错综复杂的曼德布罗特①几何状延伸出另一个

---

① 曼德布罗特(Mandelbrot),法国数学物理学家,供职于 IBM 公司。他发展的分形几何,对混沌理论的产生起着举足轻重的作用。

个弯道。

一手拿着街道地图，一手撑着雨伞，弗兰克开始找莱桑德大道十二号。刚开始，那些整洁的房子和公寓给人的感觉好像并没有起到它们作为山顶地产的作用。弗兰克以为那样的设计是对街道的完善，就几分钟光景，他们的作用已然清晰。虽然每座房子都有编号，但那些都是弗兰克无法辨别的，不管用哪种方式都找不出编号的规律。他找到了莱桑德大道二号，它紧挨着四号和六号，在五十四号隐隐约约出现前，真让人对一个平衡世界产生瞬间的幻觉。再往前去，越来越潮湿的地带，弗兰克发现五十四号是属于提泰尼亚·克罗斯的，这房子不仅横穿莱桑德，而且还完全把它分割了，被切去的部分散落在山顶地产四周。弗兰克最终找到嵌在奥布朗·德伍中心的莱桑德十二号。一个穿着灰裤套装、一头红色长发的妇女打开了门。

"奥克罗夫先生？"

"弗兰克。"

"你好，弗兰克，我是丽贝卡，你跟我的同事希米通过电话。"

"你好，丽贝卡，很抱歉我来晚了。我找不到这个地方。"

丽贝卡皱了皱眉头，"你没地址吗？"

"有，可是你知道你这地方，像迷宫一样。"弗兰克笑道。

丽贝卡面无表情地看着他，"是，不过也没什么，我整个上午都在这里整理东西。很感谢你来帮忙——这样我们就有可能理出些亲缘关系了。"

"我很高兴帮得上忙，希望这会打开记忆的闸门。我在工作中见过许许多多面孔，不过我一般都能记起他们。"

丽贝卡点点头，"好了——我准备了些资料，放在客厅桌上，去看看。没什么事的话，我要上楼清理房间了。"

她转身朝楼上走去，飘出一种弗兰克在家里闻过的护发用品的香味。他把滴着水的雨伞放在门边，走到客厅。里面与他想象的不一样——他发现自己一直在想象一个脏兮兮的场景：一堆堆发霉的报纸，空罐头摆在窗台上，厨房里有老鼠屎。其实客厅里没有想象中那么多杂乱的家具，而且都挺干净的。一个单人橙色靠背沙发，摆在装有煤气取暖器的墙前；一张榆木效果的餐桌及两把餐椅；一个镶边橱柜，上面看起来像七十年代的音乐盒。他看了看一尘不染的、被烟熏过的电唱机塑料盖，想到迈克尔·丘奇生前如此勤快地打理的这房子，死后只供陌生人来访。房子要是脏一点，心里反倒不会这么难过。

桌上有一堆文件单据。地方议会的一个女人说，他们没发现任何能证明谁跟迈克尔有亲戚关系的东西。弗兰克小心翼翼地坐在餐桌旁的椅子上，不明白自己在一个死去的人的屋子里做什么。可能是因为迈克尔·丘奇曾经是某个新闻报道中的重要人物，而弗兰克却无法在他的故事里添加任何新东西。也许弗兰克还是个记者的时候就采访过他，而他们所了解到的一切只是这个人曾开着大卡车撞进自己的餐厅，或者曾强烈抗议学校关闭，要不就是因为虐待狗而被带到法庭。

他把那一堆东西挪过来，开始整理各种文件和信封。他轻轻地触摸那些文件，像手里捧的是古董一样。一个人一辈子的文件，要清理起来通常都是一片混乱。一本本保险单、电视许可催缴单、某次募捐的感谢信。坐在另一张桌子前，弗兰克的思绪掠过许多年前一个下午：阳光洒落在地板上，他帮妈妈整理父亲去世后的保险单和付款账簿。他想找到迈克尔·丘奇过去的地址，他觉得那个地址将会是他打开记忆之门的钥匙。地址没找着，却在一个 A5 标准信封里，发现一些照片。一张黑白照上，一个年轻女人坐在树下，微风轻拂着她的头发，女人对着那个拍照的人笑；另一张则是两个穿着部队制服的年轻人，好像都不是迈克尔；还有一张是彩色的，一个学步的孩子，虽然难以辨别，但很可能是个男孩，拿着水桶和铲子，正自个儿乐着呢；另一张黑白照上，有两个男孩，左边一个显然是迈克尔·丘奇，他穿着一件紧身背心、一件短袖衬衫，羞答答地微笑着看着镜头；右边那个比迈克尔高的男孩，用手臂搂着迈克尔的肩膀，笑得很灿烂，他身上似乎有一种迈克尔所没有的自信，眼睛直视镜头。弗兰克看过那个表情上百次了，那个男孩就是菲尔·史密斯威。

弗兰克背靠向椅子，闭上眼睛。现在，他想起来了，这是跟新闻无关的事，时间不会太长，大概十八个月吧。有一次菲尔来到伯明翰，两人约好午饭时间会面。他们走过圣菲利普教堂，朝前往珠宝区去，这时，菲尔突然对着一个正朝他们走过来的人叫了一声，那个人起初有点发愣，继而笑开了——他认出了菲尔。就在他朝他们走过来的刹那，弗兰克注意到他的眼睛——大而明亮的蓝眼睛，显得比脸上其他部位年轻得多。菲尔和那个人热烈地握手、哈哈大笑。菲尔向弗兰克介绍迈克尔，说这个是他"相识最长、失散最久、最亲密的伙伴"。弗兰克还记得,跟迈克尔握手时,他的手特别有力。迈克尔聊到看见菲尔主持电视节目的事情,菲尔则要他如实招来为什么一直都不联系。弗兰克觉得此时自己有点多余,于是跟菲尔说他先去饭店找位置,顺便问了一下迈克尔是否要跟他们一起去,他说他不去。弗兰克便离开他们俩,心里揣摩着这两个人到底有多长时间没见面了。

弗兰克又看了看照片,他不太清楚他们在教堂前邂逅之后,是否一直保持着联系。他想起了那天他们两人外表上的强烈反差:菲尔穿着棕褐色皮衣、白色套头圆领底衣,戴着劳力士手表;迈克尔则穿着一件薄薄的防风衣,显得苍白而寒碜。迈克尔看起来不像是菲尔那个生活圈子的人,也不像是打高尔夫、开梅塞德斯①的人。弗兰克环顾了一下这个屋子,心里在想菲尔是否曾发现迈克尔离群索居。迈克尔肯定听说了菲尔的死,而且弗兰克很肯定他没出现在葬礼上。他心里有点痒痒的,想更多知道迈克尔,看是不是有还活着的人认识菲尔,而且可以给他提供一些线索,一来确认菲尔的身份,二来弄清他是怎样在无人注意的情况下结束生命的。弗兰克告诉自己,这么做,对菲尔而言,是一种善举。

---

① 梅塞德斯,汽车品牌名。

12

迈克尔

二〇〇九年十月

　　一条长凳放这个地方，实在有点怪异。他数百次经过此处，却从未看见有谁在那儿坐过。难道它这是在等着自己去坐吗？

　　凳子比习惯坐的稍低些，他尽可能地弯下膝盖，这样才能让自己坐下来，身体的重量沉沉地压在凳子上，一股冲力回振着。空气中有些黑点漂浮着，他闭上眼睛，等待嗡嗡的大脑能平息下来。再睁开眼时，看到三条车道上小车朝市内飞奔而去，另外三个车道的车则在相反方向疾驶。这些，不是很多人想凝视的风景。

　　马路上有东部住宅房产的标识，他熟悉的房子和许多街道十年前都被清空了，连邻居原来的名字也没了，但他还是想寻找一些他过去熟悉的路径、一些他和埃尔希会面的地方。埃尔斯沃司街角的桦树、公园里的铁扶手、运河上面被熏黑的桥——过去的种种依稀可见。他觉得此时的自己像一个没出息的考古学家，寻找着没有价值的财宝。

埃尔希死后,他开始不断地到这里来重游,大部分周末,他都会坐八十六路车进城,而后步行抵达目的地。他无法适应这个如今已空荡荡的空间,记忆中是一幢接一幢的房子、一个接一个拥挤热闹的家。但现在,大部分空间一片空白,平房和小公寓跨过混凝土四方形大院和一堆堆的小山丘,彼此对视。呼啸的风在空地上穿行,吹弯了树苗,杂草凌乱地四散。他不知道这些空地是用来干吗的,好像没人使用;他不知道这里的孩子们都到哪去了。

从长凳那儿往下走,过去的道路仍然完好无损。爱德华街学校似乎已不再是学校,室外的布告牌上说的是失业者的机会和资源方面的东西,但建筑本身还是以前那种维多利亚女王时代的红砖结构。

他看着那熟悉的轮廓,想起那儿曾有过的所有欢声笑语。闭上眼睛,他还听见身后熟悉的脚步声。那儿有三个人,他的心跳随着他们的渐渐靠近而加快,一转身,一只书包重重地成直角往头的一侧飞过来,就在他趔趄着试图保持身体平衡时,闻到一股皮革和墨水的味道。一阵晕眩,但他很快就振作起来,就在他们试图把他扳倒前几秒,使出浑身解数予以还击,一阵狂乱的混战中,他的指关节打到某个人的脸,靴子踢到某个人的下身。有一会儿,他感觉到自己所向无敌,于是发出胜利者的吼叫。可是,后来,他尝到嘴里的血咸咸的味道,地平线渐渐变得模糊……

他们一把将他弄倒在地上,就开始一本正经起来。他们穿着靴子躺在地上,他时不时瞥见他们严峻的脸。这些家伙"献身"去做的这些无法从中获取更多乐趣的事,这让他差不多都有几分"敬意"了。他们大口大口地喘着粗气，摆出一副不遗余力的架势，看着他躺在那儿，蜷缩在潮湿的操场上挨打。不过这只是一个幻觉，迈克尔早已远去。他的名字叫拉斯提，骑着阿帕卢萨马①穿越纪念碑谷。他挽救了他那忠实的狗"潘乔"的命，在他被蛇咬后，他们以缉毒队长的名义，联合彻罗基族侦查人员去逮捕一个危险的歹徒时，他们释放了缉毒队长关起来的一个美丽的姑娘，这位姑娘后来就坐在迈克尔后面，手臂紧紧抱住他的腰，骑着马一起走，她的名字叫玛利亚。坐在他的马背上，她的心跳撞击着迈克尔的后背，感觉很奇妙。太阳正要落山，在山谷下铺上一层奇妙的光影；潘乔摇着尾巴，汪汪地叫。

那伙人已停止用脚踢他了。他躺在地上，脑海里竭力想捕捉住潘乔闪亮的眼睛，可它很快就消失了，而此时在眼前，他看见跳房子游戏的粉笔网格。他慢慢坐了起来，检查了一下身体。后背很痛，脑袋也一阵一阵地作痛，但拉斯提可以承受比这糟糕得多的东西，而且从不抱怨。他摸了摸后脑勺，疼痛开始发作。他闭上眼睛片刻，当他再睁开时，看到眼前有一双腿——是菲尔。菲尔把他拉起来，用手托住迈克尔的下巴，把他的脸从一边转到另一边。

"干得好啊，伙计，你会没事的，他们今天没朝你脸上像模像样地踢。"

迈克尔卷起他的工作服和衬衫，叫菲尔看看他的背，菲尔忽然呼吸急促。

---

① 阿帕卢萨马：供人骑乘用的一种马匹，产于美国西部。

"我的天哪,米奇,乌青的地方都已经肿起来了,还凸起一个大家伙。"

"我以为他们没弄破我什么地方呢。"

"他们还是手下留情,是吗?"

"你都看到了?"

菲尔沉默了一会儿,说:"是,差不多都看到了。"

迈克尔看着他,说:"没关系,不是你在打架。"

"三对一,那不算打架,他们是一群懦夫。"稍停顿了一下,又说,"我也是懦夫,眼睁睁地看着事情发生。"

迈克尔摇摇头,"你不是懦夫,你是唯一一个跟我说话的人。"

"你是唯一值得交谈的人,其他人都是白痴。"

迈克尔对此笑笑,"没事,他们不会找我麻烦。"

"你疯了,你没法逃脱他们,你知道吗?"

"总是有人告诉我,跟这帮土霸王牵扯上是最麻烦的事。"

"呃,我是想说,说教的东西都是胡说八道,他们总是说人要'坚持自己的信念',要学会'反击'。这样做没错,但这也要看什么情况,要我说,不如'跑吧'——这才是他们真正想要达到的目的。伙计,如果这样,他们也就觉得没什么意思了,自然会找个借口停止那么做。"

"我觉得我爸肯定不喜欢我逃跑。"

菲尔恼火了,"你在说什么?你爸他自己就逃跑了,你还没出生,就丢下你妈一个人。"

"我妈说他怀念德国,回去当牧羊人了。"

他们彼此对视，"牧羊人？"菲尔摇摇头。"小羊。"他和迈克尔开怀大笑。

他们走出校门，踏上回家的路。菲尔不知道他们是不是又被疏散了，于是问迈克尔，记不记得一九三九年呆在贝尔伯罗特教区那些古怪的人，迈克尔好像忘了。菲尔想起当他们被送到伊夫舍姆教区时那里一个眼睛凸出的牧师，这位牧师像阿拉斯塔尔·西姆①一样疯疯癫癫，而且他的样子总是逗得迈克尔捧腹大笑。迈克尔让菲尔别再说了，身上的伤痛得厉害。

菲尔先发现了那群女孩们，"过来，米奇，我们去让她们看看你身上的青肿。"他们坐在公园树下，迈克尔往对面看了看，见到她坐在那跟朋友聊天。她微笑着，把手挪开，头发在笑声中弹跳。他感觉好像胃部又被踢了一次。他停下脚步，菲尔不解地看着他。

"走啊，你在干吗？好吧，我们即便不给他们看你被打肿的地方，也得告诉他们你是以一对三，而且你是唯一还能站着的人。"

迈克尔很想坐下来，因为呼吸有点困难。

菲尔笑笑，"去吧，你知道她喜欢你。上帝才知道为什么我就在眼前，她却偏偏喜欢你。"

迈克尔费劲地摇摇头，"她从来都没看过我一眼。"

"确实。"

迈克尔坐在那儿不动，"我觉得还是不能这么唐突吧。"

菲尔拉拉他的袖子，说："跟我走就是，一切由我来说，你保持

---

① 阿拉斯塔尔·西姆（Alastair Sim），英国二战后最受欢迎的喜剧明星之一。

沉默就好。反正有另外一个人爱我,她的品位更好。"

迈克尔看着菲尔的眼睛,"真的什么话都由你来说?"

"你以为我会让你把事情搞砸啊?"他把衣领竖了竖,"我告诉过你要好好保护好你的脸,没错吧?看看你那双眼睛,让你显得多么天真无邪啊——女孩子们就喜欢这样的,有了这个,你简直就畅通无阻了。"

迈克尔把手藏到口袋里,跟着菲尔往前走。

一辆卡车扬尘而去,学校渐渐在身后消失。正是交通繁忙之时,环形交叉路口排起的长队延伸到迈克尔坐过的那条长凳处。菲尔对埃尔希和她的朋友说了些什么,这会儿他一个字都想不起来了,但他记得埃尔希的目光第一次停留在自己身上,而且,有一股电流般的感觉在他们之间传递。

13

　　高速公路很安静,他一直行驶在慢车道,紧随着一辆时速五十、有气无力的大货车。弗兰克心里很怀疑自己天黑后能不能掌控好汽车,在城区的街道还没问题,但在乡村道上或高速公路无灯地带,他还是害怕在一片昏暗中,眼睛和大脑无法配合。最近一两年,已经出过这样的错了。现在,大脑会周期性地选择忽略或任意误解视觉接收到的信息。那些样子很熟悉的车尾灯、道路交通标志、猫眼灯、前灯,分解成了涣散的曲面形状,浮动着抽象的投影,弗兰克迎面猛冲过去,而后睁大眼睛颓坐在皮坐垫上;有时,他把后退的汽车尾灯错当成朝前的头灯朝他开过来;有时,他还会误以为反射在自己车窗上的车辆是掉头到他的车道上的;沿着高速公路某个荒无人烟的路段前进时,常常因为幻觉——幻想中前面路段上有障碍物,这导致他不得不时地急刹车。他等着迟早会有那么一天,被警察带走,对他进行酒精测试,而当他们在他血液里检测不出酒精时,他们会由怀疑慢慢变得不安。

　　他按下指示信号,退出高速公路,沿着高级主干公路和乡村道路回家。在萨里郡参加了"走一天"的工作后,今晚的路程比平时更长了。他不喜欢他现在居住的地方,其中一个原因便是拥堵的交通。回到安德丽亚和莫身边,总是很开心,但他特别希望这样的晚间团聚能在别的地方进行,而不是在他们家。在他以前生活过的任何一个地方,亲和力都不像在这里这样微弱,即使在他的学生时代,住在阴冷的合租房里,只有揉成一团的毯子和如针毡般的沙发。莫出生的时候,他和安德丽亚搬出了这个城市,当时心里存有一种模糊的想法,以为乡村是居家过日子的好地方。他们在伯明翰城外三十英里处很大的一个住宅小区,买了一幢五居室的新楼房。这里确实不是城内,但也不能称之为乡村,高速公路倒是便利,从这点上说,迁居到这里算是不错的主意。

他们刚搬来时的日子,潮湿而灰暗,弗兰克感觉到这个地方空旷得有点可怕,但他不去想它。刚开始几个月,安德丽亚很轻松就安顿了下来,弗兰克信心满怀。他一直居住在城市,但脑海里一直幻想着乡村生活,他期待着能做所有居住在乡村的人必然会做的那一切。

他买了本当地的游览书,有好几次,一大早就行头十足地出发了,但最后发现,当地的风景真的没什么迷人之处。尽管他一直努力寻找,可还是没找到任何能激发他迈开跋涉的步履走过耕地、或沿着狭窄的车道前行的动力——路上的汽车以致命的速度、带着喇叭的尖叫掠过。他穿过田野,穿过一排排篱笆围住的梯田,进到另一片完全相似的地方。除了人群的喧嚣,他看不到其他有生命的东西。有时,他会想象自己是炸弹爆炸后最后一个活着的人,类似的想法必然无法提亮他沮丧的心情。坚持了十月和十一月的每个周末之后,他放弃了。他得出一个结论:那儿确实没什么风景可看。

他在另一方面所作的努力是围绕当地设施进行的。最近的村庄有三里远,他迫切地希望能在当地购物,想象从附近农场买来的食品是多么地可口。邮箱、电话箱、便利店、中式快餐和小酒馆,由此而形成村庄的中心。可没想到的是,商店根本不卖本地出产的东西。弗兰克了解到,周边有几个农场,都在以工业规模生产食品,为城里的大超市提供服务;弗兰克还注意到,除了可供选择的酒精区大出两倍以及普通少年杂志旁边陈列着严重色情刊物之外,这里卖出的东西跟他以前生活的城市里的便利店没有什么区别。第一次去的时候,他买了一罐烤豆子,一条尤克棒①。自那以后,他宁愿开车走十公里路程到最近二十四小时营业的桑司柏立连锁量贩店买东西。

安德丽亚和他后来都意识到,这个地方对于莫来说,不是一个好环境,虽然她在学校很开心,但她的朋友没有一个住在附近。每当弗兰克想到将来,他都会觉得,让女儿在这里度过少年时光,实在是个再糟糕不过的地方。他经常看到两三个形单影只的人,戴着头巾,坐在村庄的凳子上,点燃火柴,而后像扔鱼雷一样把它们扔进排水沟。

---

① 尤克棒,一种巧克力棒。

他继续向前行驶,途经那个已褪色的"出售"标志。时间过去两年,他最终放弃了有人来从他们手中把房子买走的希望。走进屋里,看到安德丽亚在厨房做饭,安德丽亚朝他挥了挥手中的长柄勺表示问候。

"今天过得怎么样?"

他吻了一下她,"真是令人鼓舞啊。"

"我相信。有很大型的挂图吗?"

"噢,有的。"

"一个幻灯片展示?"

"几个呢。"

"你了解到一些新的东西吗?"

"对于这些东西,我显得年龄太大了点。"

"这点你早已明白。"

"你跟莫聊过吧,她玩得开心吗?"边说,弗兰克边脱下夹克外套。

"嗯,她很开心。最让她兴奋的是喝茶时劳拉妈妈给她们吃的什么东西,应该是土豆吧,她高兴坏了,对她而言那可能是整个通宵晚会中最重要的部分。"

弗兰克沉重地坐着,盯着反射在黑暗窗户上的室内景象走了神,几分钟后,他才反应过来安德丽亚一直在跟他说话。

"抱歉,你刚刚说了什么?"

安德丽亚盯着他问道:"你还好吧?"

"是的,我还好。只是感觉今天有些怪异。"

"怎么？难道你一整天都在咬紧牙关忍受会上的连篇废话？"

"不，不是的。是我在开车回来的路上，经过了菲尔死去的地方。"

安德丽亚在他身边坐下来，"啊！"

"会议地点设在一所大房子里，在一个很偏僻的地方，以至于在回来的路上我迷路了，完全不知去向，将车一直开到乡间小路的尽头——那里没有任何路牌标志。行驶中途的某一刻，我突然看见鲜花，还有照片，粘在一棵树上。刚开始我没在意，后来突然在其中几张照片上瞥见了菲尔的脸。我没料到那儿还留有痕迹，相反，那儿人满为患，有些人的照片看上去还挺新的。"

"不知道那是不是当地人留在那儿的，或者，有人专门去到那儿。"

"我不知道。"

"我无法理解——对一个从未谋面的人，留下鲜花来祭奠。"她停顿了一下，又接着说，"我不是说你，我的意思是，那确实太不可思议了。不过从另一个角度来说，至少你是在回忆那些被人遗忘的人，可这样的事情对菲尔的意义却不一样。"

"我猜那只是人们感觉能更靠近他的一种方式，他在电视上的时候，他们跟他没有切实的联系，但在他死去的地方放上鲜花，也许让他们觉得自己跟他联系在一起了。"

她耸耸肩，"我还是觉得匪夷所思。"

弗兰克看着安德丽亚笑了笑，"嗯，人都是怪物，大家都一样。"

安德丽亚点头，"跟我们不一样。"

弗兰克用力摇了摇头，"是啊，跟我们不一样。我说的是别人，不是我们。"沉默了一会儿，"可我无法理解那件事是怎么发生的。"

"哪件事？"

"那起肇事逃逸交通事故。我还以为那条路是弯弯曲曲的小道，但其实不是，那条路又长又直。如果菲尔是在我今天看到的那个地点死的，我不明白司机当时怎么可能没看见他。"

"可能他们的确看见了，但无法控制汽车，或者可能他们开车时在打瞌睡。"

"如果是这样，那车肯定会撞到哪里啊。车是在一条笔直的道路上行驶的，居然会撞死一个完全看得见的行人，然后开车走人，这不是疯了吗。"

安德丽亚回到厨房继续做饭，"可怜的菲尔！他当然可以慢跑。就不能从容地变老吗？七十八岁了，却费尽心思让自己看起来像四十五岁。为什么不能让自己顺其自然呢？我恨不得让饼干屑发芽，并从一周开销中削减砍掉那些折扣券。"

弗兰克笑了笑，打开了厨房工作台上的电视。他盯着屏幕，却发现满屏幕上都漂浮着菲尔的头像，在一条笔直的马路上的一棵树上闪着光。

14

他坐在已停靠的车上，遥望着宣布大型项目盛大开张的横幅。横幅上宣称，那是一种让人兴奋的新型休闲项目的开发，领先之处在于它是带有健身房的赌场。一束束黑银色气球在猛烈的寒风中狂舞，几个金色直发、穿着土黄色军服的女人打扮成兔子女郎，为这个场景助兴，她们打着寒颤齐聚在入口处。在她们身后，他看到他马上就要剪的粉红丝带。赌场大门上方的招牌上，霓虹灯字母"O"设计成轮盘赌的形状，刺目的招牌上方是石头门廊，上面精心地雕刻的"皇家儿童医院"几个字清晰可见。

在一系列人们可以想象的城市地标中，皇家赌场式样最新，或许也是最大胆的。伯明翰正努力改变自己对待建筑遗产的名声：著名建筑缺乏情感就等于自我伤害。现在，这个城市采用了更感性的方法来对待维多利亚时期的遗产，引人注目的例子是，战后清理下来的东西得到保护、珍爱。

当下流通的这种信条，驱使着人们在旧维多利亚建筑上寻找新的用途。许多闲置了好多年的房子，他们的初始交接已过期、废弃或转移到新的设施中，现在，却有诸如"城市遗产"、"革新者"、"新概念"这样的私人开发公司，正在寻找新的重新利用旧空间的途径。

弗兰克看到一小群人现在正聚集到路上。一般情况下，他总是把他的出场费捐给慈善团体，拒绝丰厚的出价，让他有点内疚感。他答应为赌场开张剪彩，算是对父亲一个老同事的帮助，这位老同事的儿子现在正经营"革新者"，但他内心里，无法掩饰对于这类开发的厌恶。在过去，对于那些古建筑奇怪的重新开发，会让他觉得很矛盾。眼科医院突然成了豪华旅馆，雄伟的山顶大厦维多利亚精神病院变成了公寓……每次经由大车道开往封闭的公寓的时候，都会想起小时候经过这里时，看到病人站在铁网篱笆后，大声嚷嚷着一些奇怪的话、向人讨香烟。他很纳闷，有谁会选择生活在一个从前有人患病的地方？对过去如此无畏的人，会是什么级别的狂徒呢？

在所有这些开发的项目中，儿童医院蜕变成一个赌场，是他觉得特别无法接受的。这似乎在迎合一种不恰当的新标准。医院早在五年前就搬到更大的地方运营了，但弗兰克总是会想起它的前身。他还是个孩子时，曾在那儿做过阑尾割除手术；而且，有一次，莫蹒跚学步从楼梯摔下来时，弗兰克像这个城市每个父母一样，在医院里惊慌失措。这些年在电视台，他也报道过很多跟这个医院有关的事情，他尤其记得的一个叫露西·史默伍德的十岁孩子，白血病患者，在她住院期间，曾发起一个又一个倡议，为其他患病孩子募集资金。电视台和当地报界有定期栏目，报道有关她所作出的努力。弗兰克将永远记得女孩去世的那天新闻编辑部的静穆。此时,他眺望着悬挂在窗上的骰子和木片的投影,想不明白谁能在那样一个地方,体味诸如幸运之类的感觉。

他看了看表,距离预定时间还有十分钟。他一生中多数时光都这样零零碎碎地消磨掉了,这是他本人比较守时的结果。他不知道用"守时"来描述准不准确:他总是比预定的时间早——他料到,这就像那些不守时的人老是迟到一样,不过他这样的情形只会带给自己不便而不会影响到别人。

任何约会,他都会早到十五分钟,这是从小就养成的习惯。对于早到,人们当然都不会去"攻击",因为每个人都喜欢被人等。如今,时间过去二十年,弗兰克终于体会到人们见到名人时普遍存有的那种紧张不安的心情——即便是他这样的小名人——在某种特定环境之外。他们理解,名人主要是存在于聚光灯下——随着开场音乐慢慢消退,做模做样翻着非官方文件,从帷幕的后面出场,在一堆未读过的杂志后摆着的沙发上面带微笑;他们也理解,名人有自己"真实的生活",但这种真实的生活仅仅是杂志上的照片和附在照片旁边的一小段文字,名人也会不化妆,身上有奇怪的伤疤,难看的脂肪一圈一圈在昂贵的比基尼底部下坠——所以这是可以理解的,名人只存在于某种特定的范围里,如慈善晚宴、饭店开张 ——诸如此类的场合。高雅的和庸俗的暂时齐聚一堂,名人则在两者之间起着较完美的平衡作用。

弗兰克以前出席这种场合时,常在摄像师正在布置场景的时候到达,很高兴地等上一会儿,和马上就要由他来剪彩的商店或饭店的员工们开开玩笑。他是以名人的角色去到那些地方的，不过他对个中奥妙还不是很"在行"。这一回，终于有那么一个饭店经理，让他明白了这一切。弗兰克早到十分钟，这位经理一看到他，便忙不迭地让员工把他带到别的地方等候。"大伙儿不希望看到你就这样亮相，"他说。听到他这么说，弗兰克还以为他是不是反感自己穿的西服，但后来他终于明白了他的意思——他必须在预定好那一刻，西装革履、光彩照人地粉墨登场，而不是像现在这样，提前十分钟傻傻地出现在人们的视线里。

　　弗兰克渐渐对一些看不见摸不着的形式很老练。他虽然没法调控好自己早到的习惯，对于这点，他好像穷其一生都无法改变，不过他很肯定自己能把捏好自己的"能见距离"——什么场合该亮相，什么时候不要出现。提前到达目的地时，他会到附近商店打发时间，或在车上看报纸，没人会注意到他，只有当他按下电波按钮，或走到彩带下时，才会被人注目。记得小时候，他曾按自己的"渴望"程度排序，在一张纸上为那些超强能力列表。他现在想得起来的只有几个，最清晰的是：飞行能力和穿越时空的旅行；他还清楚地记得，在那个列表的顶端，写的是他最渴望的"隐形天赋"。有时，在晚上，他会假装正穿着魔幻隐形睡衣，独自躺在床上，很肯定没人能看见他，然后暗自期待母亲或父亲会进到房里来，惊慌失措地发现人不见了，这样，他就能证明自己是隐形的。他躺在那，等啊等啊，等的时间越长，他就越想知道自己到底有没有隐形。他渐渐有点着急，如果没人过来看他的话，怎样才能知道自己是隐形的，或是没隐形呢。就这样，脑海里迷迷糊糊地想着自己、幻象、魔幻睡衣，一片混沌中，他渐渐入睡了。

这会儿，他下了车，看见远处那位就是业主，便径直地朝那人走过去。那家伙长得浑身是肉，鸽子一样的胸脯，脖子很短，身上的打扮多少有点《迈阿密风云》①的味道。弗兰克觉得这样的行头并不合适他，也不适合此时的天气。弗兰克伸出手来，正要跟他握手，那人这才转过身并认出他来。弗兰克注意到他脸上掠过一丝轻慢的表情，一闪即逝，给人感觉好像弗兰克是人们搞笑的对象——这是他惯常有的表情。彼此寒暄几句后，弗兰克在彩带中站了起来，按邀请人的要求开始了演说——内容无非是这一领域蒸蒸日上的经济前景，加上一些粗俗的玩笑。剪彩开始，摄像机灯光一闪，他把脸笑得无比灿烂。

一杯无味的卡瓦酒②之后，他跟敦实的业主埃迪聊了一会儿，一个貌似有魅力的女人坐在他旁边，不知她姓甚名谁。

"现在，整个城市赌场好像雨后春笋一样。"弗兰克斗胆说道。

"是啊，一个城市的鸟就这么多。"埃迪说道，"你知道吗？按人头算，伯明翰是欧洲拥有最多绅士俱乐部的城市。"

"真的吗?"弗兰克说。

"这种情况下，女人的身体就日益贬值。"

弗兰克一时不知所云，埃迪把意思解释得清楚些："这些俱乐

---

① 《迈阿密风云》，柯林·法瑞尔、巩俐主演的电影，改编自二十世纪八十年代红极一时的同名剧集。
② 卡瓦酒，一种西班牙起泡酒。

部雇佣一些丑女人,降低体验价格,糊弄那些花钱的人。我经营了五个舞场,里面的女人都很漂亮,女孩子都保持着姣好的容貌,可现在都太空闲了。男人有钱付给一个漂亮女人为他跳舞,感觉当然不一样,但如今就没什么特别了,这一套已经失去魅力和魔力,花这样的钱让人觉得肮脏。"对类似论调,弗兰克就当是切中要害。

"不过,弗兰克,赌场是不一样的娱乐,他们还是有吸引力的,人们想起赌场,就想起詹姆斯·邦德①、想起乔治·克鲁尼②和莎朗·斯通③,想起诸如此类的一切,他们觉得把钱投赌桌上,比我们拿去存银行快捷。当然,虽然我是一直以来还没衰败过,不过你可能从来都不知道,不景气时期应该有不景气时的措施——就像全部押红色。"埃迪还在滔滔不绝,弗兰克已听得恍恍惚惚。他心烦意乱地看了看周围人的脸,想知道他们当中有几个人小时候来过这家医院,或者有几个人在深夜无人的街道,闯过一个又一个红灯,带他们的孩子来这里看过病。他的注意力被一个手推购物车的人吸引,他正沿着人行道向他们这个方向走来。那人很高,大概五十几岁,穿着上面有徽章的滑雪衫,戴着男孩地带④棒球帽。半途中,他停了一下,看了看前方,过了一会儿,他继续拖着购物车,走向一个打扮成兔子的女孩,弗兰克听见他问:

---

① 詹姆斯·邦德,英国小说家弗莱明写的十三部间谍小说中的主人公,代号为007,常指机智、大胆、具有冒险精神的人。
② 乔治·克鲁尼,美国演员、导演及编剧,二〇〇六年夺得第七十八届奥斯卡金像奖最佳男配角奖;主要作品有《夺金三雄》、《战略高手》、《永远的蝙蝠侠》。
③ 莎朗·斯通,美国演员,一九九三年金球奖最佳女主角提名;一九九六年金球奖最佳女主角;一九九六年奥斯卡最佳女主角提名。
④ 男孩地带,乐队名。

"乖乖,孩子们要回到这里来吗?"

"不好意思,你说什么?"

"我是说孩子们,儿童医院,他们要在这里重新开业吗?"

"医院?"她很大声地说,好像跟她说话的那男人是个聋子一样。"你就是要问这个吗? 医院已经搬走了……这里再也不是医院了。"她慢慢补充说。

那人看着她,觉得她样子太天真。"我知道的,乖乖! 我记得医院是关闭了,我以为他们要重新开张。那这是怎么回事呢? 那现在这一切都是为啥?"

"今天是一个新赌场开张。"

那人朝她皱皱眉头,说:"赌场? 这里要开赌场? 你在开玩笑吧,乖乖?"说完后,他大笑起来,笑得那么厉害,以至于周围人的谈话都停了下来,所有的眼睛齐聚在他身上。那辆购物车,就停在他们中间。

15

前一年夏天,某日下午,安德丽亚、弗兰克和莫驱车到运河边散步。他们沿着运河走到郊区,每经过一个花园,莫都喜欢发表一下即兴评论——她喜欢用石头装饰成刺猬和獾形状的、还有青蛙穿着背心推独轮手推车的;她还喜欢尽头有小木跳船、小船一排排绑在一起的花园,一早起来去划船的念头对于她来说实在太有魔力了。她强烈反对这些花园里的蹦蹦床,她认为它们靠运河这么近,早晚会有可怕的事发生。弗兰克会说:"听,什么声音? 劈劈啪啪的,是水溅出来的声音吗?"莫郑重地点了点头。

从另一个角度看去,房屋已渐渐隐退,而运河则沿着空旷的田野和零乱的篱笆继续在乡村蜿蜒而行。他们穿过悬伸的树叶透出的绿光,又走了几公里,这时他们看到,对面拉船道上的景观已全然改变——以旧商场的风格而建的现代化的公寓、在拉船道上建起的码头;开放的楼群中,一个有廊柱的广场,围绕着一个大型的瀑布,瀑布顺流而下进入运河,设计上的主要特征是宏伟、庞大。

他们三人站在那凝神远眺了一会儿,过了桥,继续往前。莫在瀑布边的台阶上跑来跑去，弗兰克和安德丽亚逛了一下广场前的商店。除了开发公司自己的办公室和房产办事处、一个卖皮革家具的商店，其他地方都空荡荡的。他们觉得好笑，那儿的一套青绿色沙发居然卖六千英镑。他们闲逛着，走过一直延伸到运河的庄园。路标显示，他们现在是在一个村庄通向中心处。穿过一个叫"水一隅"的空旷地带，又经由一个叫"花园一隅"的地方，最后到了美其名曰"市场一隅"的中心处。这儿店面那儿更空荡，只有两家享有盛名的服装店、一间桑司柏立连锁量贩店、一个酒吧还开着。除了商店店员，没一个人进出，他们经过的时候，店员们都盯着他们看。安德丽亚说，这儿简直就像炸弹爆炸过后的样子。不过莫倒是喜欢，喜欢那儿的房子和商店干净整洁，喜欢中央的钟塔。她说她很想要一个摩比玩偶，并开始用一种奇怪的——假装出来的摩比玩偶的口音说话。像一个从天而降的人一样，弗兰克走进商店，问他们哪里有摩比玩具，得到的答案是拜伦公共区。

　　如今弗兰克旧地重游。酒吧在营业中，全天候供应吃的东西。他坐了下来，等着见菲尔的遗孀米歇尔。拜伦公共区现在有点繁忙，但是依然还有一种场景和道具的气息。大部分商店还是空的，不过弗兰克还是看见一家药店和一家中国快餐在营业。有人流在缓慢地穿行，另外有些人则坐在酒吧的桌子边。弗兰克不明白，为什么酒吧要用看起来像牛皮和漂白过的牛骨头悬挂在赤裸的砖墙上来做装饰，牛头骨空洞的牙槽正好与对街的桑司柏立连锁量贩店隔街相望。弗兰克在想，酒吧这块是不是代表古老西方，而把拜伦公共区代表边境城镇。难道是自己错过了淘金热吗？他忍不住打量起酒吧里的女人来,她们的装束看起来都很相似——金黄色头发、黝黑色皮肤、超大手袋、紧身牛仔裤和高跟鞋。人群中有人认出了弗兰克,她们盯着他的眼睛看,又把脸转过去,再往后瞅。他赶忙假装在看菜单。

在他们预约见面时间的二十分钟后,弗兰克才看见米歇尔开着敞篷奥迪车过来,在人行道上违规停靠。走进酒吧时,她身上的钥匙、耳环、珠子发出的刺耳声,严重干扰了酒吧的宁静气氛。她匆匆忙忙来到桌子前,对弗兰克说:"对不起,亲爱的弗兰克,那帮气死人的工人。记住我的忠告:你以后要是找新厨工的话,他妈的还是自己干好,没谁会把事情弄得比这更糟的了,天哪! 我想喝杯饮料。"

弗兰克笑笑,站起来吻了她一下。"没事,我一直在享受这里的气氛呢。"

"噢,我相信。"米歇尔将后背靠在另一张桌子上坐着,要了一杯白葡萄酒。弗兰克还没来得及开口,她就问了许多弗兰克、安德丽亚和莫的情况。

"你怎么样? 近来还好吧?"

"挺好,当然挺好的。"

弗兰克对她皱皱眉头。

"米歇尔,你不必勉强那么说。"

米歇尔笑笑,"好。"她想了想说,"从时间上算来,自从菲尔的葬礼之后,我一直很糟,糟透了。不过现在没事了,基本没事了。"

"我们一直在想办法给你打电话,可打过去总是答录机的回声。你备受煎熬的那段时间,应该给我们来电话啊。"

"请别见怪,弗兰克。可是即使找你们,又能做什么呢?没人能帮我,我得自己熬过去。于是我离开了。葬礼后,我就离开了这个国家。他的死激起的轩然大波让我害怕。我是说,也许事情没那么严重,毕竟菲尔不是公主,但即使是他那个等级的名气,发生那样的事也够让人震惊的了。"

"有人打扰你吗?"

"我可能反应过度了,不过我真的从来不知道——我是说,我从来不知道以前菲尔还活着的时候给他写信的人——粉丝们的来信都是菲尔的助理每个星期给他拿,谁会写信给电视名人呢?除非是个小屁孩在暗恋某个人——对菲尔来说,怎么可能?我看不出他会被十几岁的人迷恋。事情肯定不止是这样,远比这复杂。他一死,怎么会有那么多人不知道从哪冒出来,我收到过一些来信,说他们哭得比自己亲生父亲过世还厉害。你信吗?也许我应该感动才是,可是我总觉得他们太夸张了。"

弗兰克想到他每天收到的类似信件和电子邮件,一旦你的面孔在电视上出现,就有人会没完没了地干扰你的生活,他们觉得你为他们那五花八门的无聊事情效劳是应该的。他就收到过这样那样的信——向他问路的,或请教他怎样干洗衣服的;还有和他谈论耶稣的,或告诉他自己是个手淫者的;有的人在信里告诉他,是他为他们的母亲节增添了光彩;有的写信来问他要照片;有的会寄他们自己的照片来。他知道他每周收到的信的数量相对于菲尔收到的来说，是小巫见大巫。菲尔不会去看那些信，当然也不会表现得像六十出头、刚入主国家电视台时那样。仅十五年光景，他就成了一种典范，成了这个国家最受人喜欢的男人，光彩照人却依然谦和文雅。

米歇尔耸耸肩，"我想人们是很难面对死亡的打击的，即使活到了七十八岁。死亡是我们永远无法承受的东西。他每个星期六晚上都出现在电视上，大家都无法接受他突然死去的事实。"沉默了一会儿，"我的感觉也是这样。"米歇尔泪如决堤之水。

弗兰克递纸巾给她。

"我还是无法相信这个事实，他那样做太愚蠢了。当然，我知道我跟菲尔有年龄差距，长达四十年——这是无法忽略的，但我总以为那只是年龄上他比我年长而已，从没想到他会这样死去，只想到他老的时候我一定会好好照顾他，这就够了。我知道这是陈词滥调，但我坚信结婚誓言。我从未料到他会走得那么突然，我还来不及在他需要的时候好好照顾他。"

弗兰克摇了摇头，"你们在一起二十年，你把他照顾得很好。"

米歇尔笑了笑，似乎不怎么肯定，"不管怎样，他死后我就出国了——去了西班牙、葡萄牙、意大利。我不知道我要怎样度过地狱般的苦痛，只有逃离。躺在沙滩上，暴饮暴食，借酒浇愁，孤独迷乱。后来回到家，跟朋友一起消磨时光，随波逐流，把房子也卖了。后来，电视台的事接踵而来。"

作为美其名曰《刻骨之爱》化妆节目的主持人，电视台的工作对米歇尔来说是一个全新的职业。在与菲尔的婚姻生活中，她渐渐成了谈话节目和名人提问节目的常客。她漂亮，懂得适时地微笑，并嫁给了一个名人——这就是全部理由。菲尔去世后，她的事业伴随着《刻骨之爱》蒸蒸日上。安德丽亚有点讨厌这个节目，莫却很喜欢。

"现在我也收到那些狗屁信件了，既然是写给我的，比以前菲尔收到的就更离谱了。我能激发他们的灵感，否则他们很想杀了我，女人是很恶毒的。不管怎样，我在距离工作室不远的地方有安身之处，伦敦附近有住所，阿尔梅里亚有别墅。我忙于工作和料理家务，忙碌真是一件好事。"

弗兰克笑笑，说："你觉得在拜伦公共区的生活怎样？"

"那儿有点怪异，对吧？玩具城，我姐姐去过那儿，她觉得那儿的白色大墙有点咄咄逼人。不过我挺喜欢，那儿很干净。"

"嗯，我知道你说的意思，莫也喜欢那儿，理由跟你一样。"

"那里的规划你是知道的，前后有别，过去没法跟现在比。以前很垃圾、很丑陋、很哀伤，我喜欢这里是因为它现在的样子再也不像从前。"

可弗兰克觉得，对他而言，那儿永远都是"从前"，正是在"之后"，他遇到难题了。他想起迈克尔·丘奇。"既然你来了，我想问你一些事。你帮我看看这张照片好吗？看能不能认出照片上的人。"他掏出照片，并把它放在米歇尔前的桌子上。

她看着照片，疑惑片刻，而后笑笑说："天哪，这是菲尔。他年轻时很帅吧？我是说，虽然他老了也很英俊，但你看看，他年轻的时候那眼睛，我还从没见过他年轻时的样子，他的旧照片弄来弄去都弄丢了。多有魅力啊！他旁边那个男孩是谁?"

"那正是我希望你能告诉我的。他的名字叫迈克尔·丘奇。你能认出来吗? 你记不记得菲尔以前曾提到过他?"

米歇尔凝视着照片好一会儿,说:"对不起,我认不出来。"继而沉默良久。"可能这个名字……我不敢肯定,'迈克尔'好像是模糊的铃声——不过我想不起是在哪儿听到的——虽然这不算是不同寻常的名字,可能不是这个人吧。"

弗兰克耸耸肩,"没事,我只是想弄清他到底是谁,不是什么重要的事。"

米歇尔看看表,"该死,我得走了,我一整天就半个小时闲散时间,我还有些事想跟你谈,等以后吧。我会打电话给你,好吗?"

弗兰克站起来和她吻别。走的时候,酒吧的女人们都转过脸来,目送她离去。她们的脸,像墙上的骷髅一样模糊难辨。

16

菲尔

二〇〇八年十二月

睡着与清醒之间，没有清晰的过渡，头脑里没有渐渐醒来的过程，也没有突如其来的干扰，他只是觉得自己此时完全清醒，躺在床上。看了看时钟，时间依然是夜里三点，没有坐长途飞机，却受类似的飞行时差困扰，因为生活和日常活动的缘故，他的生物钟已经替换成另一个时间节奏了。这种情形已经有好几年了，无论用什么方法，他都要熬到六点前后半小时才能入睡，那时思维已渐渐模糊，在睡梦中漂游两小时，就会听到米歇尔走来走去，做早咖啡。

米歇尔在睡眠方面有着非同一般的能耐，她只要一躺下，眼睛就像布娃娃一样自动闭上，沉沉睡去九个小时左右时间，一直到早上醒来。她可以随意入睡，无论在枯燥的长途旅行中，还是看单调乏味演出的时候，想睡的话她随时可以睡着，这点经常让菲尔嫉妒。他知道她不会轻易被吵醒，但还是轻手轻脚地移开羽绒被、轻手轻脚地把门关上。

他一直不清楚问题出在哪儿，深更半夜的，要么躺在床上毫无睡意，要么在屋里走来走去。睡不着时如果从床上起来，孤独感会变得更强烈；即使醒着也躺在床上，至少他还知道早上自己在一个惯常的地方、一个习惯的位置可以呆上三个小时。一旦起身，就觉得自己这是在违背自然规律。把空房里的灯关掉、看着窗外一片漆黑，都会让他觉得厌恶。

喝了杯水，他就去了办公室。打开台灯前，他把窗帘拉下。无精打采地晃悠了一会儿，把照片摆放的角度调整了一下，然后把桌上的文件挪了挪——在做这些的时候，他始终感觉到自己被那个锁着的橱柜吸引。他知道米歇尔不同意他看这类东西，她只允许偶尔为之，但超出那个限制，她就觉得是一种破坏，是本质上的不健康。菲尔扭了扭头，以便能更好地看到标签。目光在DVD碟片上游移，而后落在书架上的录像带上。他随便抽出一盒，放进播放机，手拿遥控器，倒头躺在皮沙发上，往膝盖上压了个抱枕。

录影带还没从早先看过的地方重新倒带，开始播放时，发出劈劈啪啪的声音，并伴有扭曲的白色条纹，之后图像才出现。这是老的英国新闻中心，菲尔看着自己在屏幕上穿的那套西服，还有那时候的发型，看得出日期大约是一九八五、八六年，在某个地方播出的。他和苏西从桌子后面走出来，站到小小的环形录像区，开始胡说各种各样的废话。菲尔话说到一半时，图像就清晰了。

"……当然，我们要邀请约翰、皮格提以及罗兰德来到演播室。"

苏西对着摄像机，开心地笑起来，"现在，他们都到齐了。"

有一个人以蹲着的姿势，用手舞动地面上一根芹菜杆，从演播室后面慢慢走出来，在他身后，是工作人员精心安排好的车轮子和皮草。摄像头紧随着一只天竺鼠，一辆微型车绑在它身上，车上坐着一只白色的大兔子。天竺鼠拉着兔子，紧随着拿芹菜的家伙走上来。

菲尔笑着，"我的天啊，你们都看到了吧，现在向我们走来的，是我们自己的'宾虚①'车。"摄像机聚焦在兔子那张闲散浪荡的脸上。

苏西则转身对约翰说："非常感谢今天约翰带着皮格提和罗兰德来到演播室。他们是一道非同寻常的风景。现在，皮格提的天竺鼠准备好了吗？"

"准备好了。"

"呃，它是'他'还是'她'呢？"

"它是'她'。"

"太好了，她在那呆得舒服吗？罗兰德看起来好像吃多了胡萝卜，皮格提确实好小啊。"

"她喜欢它！"

"也许这时候我们应该让可怜的皮格提得到她的芹菜了。"约翰似乎不情愿，但最后还是把芹菜杆朝演播室地板上丢去，天竺鼠接住了。"天啊，瞧她吃得多开心啊！"苏西说道。

"约翰，我得问你了，"菲尔说，"这一切是怎么开始的呢？"

---

① 《宾虚》，美国电影片名，电影中的战车竞赛一向是观众津津乐道的重要场景。

约翰开始回答问题。但菲尔坐在黑暗里，没听他说了些什么，只是看着屏幕中自己那张年轻的脸，他看到自己的目光集中在约翰身上，直到苏西说了些什么，他才转过身，微笑着看着摄像机，发表自己的评论。他暂停了画面，又它倒带几秒，重新播放，如此一次又一次地反复。他看着苏西，她满脸堆笑地对着摄像头。每次看到这些，他好像都要重重地喘一口气。如此轻松、优雅的组合，以及那几秒钟的定格所捕捉到的东西，已永远离自己而去。他一遍又一遍地看，好像不断重复的画面会把一切重新带回到身边。可他知道，这不是他能重新再去学会东西，录影带显示的是他五十来岁时作为一个中年男人的自信和成功、务实。他锁定屏幕，看着自己二十年前的那张脸。手术带给他的，仅仅是一张被拉紧的、自己原来那张脸的仿制品，已经失去往日的丰满和圆润。他慢慢抬起手，指尖在脸上游移，皮肤之下，似骷髅一般。

他把手放在膝盖上那只抱枕上，盯着手背看。他母亲总是说，看手能看出一个人最真实的一面。她会去留意那些迷人的明星染过的指甲，某些男演员女性化的、纤细的手指。她专看人的手，不看视为心灵窗户的眼睛。当然，她是对的。他的助听器是隐形的，他每隔半小时就得去小便一次这样的事很容易掩盖起来，但他的手就在手臂一头晃悠着，大家都看得见的。手背上的皮肤已经松弛，上面长着粗糙灰暗的汗毛，还点缀着肝斑。他不知道为什么整容手术始终没涉及手部。他一直盯着自己的手看，越看越觉得怪异，两只手像两块骨头躺在紫色的天鹅绒抱枕上。他想象着自己的手在触摸米歇尔光滑的肌肤的情形，想象着它们罩在她乳房上、抚摸她的小腹……他闭上眼睛，竭力阻止自己的想象。

睁开眼睛时，锁定的画面已经打开，影碟又开始播放。屏幕有轻微混乱，因为罗兰德往一边倒得厉害，微型车因为他的重量而往一边倾斜，慢慢地倒在演播室地板上，约翰慌忙把他拎起来，皮格提则拖着帽子大小的迷你车，走来走去在四周找更多芹菜。摄像头聚焦在菲尔的脸上，一边挡住他身后发生的这一幕。他一边尴尬地苦笑，一边把场景切换给了天气预报。

菲尔关掉电视，坐了一会儿，眼睛盯着漆黑的屏幕，身后的灯光映射出自己头部的轮廓。伸手摸到后面的开关，把灯关了，映像也就消失了。在黑暗中醒着，所幸此时情景对这个世界、对自己来说是看不见的。

17

　　弗兰克发现他每次找父亲的墓地都很不容易找到。因为很少去公墓，所以每次去都觉得那一排排的墓地比上次去时延伸、扩大了许多。坟墓数量的激增，其速度远远超出弗兰克的预料，让他在一群看上去并无明显区别的墓丛中很难找到方向。父亲葬在这里时，算是比较早的，公墓西边这块地还没有葬什么人，但如今他已经被大批沿着平缓的斜坡而葬的新成员渐渐挤到公墓一边。

　　来来回回走了十五分钟，终于找到父亲的墓地，看起来跟印象中的完全不一样，那个位置好像不对。墓碑的颜色也变得斑斑点点，不像他印象中的黑色。大墓石前面，铺了一圈精心设计过尺寸的椭圆形碎石，一根链条环绕在四周。弗兰克不知道那种设计有什么意味，他对墓地的学问一窍不通。他想，那也许类似于坟墓的前花园吧，可他觉得有点荒唐可笑——难道心爱的人应该在鹅卵石上支个折叠椅，瞻仰墓碑？或者，在上面放块毛巾、斜靠在距离死者几英尺的地方？

　　想到他到这里，应该是来瞻仰父亲的，这些千篇一律的墓地设计也是他应该关心的地方，他心里总是有些怨恨。站在这里，他觉得毫无依着。以他的经验而言，墓地所给人的感觉是一个人的躯体保留在地下，而不是活生生的生命本身。他来这里的唯一原因，哪怕只是偶尔来一次，是不想看到墓地完全被疏忽不管，那样显得对父亲很不尊重、不关心，那会造成一种不真实的误解。父亲这块墓地的设计跟旁边墓地的比起来难看多了，石头底部用干草结成块状切开，已经变黑的干草杆从洞里露出来。

今天本来应该是父亲八十二岁生日，虽然这样的日子和这个地点一样，毫无意义。平素的日子，他不太会想起父亲，这一天他会来这里，完全是一种习惯，这习惯是母亲开始的，他一直保留下来。跟母亲来墓地，他能记得起来的，只有沉默。他们站在墓边，默默无语，弗兰克不知道在这样的情景里，什么样的感觉才是对的。他盯着母亲的脸看，但什么端倪都看不出来。

现在，他看着那墓石——那是从一本小册子上挑选出的样式、在威尔士一个工厂制作的石头。弗兰克心里想，父亲的建筑都被拆掉时，拆下来的混凝土随时都可能用来铺设地面，而这些路面，便是承载着父亲名字的唯一的纪念物。

他知道他该把墓石清理干净。走到给水管处，抓着水管朝一个塑料瓶子里灌水时，水溅湿了鞋子，把口袋里能找到的纸巾和商业名片都翻了出来，费劲地拭擦鞋子上沾满的污垢，但他感觉自己笨手笨脚地一点也不利索。正下决心不管那么多，准备开拔，电话响了，把他吓了一跳。欢快的铃声响彻耳际，在此时此景中，似特别怪诞的背景音。他赶忙把手机从口袋里摸索出来，让这不合时宜的声音静下来。

"你好。"

"你好,弗兰克,我是验尸事务所的乔,打扰到你了吗?"

"没有,我在公墓呢。"

"那正好合适……噢,不……我是说,你在参加葬礼是吗? 那我回头再打过去。"

"不,不,不是葬礼,这里没其他人。"

"那你怎么要这么低声说话?"

弗兰克自己倒是没意识到。他赶紧用平时说话的音量,"不好意思,我不知道。"

乔笑着说:"你是怕吵醒他们吧。"

弗兰克看了看四周林立的墓丛,尽量克制自己不去在意从那儿散发出来的让人很不喜欢的感觉。"有什么事吗?"

"就是你一直在关注的那个家伙,迈克尔·丘奇。"

"哦? 有消息?"

"我是想告诉你,其实没什么消息——他是心脏出了问题。"

"噢,好的,谢谢你告诉我。"

"我们将拖延葬礼的举行,直到找到他的最近的血亲。"

"你知不知道警察局有什么线索?"他听见乔在抽烟。

"噢,弗兰克,警察局那玩意儿你是知道的,他们的信息来源非常有限——我是说,他们只会给一个参考数字,他们会去找些书面文件,但他们不会沿街挨家挨户作跟踪性的查访。迈克尔·丘奇住的是地方当局建造的简易住宅,那儿没有房产,所以没有遗嘱认证调查员介入。如果你感兴趣,你应该去调查。我的意思是,你已经知道他是你一个同事的朋友,所以你比其他人知道的多得多,你去调查,也许能发现点什么。"

"是,我也在想。我不知道这样的想法是不是很愚蠢——我是说如果警察都找不到什么线索,我管它干吗?"

"就像我刚才说的——你这么做,不为什么,仅仅是因为你有时间、有兴趣,我不会给你压力,但如果你能找出点什么来——那就去做吧,不用担心你是不是在干警察的行当。我觉得这样做没什么危险。"

"好的,乔,也许我会去做。"

"好,有消息要告诉我啊。警察一般要经过几个月后才宣布放弃,然后告诉我们准予交出尸体,这样有利于在葬礼上找到有作用的人。"

弗兰克走到最近一条小道,坐在路边长椅上。他想到迈克尔·丘奇临终前的光景:日渐孤独,在这个世界占据的空间日渐狭小,直到最后完全消失。这让他想起他童年时他们家那部电视机——当你把它关掉时,画面会很快缩小成一个小白点,然后,在无法预测的时间间隔里,陡然消失。虽然他知道电视里那些节目在别处依然在继续,但他却再也看不见了。有时他会将耳朵贴近屏幕,看能不能听见躲在黑暗的屏幕后面的人的些微声响。那一会儿,当他眼睛朝着密密麻麻的墓碑看去的时候,他发现自己像小时候一样,试图想听到隐藏在碑石后的人发出的些微声响。可他能听见的,只是远处车辆的隆隆声。

他伸展了一下四肢,跨步走过给水管,恨不得快些走出墓地,去找安德丽亚和莫,和她们一起去拥挤的购物中心,站在这个世界属于他们的地方,买他们不需要的东西、吃比萨,像众人一样活着。

18

弗朗西斯

一九七五年

　　道格拉斯常在办公室工作很长时间。晚上，弗朗西斯会坐在那儿，等父亲回来，竖起耳朵听是否有钥匙开门的声音。道格拉斯进屋时，弗朗西斯总是假装在忙自己的功课——坐在那儿，书摊开，摆在地板上，期待这样做能吸引父亲的眼睛，引起他的关注。这个招数频频成功。有时道格拉斯会捡起弗朗西斯的数学书，绘声绘色地跟他谈起某个概念，虽然弗朗西斯无法理解它们，但他还是装着能听懂的样子，满心欢喜地点点头。弗朗西斯喜欢英语不喜欢数学，他自己觉得那是个弱点。

　　他从未去过父亲的办公室，不太清楚父亲办公室到底是做什么的。道格拉斯下班回来，总是烟雾缭绕地抽雪茄，弗朗西斯能描绘出来的父亲的日子，就是这样的：呆在一个屋子里，里面都是表情严肃的人，他们抽着烟，戴着帽子，父亲不停地跟他们交代有关街道和房子的诸多要事。意象中，自己能看见的只是父亲的剪影，还有他那清晰地穿过弥漫烟雾的声音。

吃饭的时候，道格拉斯问弗朗西斯，在学校过得怎样，弗朗西斯除了说"好"，从来都想不起还能说什么。父亲从没问过他感兴趣的那些东西——比如玩具小车和吸血蝙蝠。弗朗西斯听过父母的对话，母亲唠唠叨叨的，但又好像常常不知道要怎样回答父亲客客气气的询问，父亲也就理所当然不太在意她说了些什么。弗朗西斯把自己吃的豌豆藏在土豆泥里，很想知道什么时候父母会允许他打开电视。

吃完饭，父亲退回书房，继续忙他的工作。弗朗西斯无法想象父亲怎么会有那么多事要做，无法想象为什么父亲好像永远做不完那些事。有时他担心父亲也许有点慢吞吞的——像他同学西门·哈里斯在学校一样。他想象着父亲在烟雾缭绕的办公室，对着一大堆文案皱眉头、咬紧嘴唇的样子，深表同情。

父亲不允许弗朗西斯单独呆在他的书房，只有母亲让他端茶进去给父亲的时候，才能看到父亲书房的样子，在那种情形，他也是处在父亲严格要求下，不许随便乱碰什么。他会先敲门，等父亲唤他进去，他才进去，把杯子连杯托放在桌上，然后离开。有时，父亲因为太专注于工作，根本没留意到弗朗西斯；不过有时也会跟儿子聊上几句，父亲会告诉他一些手头正忙着的那个工程的事，弗朗西斯总是很喜欢这样的情景，但他也很怕被问到一些问题。父亲有时会拿几张草图给弗朗西斯看，问他喜欢哪部分，弗朗西斯很仔细地琢磨，希望大脑生出灵感来表达一个正确的看法。其实他很难说出子丑寅卯，因为那仅仅是楼房的图纸。

弗朗西斯被告知,父亲将有阵子会很忙,他正废寝忘食于一座新城市的设计。在此之前,他在忙罗布斯菱形别墅,再之前是伍斯特别墅,再再之前是弗朗西斯已经想不起来的某个地方。有时,在餐桌上,父亲会谈到他设计的新城市,说说旋转公路系统和封闭式的购物区,聊聊步行桥和公共娱乐空间。他曾带弗朗西斯去看蜿蜒的伍斯特郡乡村,他正在设计的新城市就将建在这里,但弗兰克觉得很难想象未来城市的样子。没有公路,没有街道,没有绿色乐高①塑料嵌入基板——只有杂草和泥土。就在这样一片田野正中,将会建起一座城市,这让弗朗西斯觉得很不可思议。他想到了枯枝败叶、人行道和操场泥土下躺着的动物尸骨,这让他毛骨悚然。周围方圆数公里都不见房子,将来有谁会住在这里呢。他想象着父亲正在设计居民区、正在完善它们的尺寸和样式的情景;他想知道父亲理想中市民看起来是什么样子,想知道将来自己会不会是这个城市的一员。

---

① 乐高,品牌名。

19

他把迈克尔·丘奇的两张照片贴在自己家工作室的墙上,他在电视剧里看过警察这么做,而且这似乎预示着一个好兆头。其中一张是迈克尔·丘奇和菲尔的合影,那是加洗的黑白照片,是他在迈克尔的房间找到的;另一张是报纸上的镜头,迈克尔作为一个老人摆放在照片展台。他看着这两张照片里迈克尔·丘奇的脸,想象着年少和年老之间遥远的距离。

他试图猜测迈克尔和菲尔照第一张相时有多大年龄,可是很难估计。照片也许是在两个男孩童年时代拍的,大约在他们十岁生日前后某个时间。看照片时,弗兰克试图忽略掉在一旁告别的防务大臣及其他老人的服饰,只关注他们的脸,他觉得他们可能是十四岁,虽然看上去有点像比这个年龄小,又有点像比这个年龄大。

两个男孩在拍这张照片的时候,彼此间的差异是那么小,这让弗兰克的内心受到触动。虽然菲尔的微笑自信些,而迈克尔好像有点害羞,但本质上他们是一样的。他想到他们各自的死,想到他们之间如此巨大的反差致使他们两个在死后都显得那么极端:菲尔去世时的头版头条沸沸扬扬,而对于迈克尔的死却是门前冷落。看着照片,弗兰克脑海里想象这样的情形:菲尔的形象扩大至填满整个框架,而迈克尔则缩小到一个像素。

安德丽亚给他端了一杯咖啡进来,看到照片,她皱了皱眉头,说:"这就是那个家伙?"

"是啊,看看,那是菲尔。"

安德丽亚斜视了一下,大笑道:"天哪,他那时候看起来更骄傲自大。"说完继续看着照片,"你这是在干吗呢?"

"什么?"

"这些照片,还有你对他们的关注。我是说,你现在想起来了你是在哪认识他的吧。"

"他们必须找到他最近的血亲。"

"嗯,我知道他们得这么做——验尸官办公室或警察或其他什么人……"

"对,我觉得我可以帮忙,你知道,他们不会花很多时间和精力在这种事情上的,而我确实遇到过他一次,这本来是很个人的事,我只当是帮菲尔一个忙……"他注意到安德丽亚的表情,渐渐降低了声音,低下头笑了笑,"哦,不,其实这事跟我没什么关系,我只不过觉得应该有人会想起他。"

安德丽亚点点头,"可能他不希望被人惦记,不仅仅是他,也许其他人也一样;可能他们最大的愿望是不留痕迹、不为人知地死去。很多人都选择孤独地活着,也许他们也希望孤独地死去。"

"我知道,就是因为这样,他才让我不安。"

安德丽亚笑笑，"这就是你走到现在这个地步的原因吧？你不仅带着鲜花参加陌生人的葬礼，还不由自主地调查他们的生活？这是一种很糟糕的爱好，弗兰克，你能不能去打打高尔夫或做点别的什么？"

"我想，也许这些事会慢慢离开我的生活的，如果我做一些切实有用的事对别人有帮助，哪怕就一次，我就可以释怀了。"

"你以为你是神探可伦布是吗？你现在玩的可是暗探。"

"我就像勒夫特纳中尉一样，笨手笨脚让人气恼的外表下，有一个无比聪明的大脑。"

"仅仅是让人气恼？"她脸上笑容顿消，把脸转了过去，"你别把自己弄得那么神神叨叨的，弗兰克，不要对什么事都那么沉迷。"安德丽亚沉默了一会儿后，接着又说道，"你的过去已经让我们不堪重负了，想想和你母亲度过的那些周末，想想你为了保护你父亲那些建筑而写的信件，这些东西只会让人触摸到往事和悲伤，没有任何积极意义。我觉得我们应当和莫一起，度过属于我们的时光。"他伸出胳膊，把安德丽亚揽在身边，抱住她平静地说："我是想跟你和莫在一起。"

她走后，他把咖啡喝了，又想了想她刚才说过的话。看着照片上那张脸，他心想，难道迈克尔真的渴望在这温柔的秋天，用别人的死亡和别人的故事来迅速而且悄无声息掩盖自己的死亡、让自己永远消失在茫然不定的开始和茫然不定的结束中吗？弗兰克每天工作的时候都会接收到更多的新闻、更多的事实、更多的面孔来面对这个巨大的、层次繁多的、马赛克垒砌的城市，以及城里的一切一切，而迈克尔只是其中一个空白的点。正是他的空白吸引着弗兰克，并导致他对此事的关注比其他一切多得多。

20

迈克尔
二〇〇九年十月

上下班高峰期一过,交通再次缓和下来,太阳下山了,迈克尔坐在右边,整个长椅沐浴在温暖的金色光芒中。他感受着这一切,就像有一只温柔的手推着他靠在椅子上,不让他离去。

阳光照射着眼睛,让他想起被安置在乔治港难民营的头几天。菲尔认为,一旦他们被运送到海外,生活的约束会少些,但他还是失望了。在完成警卫任务和漫无目的的行军过程中,迈克尔应对得好些,他发现严格的日程安排可以忘掉自己,让自己随着思想漂流到别的地方。在看不到尽头的狗屁训练日里,他偶尔还会想起年少时梦想中的形象——士兵、牛仔或被称为"伙计"的硬汉,他依然想象着自己是这些角色中的一员。

下班时间,菲尔还是在乔治港找到些乐子。去到城里的时候,其他家伙不喜欢那里的气氛,他们中大多数以前几乎都没离开过家乡,阿拉伯人没完没了地向他们兜售打火机和脏兮兮的明信片,让人不胜其烦。与那些胡说八道、气势汹汹的街头商贩过招，菲尔倒是绰绰有余，第一个晚上，士兵们就都请他去为他们要买的打火机或手表讨价还价。他喜欢与供应商讨价还价，等再一次进城的时候，他会记得那些人的名字，然后跟他们搭讪，问他们哪里有最好的酒吧和好玩的地方。

迈克尔感觉到金色的阳光正刺刺地照射自己的眼睑。再次与菲尔游走在后街的僻巷里，找到一家露天咖啡馆，里面坐着其他士兵。对这个发现，菲尔欣喜若狂。在菲尔竭力主张下，他们大家分享了一袋水烟，迈克尔发现鲜橙味的香烟渐渐进入他麻木的大脑，闭上眼，恍惚看见埃尔希在亚当斯山顶，轻风正吹拂着她的裙裾。不知过了多久，他睁开双眼，看了看表。

"十五分钟后，我们坐货车回去。"

菲尔耸耸肩，"我们可以打的啊。"

"我们有那么多钱吗？"

菲尔大笑，"你见过我的实际行动，你看我像那种待宰的羔羊吗？我会砍价的，咱坐下来，放松一下，我们要有模有样地回去，不要像牲畜一样坐卡车。"

后来，他们找到一部的士，愿意载他们回到营地，菲尔设法谈了一个不错的价钱。迈克尔被车里的烟和热气以及车内的摇晃弄得头昏眼花，他背靠着座位朝窗外看去，星星在头顶掠过，他不知道埃尔希现在在做什么，他不知道她是不是也看到相同的星星。他不记得以前在伯明翰也看过这样的星星，他不知道那儿现在是什么时间，也许不是晚上，也许她正在吃中饭，就坐在公园的树下，还用袖子擦着一只苹果。

突然，菲尔在他耳旁急促而低声地说："我们走错路了。"

迈克尔继续看着窗外的星星，"你干吗要说得这么小声啊？"

菲尔压着嗓子稍大声了点说："我们走错路了，这儿离营地很远。"

迈克尔抬起头，朝出租车前面看了看，说："不会吧，他该知道要往哪去。"

"他是知道他正往哪去，但不是去营地。"

"你怎么会这么说呢？"

菲尔嘀咕道："因为这该死的方向是错误的！"

迈克尔顺势坐了起来，看着他，他注意到菲尔的脸一片惨白，泪湿双颊。"你怎么了？"

"我们会死的。"

"你说什么？"

"我们就要死了，米奇，耶稣基督要杀我们。"

迈克尔开始大笑，"你干吗这么说啊？"

"因为这事就要发生了，你听说过那些故事吗？英国士兵搭载计程车，然后被带到沙漠，被抢劫一空后又被杀死。"

迈克尔止住笑声，计程车不再摇摆。"什么故事？你在说什么？"

"那些故事——每个人都听说过的啊。"

他盯着菲尔，"我们刚才找计程车的时候，你怎么不告诉我有这样的事啊？"

他垂下头看着自己的膝盖说："我忘了。"

迈克尔斜靠过去对司机说:"先生,你可能开错方向了,请你掉个头好吗?"可司机没理他。

菲尔喃喃低语:"耶稣基督啊,米奇,这是一帮盗贼。"

迈克尔又试了试,叫道:"哎,先生,你这是要去哪里啊? 快掉头。"

他从后视镜中看到司机呆板的眼睛。司机开始放慢速度,"别担心,这就是去你们要去的地方啊。"

菲尔和迈克尔看着窗外漆黑的前方,他们都明白他说的"这"不是他们要去的地方。

小车在路边停下,已经有两个人站着在那儿正等着。其中一位打开车门示意他下车,三个人围住菲尔和迈克尔,其中一个手里拿着一把很大的刀,他用英语对他们说,"请把衣服脱了。"

菲尔和迈克尔都没动。

"请把衣服脱了,否则我割破你们的喉咙。"

迈克尔看着周围一片漆黑,想弄明白这俩家伙是从哪冒出来的,附近没房子也没车,他们到底走了多远的路来干这勾当? 难道他们是从城里一路步行过来的? 他开始思忖这个家伙的英文口音:他只懂几个跟抢劫有关的英文单词? 迈克尔甚至怀疑这个劫匪只是很想利用这些小小的机会来练习他的行话。

劫匪开始吼叫,"你! 把衣服脱了! 我最后一次命令你们。"

迈克尔笑笑——原来是好莱坞学校的英语! 接着他可能还会来点詹姆斯·卡格尼①的台词。迈克尔转身正想要和菲尔一起消

---

① 詹姆斯·卡格尼(James Cagney),好莱坞黑帮强盗片首席明星。

遣消遣这件趣事,却发现菲尔已经赤裸裸地站在那儿,身上就剩一条宽松下垂的棉短裤,尽管天气炎热,他还是直哆嗦。迈克尔不知道菲尔在玩什么把戏,他有一种奇怪的感觉,好像自己是站在远处观看这一幕。那个家伙还在朝他吼叫,他的脸现在就在距离自己几英寸的地方凑过来。他干吗要不停地叫他脱衣服呢?迈克尔想不出天底下有什么理由让他这么做。

菲尔稍稍转过头,"看在上帝的分上,米奇,你就按他说的做吧。难道你想让他们把我们杀了?"

迈克尔看着菲尔,似乎有点陌生。迈克尔这会儿心里充满渴望,渴望回到自己的帐篷,吃他罐子里的巧克力棒。肚子饿得要命,脑海里浮现出母亲以前常做的羊馅肉饼和苹果奶蛋饼。现在,有什么能跟这一切交换呢?哪怕就一杯简单纯正的茶和一个椰子卷也好啊。正当他想入非非之际,拿刀的那家伙尖叫着打断了他。"脱!"那家伙伸出手猛拉迈克尔的上衣,来不及多想,迈克尔发现自己的拳头已经出击,凝聚了所有的力量朝那家伙脸上打去。

这一击让他们两个都惊呆了。迈克尔突然警觉起来,他向前冲过去,抢先在那两个家伙之前,设法夺取那把刀。他们的手紧紧抓住他的手臂,但他还是甩掉了他们,奋力奔跑,他们追上来,他已无所谓。他挥动着手里的刀,他们只好后退,像动物看到火光一样。环顾了一下四周,看见菲尔已开始朝大路跑去。于是,迈克尔跟在后面跑。他回头看了看身后什么反应,那些家伙没兴趣穷追,而是弯下腰去拾掇菲尔的制服。

他们沿着漆黑的公路跑,跑了大概半公里,招手拦住一辆路过的卡车。他们爬上卡车后部,精疲力尽地在一张平板床上趴下,上气不接下气地,喘了好一会儿气,菲尔才说得出话来。

"该死的米奇,我脱裤子之前你就该给他们以约翰·韦恩①式的还击。"

"我一直没找到机会,你不需要太多口舌就服服帖帖了,对吧?你这熊样,多丢人啊。"

"上帝啊,他们可是有刀,这就足够让我服帖了。"他安静了一会儿,又补充道,"谢谢你,米奇。"

"谢我什么?"

"谢谢你救了我的命。"

迈克尔笑笑,"他们不会把我们杀了的,你这草包,杀人可不是他们的真正目的。"

菲尔摇头,"你救了我的命。"

迈克尔看着菲尔,忍不住大笑起来。

"有什么好笑的?"

卡车后面到处都是动物粪便,弄得菲尔的脸和身子都脏兮兮的,还有一团团的羽毛粘在他身上。

"我们出洋相了吧? 让他们坐卡车,像牲畜一样,我们要有模有样地回去。"

---

① 约翰·韦恩(John Wayne),好莱坞明星,极具男子汉气概,成功地扮演了无数西部片中的角色,以其体魄强壮、性情沉默而给人们留下了深刻的记忆。

21

　　他要了一瓶啤酒,拿到靠窗的桌子上,坐在那儿眺望着街心转盘的车水马龙。像往常一样,他提早到了那儿等安德丽亚,而安德丽亚总是迟到。这家饭店的酒吧已经开始上演他们的傍晚精选节目,弗兰克现在对这里的各种行情已经很熟悉,他知道播完一首《Mas Que Nada》①之后,灯塔家族②将紧随其后。安德丽亚讨厌这种类型的音乐,她说那简直让人青筋爆裂,弗兰克却很喜欢,他会跟着节奏轻轻用脚打拍子。

　　酒吧并没什么吸引人之处,但在城里的时候,他和安德丽亚总是到这里见面。酒吧设在饭店四楼,弗兰克很享受这里的景观。他喜欢城市中心如此独特的一隅——在一个新开发的楼房某个角落,依然可见往日留光碎影,就像一个过时的驯马师穿了套新衣服出场。周围办公楼已经被改建成了带综合设施的公寓,窗户都加大了,外面看起来也光亮了许多。弗兰克望着一套叫"西边一隅"

---

① 《Mas Que Nada》,巴西一个叫黑眼豆豆的歌手所唱。
② 灯塔家族(The Lighthouse Family),来自英国的一支二人组合。

的楼房,想起来那曾经是一家保险公司的办公楼,不知道以前在里面工作过、甚至曾坐在桌子前梦想着逃离的人们,对眼前这些又卖回给了他们的香饼酒杯、皮沙发及木地板,会作何感想;他想知道,他们中有没有谁买下了一套这里的公寓,现在再用新的眼光打量他们曾经讨厌的风景。应该没有吧,好像没人想在这儿买房子。一张巨幅广告悬挂在楼房外面,宣称自首批住户入住之后仅两年时间,余楼"仅剩几套"。广告吹嘘这片楼盘开发的卖点,其中的一条把自己说得比其他声望很高的楼盘还要好。

在街区环形交叉路口中间,有一个低洼的小公园,那是这个城市仅剩的几个小公园之一,褪色的六十年代维多利亚时期的马赛克、马拉车、带棍杖的儿童滚环、浑浊的水,这就是公园的背景。空罐头瓶零落在混凝土池塘黑乎乎的水面上一动不动,长凳似乎在等着有人来这儿休憩片刻,旁观拥挤的交通。这个城市的许多地下通道,曾用公共艺术和休息区加以装饰,一度让人们引以为豪。弗兰克曾在档案里看过拍摄于六十年代的图片,是市区最繁忙的一个地下通道出口之一。两个议员比赛横穿马路,一个走地面,一个走地下通道,结果很明显,地下通道又快又安全,而且因为里面的公共艺术而显得时尚。

现在,弗兰克看到通向隧道的洞口有三条已经被封掉了,在繁忙的路段已经铺设了新的人行道,从车上分流下来的人潮,曾被弗兰克的父亲当成解决问题的方法,现在却成了一种麻烦。人们希望能在地面闲逛,而不是为了远离司机们的视线,被迫穿梭于地下或高架路上。弗兰克记得自己几年前报道过一起隧道谋杀案,受害者试图反抗行凶抢劫他的人,结果被杀害。他不知道过多久,这些隧道入口全都会被封掉;又要过多久,隧道将被这些低洼的花园覆盖掉。他想象着,也许现在开发的地层之下,依然完好如初,像现在一样空荡而荒芜,等待未来建筑师们发掘、创造一个了不起的神话。

没听见脚步声,安德丽亚就已经轻快地跑了过来,拍了拍他的肩膀。

"对不起,我迟到了。"

他站起来吻她,"用不着道歉,你认为你让我等待,其实我乐在其中。"

安德丽亚笑笑,"他确实很有趣。我有一次在雷克汉姆遇见他。天哪,像他这么一个人大家可不能错过。他晒得黝黑黝黑的有点可笑,穿着件很庞大的夹棉白色夹克,戴着金边太阳镜。看到他,人们会以为是托尼·柯蒂斯①,而不是当地新闻播报员,大家都盯着他看。"

"我知道他就喜欢那样,一点不感到害臊,他自己也知道这样很低俗,可他不在乎。"

"我跟你说过我姨妈和菲尔的事吗?"

"没有。"

"你认识玛格丽特吗?她很喜欢菲尔,觉得他真的了不起。她只要听到'菲尔·史密斯威'这个名字就会马上满面春风。因为

---

① 托尼·柯蒂斯(Tony Curtis),美国老牌影星。

他，她以前每天晚上都看英国新闻中心的节目。菲尔离去后，她完全崩溃了。"

"可是，那个节目是我继菲尔之后接手的。"

"是，我知道。不过不管如何，菲尔离开后她就没再看那档节目了。"

"她表现得也太明显了。"

"她当他是退休了，到摩纳哥或别的什么地方去生活了。后来有一次，她和她马特大叔在布莱顿度假，看到他出现在东南新闻中心。"

"噢，是，我差点忘了，他确实在那干过，就几个月。"

"马特大叔说她当时愤怒极了，觉得自己被欺骗了——像发现了他什么见不得人的事似的。从那以后，当他再回到国家电视台时，她再也没看过他的节目。要是他突然出现在某个广告或预告片上，她必定会做一件事：用手指在嘴上一抹，就像要把亲吻抹掉一样。"

"看到了吧——对她来说，这是一次教训：不要被娱乐性的东西搞得神魂颠倒，尽管那些东西魅力独特、妙趣横生；要跟我这样的人在一起，尽管迟钝而无趣，却不会让人失望。我不是一直跟你说吗？"

安德丽亚笑笑，"上帝，我是不可能跟菲尔这样的人生活的。我的意思是，对周围的人来说，他可爱又有趣，但他太关注自己的形象，连头发和鞋子那些鸡毛蒜皮的事也总是小题大做。我可没法跟这么虚荣的男人在一起。"

"他总是把大把大把的时间花在自己身上。"

"是，我知道他在迎合这种角色需要——不过这都是事实。他和米歇尔像最佳拍档，我觉得他们的关系中也许有太多超出表面的东西。"

"我觉得应该是有的，因为他们都很有魅力，但这并不意味着他们彼此不相爱。我记得菲尔谈到米歇尔时经常用的那种方式，我很确信他是爱她的。"

安德丽亚耸耸肩，"是，你比我更了解他，也许他的确是爱她的，也许是他的光环让我对隐藏的实质性的东西无法确定吧。"

他们俩往饭店去的时候，弗兰克回想起他和菲尔的最后一次交谈。不在一起工作后，他们保持常规联系，偶尔聊聊。他们一年也就见一两次，有时是在彼此家里，安德丽亚和米歇尔也会一起参与；有时是碰巧去到对方所在的地方，两个一起吃中饭或喝点东西。弗兰克会跟菲尔聊聊电视台的情况：有谁离开了，有谁进来了，最新预算削减了，员工士气下降等等；菲尔则会告诉弗兰克有关一流名人们那些可笑的故事、他们的狂妄自大以及种种相关的废话。不过，自然而然地，他们聊得最多的，还是他们的往日时光：那只婉转的鹦鹉啄了弗兰克一下；正在滑板的狗抓住了菲尔的球；醉醺醺的体育记者；臭名昭著的天气预报员；震惊全国的事件；未解之谜；他们最喜欢的采访等等。在他去世的几个星期前，菲尔打电话给弗兰克，他一般都是在白天给他打电话，但那次来电时已是深夜，弗兰克正准备去睡觉。

"你好啊,老搭档。"

"你好,老兄。"弗兰克看了看表,"都这么晚了,你还没进骨灰盒呀?要用黄瓜片敷眼睛啊。"

"寒碜啊,弗兰克,黄瓜片时代已离我远去,再也用不着了。我有时照镜子,不得不接受一个事实——我再也不是从前那个我了。不过我还是安慰自己说,当你到我这个年纪的时候,我现在的样子还是比你那时好很多。"

弗兰克注意到菲尔的话说得含糊不清,"我觉得你现在看起来也比我好得多啊。"

"谁叫你穿这些廉价的衣服啊,我不是一直告诉你裁剪差劲的衣服很显老的吗。"

"说得我都要失眠了,你打电话给我有什么事吗?"

电话那头好一阵子没吭声。而后菲尔说:"你知道我爱米歇尔,对吧。"

弗兰克皱皱眉头,凑近听筒说:"我当然知道啦,你喝醉了?"

"我确实有点醉,刚刚喝完一瓶格阑花格①,不过这不是我要说的重点。我很爱她。"

"我知道。你爱她是件好事呀,她是你的妻子啊。"

"我是说……你知道,她比我小很多,她原本可以嫁一个年轻的,但她还是选择了我,我不希望她后悔这么做。"

"她怎么会后悔呢?她也爱你。你怎么还不睡?"

———————————

① 格阑花格,苏格兰纯麦威士忌。

"这就睡……这就去,就是想跟你说说话,我想告诉你,因为你是我兄弟,最亲密的朋友,这你是知道的,对吧? 我是说正经的。我们总在一起疯疯癫癫,在一起嘲笑对方……你知道的,对吧……对吧?"

弗兰克在自己电话这端笑了笑,从未见过菲尔喝得那么醉。他正在揣摩菲尔想要他回答什么,于是回过神来,问:"我知道什么?"

"噢,你还真逼我说啊,你真逗,你肯定知道我在说什么啊。嘘嘘……"菲尔接着又低声说,"我爱你。"他把声音提到正常音量后继续说:"我说的是真的,不是开玩笑,你知道我的意思,男人跟男人,亲密伴侣。我知道你会以为我是个混蛋,但我真的爱你,弗兰克。哎哟,再说一遍,我也爱米歇尔,我不希望她感到后悔,她不会后悔的。"

"没有谁会去后悔什么,菲尔,要说后悔,明儿一早起来,你肯定会后悔你现在所说的。去睡吧,去睡个好觉,好吗?"

"好吧,弗兰克,我让你尴尬了,我知道……知道。就这样吧,我们是伴侣,弗兰克,你知道一件荒唐的事吗? 我告诉你一个秘密,我一辈子都感到害怕,但今晚当我真的有事情要害怕时,反而什么都不害怕了,我什么都不怕,弗兰克。"

"好了,菲尔,好好的,不用怕,去睡吧。不要担心什么,赶紧去躺下。"

"晚安,弗兰克。"

"晚安。"

打这个电话的几天之后，菲尔向弗兰克道歉。弗兰克笑道："没事，我的确是个讨人喜欢的人，你怎么不再在深夜打电话给我、跟我聊聊你的感觉了？我奇怪你能压抑这么久。"

"很抱歉，弗兰克。"菲尔看起来蔫蔫的一点脾气没有。

弗兰克发现，菲尔一旦不嘴贫，要跟他疯疯癫癫是不可能的。

"没关系，挺有趣的。"

"挺乏味的。"

"也许吧，但没关系。你没事吧？无精打采的。"

"没事，我很好，可能是余醉未醒吧。我真是个笨蛋。"

"这么说倒让我感觉不舒服，好像你并没有你说的那意思似的。"

"说实话，弗兰克，我几乎不记得我说过些什么了。"

"噢，没什么，你说你爱我，也爱米歇尔，就这些。"

"我真荒唐。"

"该死的菲尔，你别担心什么了，我挺喜欢你那么说，因为如果这样的话，我就可以嘲笑你好几年了，可现在你看你这么一说，什么乐趣都没了。"

菲尔没说什么——他喘着粗气。

"菲尔？你没事吧？"

"没事，我很好。不好意思，我只是有点累。"

"你在电话里说到一件什么事，有点怪怪的。"

"什么？我说什么了？"

"一件开始很害怕的事，后来你说什么都不怕了。你到底害怕什么呢？是不是有人要中止两千年的希腊奥运会了？"

"天知道。见鬼的格阑花格，以后再也不喝了。"

没出一个月，菲尔就死了。那次道歉电话是他们最后一次交谈，现在依然留在弗兰克的记忆里，挥之不去。那是菲尔走向结束的一个注脚，弗兰克为自己的玩笑愧疚不已，他紧紧抓住安德丽亚的手，说："我想起很多有关菲尔的事，你知道吧。"

安德丽亚看着他，有点吃惊，"我知道，你肯定会这样。"

弗兰克打开饭店的门，心里想这些话要是能对菲尔说该多好。

22

弗兰克整理他的收件箱。为了增进与观众的沟通，这个电子邮箱的地址会显示在屏幕上他们的名字下面，向观众公开，同时相关网页上也有。除了一些垃圾邮件，他每天收到的十至二十封信件大多来自观众。按规定，除某些直接骂人或恐吓的邮件外，全部都要回复。今天有三封是向他索取个人形象照的，四封是有关人物故事的建议的；另外有个邮件向他打探十月二号他上节目时穿的那件衬衫；另一个则提到跟他女搭档有关的猥亵要求，还有变相恐吓及公开恐吓兼开种族主义玩笑的。至于他现在在这些人中落下的"不友善"骂名，则需要更多时间和心力对付。"不友善"还不是直截了当的辱骂，所以按理还是要回复的，但你要是平平淡淡地给他们回信，敌意将急剧升级，倒还不如不回复。茉莉亚也会收到大致一样的信件，但弗兰克不得不承认，其内容比他收到的那些更离谱。记者和通讯员也会收到这类的邮件，站在任何一个角度上说，抛头露面做节目的人总是会被人无形地追随，对于吸引众人关注的主持人，这是很自然的事。

在整个团队中,总共有七个主持人报道各种不同内容的新闻及主持节目。弗兰克和茱莉亚是晚间新闻、一周网络要闻以及一些别的节目的固定搭档。他挺喜欢和茱莉亚共事,虽然她并未表示过有此同感。他们是一个奇怪的组合,但在屏幕上的合作似乎很不错。她年轻、认真,虽然冷冰冰的,但还是会关心别人;他年龄比她大,为人诚挚、笨拙、刻板。作为搭档,他们在激情度和权威性方面彼此互补,而且双方都具备足够的自我意识能认知这一点:两个人在一起比分开好。

茱莉亚对待工作很认真,她做每件事,都让人觉得这件事都是她一个人做的,虽然事实上她和弗兰克不分伯仲。按常规,主持人一般不参与制作会议,拟定方式的改变并不总是意味着它一定会改变,因为这样的原因,其他大部分主持人很少出席。但弗兰克和茱莉亚把它当成工作的一部分,所以总是能在会上见到他们的身影。弗兰克不确定这么做是否一定受到记者和通讯员们的欢迎,有时候他会有一种对比鲜明的两种印象——这个团队的成员当中,有人更喜欢老派主持人,喜欢轻松娱乐的气氛,而不喜欢纯新闻。他认识某些自称为"gobs on sticks"的人,并预料他们会装腔作势、毫不质疑地谈新闻,哪怕这样的新闻无足轻重或者风马牛不相及。某些通讯员提到主持人时若冠之以"人才",没有谁听不出来那是在讽刺他们。

不过茱莉亚和弗兰克都不想在节目中报道他们自己都不明就里的,或者未能如期安排在头版的新闻。经过多年历练,弗兰克已经能很熟练地将一天内发生的事情按照其重要性和他固执地认为正确的路线排序。他喜欢提前到工作地点,以便有大把时间可以核对新闻并编排线索,这样做可以减少当天制作人疏忽有影响力的事或对无关紧要的事情过于冲动。他仔细核对每条新闻,检查包装,仔细标注存在的漏洞或错误,并在需要地方重写它们之间的关联。这些工作中的大部分,趋向于把弗兰克当成懦夫的茱莉亚是看不见的。她喜欢冲突,追求剧情,当她觉得播报的新闻缺乏可信度时,不太留意自己漏掉许多看到就冒火的反对提案。

弗兰克把注意力转到剩余的邮件上:

亲爱的弗兰克:

那天我看到你在卡默尔街的奥得宾斯买酒,我估计你晚上需要靠酒精帮助你入睡。你看起来非常邋遢,我跟在你后面,直到市政大街,可你后来进了福莱莎大厦,我就没再跟进去了,以为那是妓女们呆的地方。记住,耶稣和我都在注视你。

一位朋友

弗兰克不知道要不要在回信中说明自己从来没去过奥得宾斯,想想即使说了又能怎样,它能改变与此事对应的主要前提吗?主要前提又是什么呢?他想到了那个被错误跟踪的邋遢男人,突然有点喜欢这想法——既能吸引路人关注,又引来人们种种恶意的想象。他把那个男人想象成自己乐此不疲的保护者,他穿着邋遢的服饰,像弗兰克一样,时时刻刻走在这个城市的街道,靠喝点小酒来抵御人们对自己铺天盖地的评判。

弗兰克知道茉莉亚的重要性,并尊重她以自己的方式对待工作,因为他知道一旦他们的合作有什么变化,后果会有多糟。在茉莉亚之前、节目创办之初,曾经有过好几个短期合作伙伴。第一个苏西·皮克林,她在弗兰克身边工作了好几年。对许多观众而言,史密斯威和皮克林代表的是这个节目怀旧的黄金时代,无论有多少成功人士来来去去,他们永远跟这个节目紧紧联系在一起,菲尔拥有古铜色的皮肤,一口亮白如雪的牙齿,而苏西总是短发,配　件完美无瑕的针织衫。大约在波蒂①全盛时期某个时候,她曾在一个小听差角色上取得很大成功,并在往后的几十年长盛不衰,八十年代初,还备受戴安娜首肯。她的珠宝由位于克雷恩的一家叫"莎莉·安妮"的服装店专门提供——那是一种俗不可耐却无可匹敌的赞助游戏。苏西是彻头彻尾的老学院派,具备播音员的好嗓子,又是一个精彩的饭后演说家,她对当地新闻和时事毫无兴趣,只热衷于谈论过去的时光,觉得那时的一切多么多么美好,每个人都很真实。她崇拜菲尔,喜欢上他的玩世不恭,喜欢他温文尔雅的戏弄。她职业生涯中毋庸置疑的高峰,是对泰利·萨瓦拉斯②的一次采访,那时泰利·萨瓦拉斯刚制作了一部名为《泰利·萨瓦拉斯看伯明翰》的宣传片。此次采访,原定二十分钟的问答对话时间被延长,因为苏西不断地重复讲那些流言蜚语,让这次采访变成了一整个下午让人无法忍受的情欲和说不出口的冲动。菲尔只需要动动眉毛咕哝一句"宝

---

① 波蒂(Purdey),电视剧《The New Avengers》剧中女主角。
② 泰利·萨瓦拉斯(Telly Savalas),电影演员。

贝,谁喜欢你呀?"就会让苏西像心被融化的少女一般,咯咯笑个不停。

弗兰克从一开始就跟苏西合不来。在他们合作主持节目的第一个星期,她就一个接一个地向他兜售她那些陈芝麻烂谷子的事,其中绝大部分是他已经听过的。说完泰利·萨瓦拉斯的事,她会以一种故作留恋的口吻得出结论:"我经常想,在这个世界所有的城市,会有多少事要发生,有多少事我们可能永远都无法理解,就像吸引一个国际级的超级影星萨瓦拉斯来到伯明翰,对我而言,简直就是一件太有趣的事。"

回想起来,弗兰克明白她想要得到的回答应该是:那是命运使然,或某种神秘的跨越大西洋的猫薄荷草在这个秃头男演员身上起作用了。可他却回答说,"那是死马当成活马医,没办法的办法,你想想,科杰克在前一年被解雇,他就是做《泰利·萨瓦拉斯看朴次茅斯》这个栏目的,还有《泰利·萨瓦拉斯看阿伯丁》。只要有人叫他,哪怕是给唐·奥默特小面包车做广告他都会去。"

尽管他尽了最大努力向苏西赔罪,但显然苏西还是认为弗兰克只是菲尔可怜的替代品,完全缺乏魅力。几年的共事之后,她选择去做兼职,只作为七个主持强人队伍中的一员,留下来做早间新闻报道。茉莉亚则表示,苏西的继续留任,主要出于她对"莎莉·安妮"提供的珍珠的热爱,而不出于她对职业的执著。

继苏西之后的一位搭档是尼基,她笑容可掬,个子娇小,在很短时间内就备受观众喜爱。她有一种很自然的温情和活泼,透过屏幕传递出来,领教过苏西的傲慢,尼基倒让弗兰克觉得合作愉快。因为深受欢迎,尼基收到大量邀请函和出席嘉宾请柬,她对此兴致不减，来者不拒。地方小报周刊社会版很少会错过尼基参加慈善宴会、新饭店开张庆典或实业家颁奖仪式的照片。几个月时间过去，她的形象再也不那么娇小了，她的光亮似乎在渐渐褪色，读自动提示器里的内容时经常念错。弗兰克记得那天，他伸出手为她按电梯按钮，而不愿让每个人都看着她努力控制她那颤抖的手。四年后，她因为健康问题辞职了。

尼基走后，新来的是丽莎。弗兰克发现她不可思议地心不在焉，而且记多一点东西就显得很吃力。有一阵子，她是坐在沙发前做电视秀，后来制片人考虑到她比弗兰克高，观众会不习惯，就让她坐在较低的位置，丽莎为此一直对制片和弗兰克耿耿于怀。她呆了两年，转而成了卫星频道晚间新闻唯一的女主播。她现在至少，如弗兰克所说，可以享受正常高度椅子的全部好处。

丽莎之后是乔伊，每个人都记得她，甚至连弗兰克的母亲对她都念念不忘，但她仅呆了几个月就去了其他部门。再之后，是埃里卡，她呆的时间跟乔伊同样短暂，喜欢收藏蜥蜴，在一次涉及可卡因、体育记者和残疾人厕所的事件中被解雇。最后一位，便是茱莉亚。

他看了看表，弄不清她这会儿在哪。他需要一些建议，以便用最好的办法回复他收到的那些邮件。他不想理会奥得宾斯那件事，于是接着看下一封邮件：

> 奥克罗夫，这个节目如果不是你在主持，一定比现在好看一百倍，你一点也不好玩，在你放假的时候我就特别喜欢这个节目。顺便问一下，你是怎样得到电视台这份工作的？

最后一行文字看不太清,从邮件的大意可以看出那是经过字斟句酌的,重点是在强调"您",但也许不是。邮件"另外"向他建议另一个策略,另一个不相关的问题。他曾尽自己所能,对"你的领带在哪买的?"这类邮件作出最圆满最有帮助的答复,可得到的回复却是:"我是在跟你开玩笑,傻瓜,看到你的领带我都想吐。"他记得茱莉亚曾为此嘲笑他,因为他根本没必要花那么长时间去想那么多。就在他坐着发呆时,邮箱里又有一封新邮件映入眼帘,他把它打开:

亲爱的奥克罗夫先生,

　　我不知道这封信是否能到你手上,或者你是否能在百忙之中看到它。我叫杰夫里·克拉文,现正在当地图书馆读一门"银质冲浪手"课程,这个课程主要是教我和其他高中学生如何使用万维网,老师可能觉得教起来有点儿吃力,所以我们花了好长时间才掌握鼠标。

　　上星期我们又学了如何发电子邮件。老实说,我不明白那有什么用,因为我根本没电脑,而且也不知道谁有,但我想让头脑保持积极活跃,去学些新东西还是好的。我每天晚上都在电视上看到你的电子邮件地址,我不知道那是不是骗人的玩意,但不管怎样,我还是想发个邮件试试。

　　我老婆玛格丽特去年去世了,我们以前晚上经常一起看英格兰中心新闻节目。她是你的忠实听众,而且特别喜欢你讲的笑话。她甚至觉得你的笑容很迷人,你让她想起她年轻时认识的某个人,每天晚上她都免不了要念叨:"瞧,他看起来多像查理·司多科，不知道这两人有没有什么关系。"她对这件都有点鬼迷心窍了，没完没了地。有时她还说："我要写信到节目组问问他。"我就跟她说："看在老天爷的分上，玛格丽特，人家的时间要用在更正经的事情上而不是回答那些愚蠢的问题。"老实说，我对她有点唐突，因为我不喜欢她总是提起那个司多科。虽然我从来没见过那个家伙，但我想我还是会嫉妒的，我知道在我之前他曾爱过她。

不管怎么说，玛格丽特已经过世了，而且她的确从未写过那样的信，但每次我看这个节目的时候都感觉她好像就坐在我身边的靠背沙发上，所以我觉得我还是写封信给你为好，说不定你能读到它。我可以告诉你有关玛格丽特的事，而且如果可以的话，我想问一下：你跟查理·司多科有什么关系吗？如果你肯写信答复，我会让老师把它打印出来，我再把它贴在玛格丽特的照片旁边，她肯定会喜欢的。

你忠实的朋友
杰弗里·克瑞温

弗兰克感觉到身后有人，回头一看，是茱莉亚来上班了，正站在他后面看这封信呢。彼此简单地对视了一下。

茱莉亚眼睛转了转，"这么说，那个查理·司多科长得像你？"

弗兰克点了点头，"好像是。"

茱莉亚耸耸肩，"这就难怪她会抛弃她那个老杰弗里了。"

23

米歇尔还在忙着与节目制作人讨论,莫很兴奋地拉着弗兰克,边等边看《刻骨之爱》的背景布置。

"爸,看,你看看,这是米歇尔所称的'诚实镜',你看着它,就能看到别人是如何看待你的。"

弗兰克皱皱眉,"别的镜子不是也可以这样吗?"

"是,不过这个超大!米歇尔让人穿着比基尼站在前面,这样就能看出他们很胖,她会把她看到的如实告知,那些照镜子的人就会伤心落泪,那就是美其名曰的'刻骨之爱'——不过最后,他们会再次返回到镜子前,他们做了新发型,穿上了新衣服和智能内衣,他们会再一次饮泣,可这回是因为太高兴。"

"'智能内衣?'那是什么内衣?"

莫耸耸肩,"我也不是很清楚,可能是里面带有微电脑的内衣,它能让脂肪流走。"

莫站在镜子前,有点得意忘形地慢慢转身。"'刻骨之爱'改变了我的生活!"她拍着巴掌说道。

弗兰克不为所动，"他们就是这么说的吗？"

"是的——因为他们此前的生活很糟糕，经过'刻骨之爱'，他们一切都变好了，朋友们都来为他们鼓掌，并告诉他们，看到他们做过发型、脂肪都藏了起来，真的很开心。"莫继续盯着镜子。"我希望西妮德能来参加《刻骨之爱》节目。"

"西妮德是谁？"

"她是我们班同学，西妮德·洛克。因为她胖，有些小孩给她起外号，她有哮喘，不能跑动。他们不应该给她起外号，对吧，爸爸？"

"当然不应该，那样做很讨厌。"

"我就是说嘛，她需要'刻骨之爱'和智能内衣；她应该来这里，看怎样才能把脂肪紧缩在裤子里，由此来改变她的生活。她无法摆脱她现在那种糟糕的生活，但她应该过得更好。"

"莫，也许她的生活没那么糟，除了别人给她起绰号外，她可能挺开心的。在这个世界，外面不是最重要的。"

米歇尔终于来到他们中间，"噢，莫！瞧他在说什么呢？是不是像那些可怜的女人刚来这里的时候说的那样？'外表对我来说并不重要，'我要说的是，'重要的是爱，爱对每个人都很重要，你却一团糟。'是吗，莫？你懂的。"

莫看起来有点尴尬，不知道谁说得对。弗兰克看着米歇尔，"莫刚才只是在聊她一个同学，她因为肥胖被人欺负。"

米歇尔有些慌张，"噢，噢，我明白了，莫。没有爱，一切都不一样。这对小孩不一样，这个节目是给成人看的，小孩不应该担心自

136

己的体重——你同学还是个青少年，可以通过饮食来改变。"

弗兰克想转移话题。"不管怎样——很感谢今天你让莫来到这里，你知道的，她是这个节目的超级粉丝。"

米歇尔微笑着说，"不，得谢谢弗兰克同意我和莫在这里相聚。很抱歉，我们早就该这么做了，我这人——总是拖三拉四的——不过还好，至少莫能到这里到处转转。"弗兰克不太肯定自己是不是感到高兴，不过他还是点了点头。

米歇尔满脸堆笑地对着莫，"嗨，莫——你去那边衣帽间看看，挑几件你觉得适合我穿的，今晚我有个派对——你去给我找些合适的。"

莫很开心，"是哪种派对？"

"一个开放式的聚会。"

莫不解地皱皱眉头，"像生日派对那种吗？"

"不太像。"

"是不是要穿化装舞会的服装？"

"不，不是化装舞会那种。"

"你们要玩什么游戏吗？"

"你的意思是……"

"你们吃完蛋糕后——有没有派对游戏？你要穿能跑动的衣服吗？"

米歇尔大笑，"不，没有游戏。我只需站着，或坐着，或喝东西。"

弗兰克从莫脸上看出她没多考虑那是怎样一个聚会，不过她还是目的明确地向衣帽间走去。她匆匆离去那一刹那，弗兰克顿觉心生无限怜爱，赶紧拨开人群紧跟其后。

米歇尔带他来到场景中央，在一张红沙发上坐下。两个节目组工作人员搬了几件家具摆在对面角落。

"之前那件事我忘了。你还记得吧，你问过我有关那种照片的事？"

"记得。"

"他叫迈克尔，是吗？"

"对，迈克尔·丘奇"

"我不知道这有没有关联，不过正是迈克尔这个名字，听起来模模糊糊的，有点耳熟。"

她伸手往包里掏，随后递给弗兰克一张便条。便条是写在一张淡蓝色小信纸上的，弗兰克认出那斜体笔迹是跟在迈克尔屋里看到的文件一样。

　菲尔，

　　我下星期不会去那儿，很抱歉只能写信告诉你，因为我知道，如果当面跟你说，你一定又会想方设法再次说服我——就像埃尔希以前常说你一样，你的魅力足以让蜂蜜吐出蜜来。

　　菲尔，你是我最亲密的朋友，但这次，你错了。

　　期待你的来信。

米奇

弗兰克又念了一遍,他估计这张便条是好几年前的了。

"你是在他那一堆文件中找到的吗?"

"不是——是菲尔去世后几天邮寄过来,可实际上又不是邮寄的——正因为这样,我才在每天没完没了的信件中想起来这张便条来。不知道是谁寄出的,因为贴付的邮资不足,所以我只好到邮局分拣处去,加付不足的邮资后把它拿出来,此前估计在邮局放了好几天,那时因为马不停蹄地忙,没太在意这事。这个迈克尔就是你一直提到的那个吧?"

"是。"

"便条内容是关于什么的?"

"我不知道,可能是他们之间意见不同。"

米歇尔做了个鬼脸,"奇怪,这件事菲尔从来没提过,奇怪啊,我甚至从来没听他提起过迈克尔。"她有些犹豫地说道,"正是我想跟你谈的。"

"什么?"

"我还真不知道从何说起——都是一些琐碎的鸡毛蒜皮的事。我以前从来没跟人说过,但现在我觉得我应该说点什么了。"

"你想说什么?"

"好——就算我笨嘴拙舌吧——我只是觉得事情最后有些很蹊跷的东西。"

"蹊跷?"

"有点可疑,有点奇怪。不,呵呵,当然不是,呵呵。"弗兰克等着她说下去,但她没有,反而倒过来问弗兰克,"你最后一次跟他说话是什么时候?"

"他死之前一个月左右。"

"那时候他看起来怎样?"

弗兰克想起那次电话交谈。"挺好的啊,他看起来挺好的。我的意思是——虽然聊得多少有点怪怪的,但就他自己而言还是好的。"

"你说有点怪怪的指的是什么?"

"噢,他那天打电话给我是向我道歉——为了前一次一个电话,他喝醉了,说了些莫名其妙的话。其实我根本不介意,可他觉得很过意不去,说自己有点荒唐——你知道吧,他为自己的行为尴尬不已——这可不是他的风格,正常情况下,他只会嘲笑别人,或者跟别人对着干。"

米歇尔点点头,"他喝醉的时候打电话给你——这种情况以前有过吗?"

"天哪,没有,从来没有,这不是他的做派,对吧? 对于他来说,这样的事既不优雅又没品位。这么多年来,我一直渴望着能跨越我和他之间那一步之遥而形成的天壤之别。"

"他喝醉的时候,是不是跟你说过他爱你?"

弗兰克看着米歇尔,"是,他是这么说的,我以为那纯粹是醉话——可他确实是那么说的,他还说他也爱你——那个晚上,他是那么多情。"

米歇尔往沙发后靠,"这么说来,那件事你多少看出些端倪?"

"看出什么?"

"他去世前两个月的种种迹象。"她有些迟疑地说,"我真的很难说出来——因为我不想在已故人身后说他什么,可是我不能不跟人谈起这件事。在他去世前几个星期,他完全变了一个人。你知道他平时是多么容易相处、多么有趣的一个人,可后来全都变了。他严重情绪波动,晚上他会对我说他是多么爱我——虽然我们彼此经常说这样的话——但那阵子跟平时真的不一样,我听得出他说爱我时有某种绝望的意味。酒喝得越来越多,有时一边说爱我一边哭——我知道一定是有什么事要发生,很恐惧,但他什么都不跟我说。发展到后来,就连大白天的,他也会显得非常紧张,暴躁易怒,心事重重,有时候,他甚至像彻底垮了,了无生趣的样子。太离谱了。"

弗兰克摇摇头,"可按说那不是菲尔的样子。你觉得他会不会是病了?"

"我也曾这么想过,我以为他是不是神经出了什么问题——完全是个人内在出了状况。他同意去做检查,但医生没发现什么问题,只是说可能是压力太大,但他们不了解菲尔,在医生看来,一个七十八岁高龄的人,还主持每周黄金时段电视节目,工作超负荷是必然的——但其实菲尔对此驾轻就熟。"

"我知道肯定有事要发生。你知道当我听到他出事时第一反应是什么吗?那一刹那我第一个念头是'我知道',因为我早已预感到他正在朝某种灾难走去。"米歇尔沉默了一会儿后又补充说,"我觉得他的死跟他最后几个星期的反常有很大关联。"

"那是一起交通肇事逃逸事故。"

"那是一条笔直的路——没有任何拐角。警察对这起交通事故满腹疑团,驾驶员根本没刹车。"

弗兰克试着用安德丽亚的推测与米歇尔探讨,"可能司机睡着了。"

米歇尔摇摇头,"这事很可疑,警察一直没找到那个司机,他们的调查毫无进展。弗兰克,事情没这么简单,这里头肯定有问题。我们今天这样聊这件事,我觉得挺荒唐的——像电影里某个角色一样——所以我以前一直只字不提。"

"现在跟以前有什么不一样吗?"

米歇尔看见莫手里拿着一件橘色、有点像运动服的外套,一顶黑色礼帽,还有一双红色漆皮高跟鞋,正朝他们走过来。快走到他们身边时,面带自豪的微笑对他们喊道:"准备好哦,一切将大不一样!"

就在莫马上就要来到他们身边之时,米歇尔转向弗兰克小声说:"现在,我知道了那笔钱的去向。"

24

　　"菱形屋"是由道格拉斯·奥克罗夫特及其合作伙伴共同设计而成,建于一九七四年,位于城市的中心位置,议会的各部门都安排在其中。其外观样式设计大胆,充满野兽派①的风格,因此在当地的媒体界引起一片哗然。弗兰克回想起他和父母一起收看过一档采访父亲的地方新闻栏目。多年过去,他发现菲尔就是那个主持采访的大衣领男。在整个采访中,父亲所说的话寥寥无几,大部分的时间都是路人对该建筑的评价。

　　一位戴着尖头眼镜、能说会道的中年妇女就好像专门在等着被采访一样,她说:"我觉得它丑陋无比,简直是影响市容。如果这就是时尚的话,我很庆幸没有与时尚挂钩。"

　　一位长有浓密连鬓胡子的年轻人不好意思地咧嘴一笑:"这个行吗? 它看起来很时尚,但只是现在而已。我都不知道门在哪里。"

---

　　① 野兽派,美术、建筑方面的一个派别,热衷于运用鲜艳、狂野的色彩和强烈的视觉冲击力,常给人不合常理的感觉。

入口其实离地面有三十英尺高,在大楼的前面由两个大水泥斜坡相接而成,其顶部就是入口了。有段时间,人们开始传言,说是建筑师忘记了入口的事,斜坡通道只不过是事后的补救方法而已。有人相信如此荒唐的说法,弗兰克甚是惊讶。但是有种说法却让大家都普遍接受,那就是建筑师对普通大众的需求不甚了解,导致了他们会忽略像出入口这种基本的问题。

到九十年代初期,议会各部门不断发展,这座大楼都容纳不下了,于是议会搬到了新的地方。"菱形屋",如同弗兰克父亲的所有建筑,都是在与客户密切磋商的基础上设计的,无论是其特色、布局,还是其各部门之间复杂关系的特征,都是根据其特殊需求量身打造的,结果却落得个没人租用的下场。它的荒废搁置再加上外部设计上早已不像当年那么前卫、众说纷纭,到最后只剩下了争议,所以地方议会选择拆除它。

弗兰克记得听到这个消息时的震惊,这是父亲设计的建筑中第一座要被拆除的。道格拉斯总是喜欢把自己的建筑跟未来联系在一起。让弗兰克如释重负的是,自己不必为了未来而活着,因为未来是如此的短暂。

在拆除前的一个晚上,菲尔和弗兰克下班之后来到这里。菲尔抬头望着灰蒙蒙的大楼外部说:"我不喜欢这样,我一点都不喜欢。"

"什么?"

"比一座大楼活的时间还长,它让我觉得自己老了。"

"你就是老了。"

"我是成熟有加,或是声名远扬,当然会精炼老道,但这不是老,你的领带才老了呢。"他盯着大楼那已被封的入口继续说:"我记得是在为此楼剪彩时做的报道,我从未想过它会被拆除。"

"我记得我看过那个采访,当时觉着那个记者狡猾至极。"

"挺好笑的。不过它的确是个标志性建筑,我记得它当时很前卫。你父亲非常的专业,总是用专业术语交谈,观众们都听不懂,我们只能一直重拍,让他能够表达得更简单明了,可最后我们只好匆匆放弃,转而去采访 Joe P 的人。

"他不擅长交际。"

"你觉得他们为什么要把它拆了呢?"

弗兰克想了想回答道:"很多原因。"他回想起孩提的自己在父亲的书房里目不转睛的盯着塔楼的图纸看的情景。他耸了耸肩,说:"曲高和寡。"

菲尔点点头:"弗兰克,我没有恶意,这栋大楼也曾风光一时,现在来看却好像是这个城市的眼中钉。整个城市都已重建,焕然一新,而'菱形屋'却像是衣橱里老式喇叭裤一样屹立在城镇中心,向人们炫耀昔日的光荣。我知道始建之初,你父亲倾注了大量的心血,它也的确很棒,但是与其看着它自己倒塌,不如把它拆除。"

弗兰克之前早就听过这种说法。"我不同意。我认为那些新建的建筑才有问题。议会把菱形屋周边的土地都卖了,而那个地方本应该是一片林荫广场和花园,这是我父亲计划中必不可缺的一部分。我们不能把计划拆成若干小部分,然后就把问题归推到建筑上。议会卖了地,然后让开发商建造与菱形屋不相称的建筑,现在他们发现它格格不入了。这是标志性建筑,理应受到尊重,它的周边本来也应该好好规划。"

"可是十年前它就已经被翻新过了,也没什么与众不同。"

"只是更加糟糕而已,廉价的八十年代的墙板安装在七十年代的建筑上。他们应该尊重它原来的那个样子,而不是试着翻新或是拆除。"

菲尔摇摇头:"这在现实生活中很难行得通。岁月悠长,万物皆会变老,先是初现疲倦之态,即使不显老气之态也无人想见。你看我,虽然保养得很好,相貌堂堂,但是我也要与时俱进——改变自己外表,改变自己说话口气,要赶上时代的发展可真是不容易啊。潮流多变,你必须要装作对外界所发生的种种了然于心,你要装作明白为什么许多小孩突然觉得你很酷,或者是为什么一个戴呢帽的蠢货想让你在他的广告中出现。翻新——天啊,是的,我同意。所以如果连整修都不能的话,就到了该拆除的时候了。"

弗兰克摇摇头,"我可没看懂那个广告,你为什么穿得像 Mr. T 呢。那和银行有什么关系?"

"很明显是讽刺啊,就是讽刺。"

弗兰克点点头,"肯定是。"他背靠菱形屋,看着周围新建的大楼,想象菱形屋若不复存在,自己将会有什么样的感觉。"不仅仅是那样。"

菲尔蹙起眉,"不仅仅是什么?"

"我刚才说的这栋大楼,不只是那样的。"

菲尔等了一会儿,沉不住气了,"天哪,弗兰克,你这样说话说半句是在吊人胃口吗? 不仅仅是什么?"

"我说的是这栋楼的拆迁,不仅仅因为它是我父亲的建筑,或是建筑价值大小,或是说它缺乏远见和规划。即便对一切都无法苟同,即便这座大楼的确是个严重的错误,也不应该只是简单地抹掉已经犯的错误吧。"

"你当然不会,弗兰克,你只会固执地抓住错误不放,把它们当做赎罪的机会,不断地提醒你自己是怎样搞砸这一切的。这就是你为什么总是坚持穿着橡胶底鞋上班的原因,你这是在自我惩罚。"

"不,我是在用这些鞋来惩罚你,这是我穿它们的唯一原因。是的,有些错误可以被消除,但是把所有属于过去的痕迹擦得一干二净是错误的。你还记得早先在牛环建的那个机械化停车场吗?"

"当然记得,我是为数不多尝试过它并且安全出来的人之一。先把车开到一个升降机上,然后把车停在那里——剩下的都交给神奇的科技来操作,它会把车运到另一个地方,这对于司机来说非常舒适方便,可到第二天就出故障了,接下来的二十年,那辆福特安格利亚就葬在那儿了。"

"这就是我喜欢这座城市的地方。"

"你喜欢它什么? 因为它一团糟,一切不景气?"

"不是,是因为这座城市有着荒谬的梦想,它总是想重塑自己,成为一座未来之城,但又总是拿不定主意未来应该是什么样子。我喜欢人们对过去的梦想、对乌托邦该是什么犹如轻风过耳,不作深究。不管它们多令人尴尬或幼稚，我觉得如果我们硬是要把它们抹掉，那这个地方就失去了它最基本的东西。"

"你对你父亲的建筑也怀有这样的感情吗？你总是说到它们的建筑意义，你的真正想法是，只要它们存在，无形中就在提醒我们，它们过去曾经是美丽的梦想，对吗？"

弗兰克耸耸肩，"我不知道，这个话题涉及我父亲时就有所不同了。我知道他对这座大楼、所有的建筑是多么地用心。他是为未来而建造，它们是他的遗产。"他转过背来望着菱形屋轻叹道："你知道吗，里面真的很漂亮，在这儿工作的人都很喜欢它。"

菲尔笑道："你永远不明白，是吧？很多东西只有外表是看得见的，所以人们只会关注外表，伙计。"

回忆往昔，弗兰克觉得自己现在才真正懂了，难得开窍啊。伍斯特屋，是保留下来的最后一个父亲设计的公共建筑，但下周也将会被拆除。弗兰克知道，即使父亲所有的建筑都被拆除了，他的记忆仍与他同在，他也知道像这种不可捉摸的遗产对他父亲来说早已没什么意义。

25

弗朗西斯
一九七五

妈妈从厨房里端着一个盘子走了出来，弗朗西斯紧紧地盯着她，观察她的嘴唇，她的眼睛，她肩膀的线条，他知道今天是橙色的一天。好像是为了证实他的推论是正确的一样，她看着他，脸上闪过一个大大的微笑。

他还很小的时候，就自作主张地认为妈妈的心情有橙色和紫色之分。现在他已经长大了，可以用别的词来替换，但是这种颜色的概念早已牢牢记于心中，用橙色和紫色来表达再合适不过了。

"好了，我们的聚会准备就绪了是吗？"

他咧嘴一笑，点点头。

紫色日子里，妈妈会在花园里将植物连根拔起，盯着窗外，目光空洞，漫无目的。她会打电话给她姐姐，声音低沉，一打就是好几个小时；有时她会对弗朗西斯发脾气，但有时她几乎没有意识到他的存在。

在橙色日子里,她会给他讲故事,会想出好玩的游戏,还会带着弗朗西斯去远足,最重要的是她能把他逗得开怀大笑。

她把盘子放在咖啡桌上,弗朗西斯查看了一下里面的薯片和糖果的样数,他妈妈总是莫名其妙地把这些东西叫做"石块"。它们像往常一样被精心地摆放在一个奇怪的陶盘里,蛋杯里有聪明豆,船形小盘里有一堆奶酪,各式薯片都放在了最精致的碟子里。虽然没有邀请别的客人,弗朗西斯和母亲都把这称为聚会。

弗朗西斯的父亲晚上会出去参加研讨会,弗朗西斯问什么是研讨会,父亲就会向他解释,但他似乎是左耳进右耳出。弗朗西斯不知道父亲是否知道在他不在家时他和母亲举行的小聚会。他觉得道格拉斯是不会允许这种溺爱,也不会同意这样使用陶盘的。

弗朗西斯坐在老地方,妈妈称之为"坐垫",她看书时会把脚放在上面,这情形中弗朗西斯会注意到父亲眯着眼盯着那个坐垫,好像那个坐垫让他不舒服。坐垫黑白相间,是由皮革或塑料制成的。当弗朗西斯还小时,他就把它当做"跑车"的坐垫,把一个盘子当方向盘,然后轰隆隆地发动"跑车"。尽管他现在长大点儿了,不那么天真了,但在享用桌前的糖果时,想象着有辆车在旁边还是会非常高兴。

妈妈把有气泡的橙汁汽水倒在茶壶里,然后高高举起倒在茶杯里。弗朗西斯知道接下来妈妈会怎么做——她会故意提高嗓门大声叫道:"还要茶吗,牧师?"

"是的,谢谢。"弗朗西斯会用自己觉得像牧师的腔调应答。

妈妈则假装没有注意到弗朗西斯拿着的茶杯,表情惊讶地说:

"噢，牧师，不是把嘴巴直接凑到壶嘴哦！你还不如一只脏猩猩呢。"让牧师从茶壶里直接喝橘子汁的怪主意会让弗朗西斯大笑不止，以至于每次都会从坐垫上滑下来。

弗朗西斯不清楚自己为什么会把妈妈的心情分成橙色和紫色，或许跟妈妈穿的衣服有关。他记得她几年前穿过一件紫色的裙子，布料闪闪发光，并带有花纹，但裙子与她的连裤袜摩擦所发出的声音让弗朗西斯觉得很害怕。他还记得妈妈另外有一件鲜艳的橙色高圆领套头外衣，羊毛的，质地柔软蓬松，以前妈妈抱起他的时候他总喜欢把脸紧紧地贴在上面。

现在妈妈的紫色日渐渐多了起来。当他还小的时候，紫色日很少，小片乌云会立刻飘过晴朗的天空。现在橙色日变得越来越稀少，他同时也发现有时虽然某个橙色日已经开始，却突然之间毫无理由地变成一个紫色日。上周六，他父亲一天都在书房里工作。一开始妈妈心情很好，但是在午饭时间，弗朗西斯注意到她似乎故意把锅敲得砰砰作响，然后又忘记在他的牛奶里倒巧克力粉，而他问她要时，她冲他大喊。他还留意过，紫色日从来不会变成橙色日。

他们此刻坐在咖啡桌旁，弗朗西斯依然坐在坐垫上，妈妈则跪在地板上，大口吃着瑞典式自助餐，听着唱片。莫林自十几岁到二十几岁有很多唱片，她说他们都是摇滚唱片，弗朗西斯也很喜欢这些唱片。曲柄自动转动，唱针便放在唱片上，片刻嘶嘶声和嘶哑声之后，他知道这首歌是一个关于邦妮·马若妮窈窕少女的。

妈妈笑道："你还记着我教过你跳舞吗？"

"什么时候？"

"很多次——结果都一样——我们都瘫倒在地板上。"

弗朗西斯微微一笑。

"你身体弹性很好，我从来没见过身体这么柔软的舞者，就像在和一条鳗鱼跳舞一样，一点儿也不像你父亲。"

弗朗西斯看着她，说："父亲不跳舞。"

"他现在当然不跳了，他以前跳过，在我第一次遇见他的时候。他是一个很棒的舞者，跳得很认真。"

她眼睛一闪："这——你可以想象到的。"

实际上弗朗西斯无法想象得到。他简直难以置信，父亲怎么会跟着这样的一首歌跳舞呢？歌曲里女孩的名字跟通心粉的发音相似。他努力让自己不再去想这些。

"这就是为什么我的橄榄球打得一塌糊涂的原因。"

"亲爱的，你的橄榄球真的一塌糊涂吗？"

"我身体太柔软——每个人都能推倒我。"

妈妈忧心地说："其他男孩欺负你了？"

弗朗西斯耸耸肩，"有时候他们会拿我说事，但是我不介意。"

"真的吗？"

"我觉得橄榄球是项愚蠢的运动。"

"我非常同意。"她沉吟道，"但是我敢说你写的文章要比那些男孩好得多，或者是你在摔跤上很擅长，或者说是对车更在行。人们会把重点放在错误的东西上，弗朗西斯——擅长于橄榄球啦，成为快跑健将啦,或者住大而漂亮的房子啦——他们认为只要表面好,就一切都好——但其实不然,只有内在的才是最重要的。"

母亲所说的弗朗西斯虽然不太懂,但还是点了点头。

她看着他,微笑道:"我是不是多此一举呢?"

弗朗西斯皱眉道:"什么意思?"

"没什么,别在意我,弗朗西斯。"她靠过来,双手紧紧地抱住他的头,佯装使劲地扭动他的头,最后她气喘吁吁停下来,说道,"现在好了。"

"你在干什么呢?"

"你的头——现在已经牢牢地固定好了——不会再移动了。"

弗朗西斯以为这是个新游戏,"我来试试你的头是不是拧紧了,好吗?"

妈妈大笑道:"天啊,不行,我敢肯定它已经拧不紧了——你很有可能会把它拧下来。在和你爸爸生活的这十五年,我的螺丝肯定松了。"她的笑声渐渐地消失了,弗朗西斯很害怕这一天又变成紫色日。他立刻奔到自己房间,找到自小跟他在一起的一只叫班布尔夫人的可爱小猫玩具。班布尔夫人早在几年前就应该被扔掉的,但是它脸上惊慌失措的表情常常逗得弗朗西斯和他妈妈捧腹大笑,这个毛绒玩具的确给他们带来不少欢乐时光。弗朗西斯跑到起居室的一摞唱片旁,找出他想要的那张,然后放在唱机的转盘上。当盖伊·米切尔的歌声响起,班布尔夫人从沙发后面慢慢露出了大大的眼睛。

（她插着红色的翅膀，穿着轻柔的裙子）

（她插着红色的翅膀，穿着轻柔的裙子）

玫瑰在发鬓中摇，笑容在眼睛中漾，

心中对我爱意无限。

很明显班布尔夫人不喜欢这首歌，她几次要试图离开这个临时舞台，但是却被另一只正拿着唱片封面的手所阻挠——那个封面正露着米切尔那张厚颜无耻的脸。他阻止班布尔夫人离开，唱着她讨厌的小夜曲。弗朗西斯蜷偎在沙发后面表演着整场木偶秀，每次班布尔夫人万分恼怒时，他都会听到妈妈的大笑声。一曲结束，他和班布尔夫人都鞠躬致谢，妈妈热烈地鼓掌致谢。

"谢谢班布尔夫人，谢谢米切尔先生，还要非常感谢木偶主人。"她大笑道，"你让我很开心，亲爱的。"弗朗西斯报以浅浅的微笑，希望妈妈一直是这个样子。

26

他们坐在角落里一个靠窗户的桌子旁,能够看到街上的风景。弗兰克总是会忘记这儿的咖啡有多难喝,每次都一如既往地试图咽下他们端上来的油腻腻的棕色液体,它似乎总是热乎乎的凉不下来。

"你不觉得这好像是直接从地核管道输送过来的吗?"他问道。

安德丽亚闻了一下她的那杯茶,"闻起来真像豌豆,味道浓香。"

弗兰克不以为然。

安德丽亚小啜一口,"你该对此肃然起敬才是,我猜这里的风味是引领餐饮业前沿的,当然完全出乎你的预料了。"

弗兰克点点头,"的确如此。"

他们现在都看着莫,她正欢快地用匙子挖高杯里堆得高高的缤纷圣代,摇晃着腿,一脸满足的样子。莫喜欢 JD 的餐点。这事都怪那该死的一天,那天他们碰巧路过 JD,莫看到橱窗里花哨的甜点照片时,她央求着说要尝一尝缤纷圣代,弗兰克只好妥协了。现在每次到市中心来,他们都必须进 JD 这家餐馆。弗兰克和安德丽亚偶尔也会反对,但是如果每次来都拒绝,似乎显得太粗暴了,莫也就全然没了出来逛逛的乐趣,这样做他们都于心不忍。JD并不是弗兰克或安德丽亚选择要经常光顾的地方,它实际上是一个美其名曰的小烧烤店。塑料桌子和椅子连在一起,都固定在了地板上,收音机的声音很大,到处都有一股消毒水的味道。而且这里好像只有一个服务员,就是那个忧郁的伊朗人,浑身散发着一种多愁善感的气质。他们不确定他的心思是不是在店里,他们总是认为他思绪飞扬,无法自止。有时候安德丽亚和弗兰克会猜测JD到底是什么单词的缩写。弗兰克认为是"Johnny Doom",但是安德丽亚则更具异国情调地觉得是"Je-suis Desolé",这让弗兰克想到了他曾经读过的喜剧中的一个角色——他出游在每一个令人心情忧郁的地方。

莫总是为他的忧郁而担忧。如果父母不愿去咖啡馆,她就会说:"为什么不去JD呢?想想他该有多难过啊。"的确他们很少看见有其他顾客光顾那儿。每当他们点完吃的东西放下菜单时,JD的反应总是一样的,就好像他们所点的都让他大失所望。他会闷闷不乐地点头,好像是说:"那是当然,就一杯咖啡吗?"即使又点了缤纷圣代,他也是此番表情。弗兰克和安德丽亚认为菜单上肯定有一道餐点会让他喜笑颜开,让他这几年一直翘首期盼。他们总是努力研究菜单碰碰运气,但是每次他们看到JD空洞的眼神时就失去了耐心,又会点回同样的茶和咖啡。

弗兰克喜欢这个咖啡馆的地理位置。这儿曾经是一条繁华的街,自从城市的零售物资中心搬到几个街区之外的地方后,就安静多了,就好像缓慢移动的龙卷风过后,只剩下几个商店和像 JD 这样的廉价小咖啡馆。弗兰克记着这条街曾经是城市中心。

"莫,你看到那边的地铁了吗,那儿曾经是个很棒的唱片店。"
莫看了一眼点点头:"看到了。"

"你看到街头的那个广场了吗?那儿原本是没有广场的,之前是一条繁忙的街,如果要过去,必须走几个台阶,然后从地下通道穿过,不过那算不上是真正的地下通道——商铺林立,到处都是公共电话亭,还有很多鸽子。"

"嗯,"莫应答着,她正努力将杯底的一片水果叉出来。弗兰克意识到她对此并不感兴趣,他知道她之所以不感兴趣是因为它确实没一点儿趣味。当他向安德丽亚讲述这儿曾经有过的商店或是他曾经报道过但早已被忘却的新闻时,也一样让她觉得索然寡味。

第三次被咖啡烫到舌头时,他在心中暗自咒骂。他很奇怪为什么自己总是无法把注意力集中到这儿,或许是因为总是勉强安德丽亚和莫跟自己分享过去的种种,因而替她们觉得受罪,即使她们能感受到他的痴迷,他的责任。他决定不告诉莫路边的百货商场的顶楼可以吃到不同类型的蛋糕,不告诉她哪个鞋店的服务员曾经在足球赌注上赢过一次。也许下次会告诉她。

门开了,弗兰克迅速地转过脸来并悄悄地咒道:"真该死。"安德丽亚看着那个男人进来,站在收银台旁。

弗兰克低声道:"他能看到我吗?"

安德丽亚盯着他,就好像他傻了一样:"他当然能看到你,这儿没别的人,他是谁?"

就在这时，他们听到一个高亢锐利的声音："我简直不敢相、相、相、相信！"

弗兰克抬起头，佯作惊讶："噢，西里尔，你也在这儿啊，我没看见你进来呢。"

西里尔拿着一杯棕色的咖啡走了过来。自从他们多年前在音像店里偶遇之后，弗兰克就再没有看见过他本人，那以后他们都用电话或是邮件联系。弗兰克看着他走过来，看得出没联系的这几年对于西里尔来说应该不是很好。他看起来比弗兰克意料的要憔悴，灰色的头发已经变得稀疏，长至衣领。他还是一成不变地戴着太阳镜，穿着皮夹克，不过身上穿着的这件款式很新，但很呆板，以至于看起来是衣服穿着他而不是他穿着衣服。

"真是太意外了，弗兰克·奥克罗夫大驾在此，我真是无比荣幸啊。"

弗兰克有气无力地笑着说："很高兴见到你，西里尔。"

"是我很高兴才是，是我，我只有在电话里听到你的声音，或者在电视上见你一面，现在可好，我终于见着实实在在的人了，就在眼前。"

"正是。"

西里尔大笑道："正是！正是！我喜欢，是啊，这是咱俩最合适的寒暄了。"他转向安德丽亚："啊哈，这就是你的冤家吧，你妻子？对吗？"

安德丽亚冷冰冰地看了西里尔一眼，说："我是安德丽亚，你肯定是那个让弗兰克买无趣笑话的人吧？"

西里尔大喊起来，"天啊，弗兰克，你在这儿作证，无趣的笑话？这是他告诉你的吗？"他脸上掠过一丝担忧，"弗兰克，是你告诉她的吗？"

弗兰克用力摇了摇头。

西里尔继续盯着他："你跟她说过大约翰尼·杰森了吗？还有帕蒂·欧马利写的'请相信我心里只有你'？"

弗兰克假装回忆起来了，说："对，我确实跟她说过，西里尔。"

"你至少告诉过她'你得笑'这个笑话吧。"

弗兰克点点头："是的，我肯定告诉过她。"

西里尔展颜一笑，转向安德丽亚说："这样就好，我不想让你认为我不着调。我和几个很棒的人一起工作过，你的丈夫绝对是其中之一。"

西里尔看到固定在桌子上的第四个椅子，于是问道："我可以加入你们吗？"

"请便，"弗兰克说道，"我们差不多要走了。"

西里尔一坐下，弗兰克觉察到了一股威士忌味儿扑鼻而来。

"这是你的主持人搭档吧，弗兰克？"西里尔看到莫问道，莫只是露齿笑了笑。"应该是，我看过她在电视上谈有关经济衰退的一些重要东西。"

弗兰克回答道："她是我的女儿，莫。"

西里尔伸出自己的手，很正式地和莫握了握手。

"很荣幸见到你。"

莫微笑道："你好。"

他继续摇晃着她的手："莫，莫，真是个有趣的名字，我之前认识个家伙也叫莫。但他的姓却不寻常，是什么来着？对，则劳！是莫·则劳，很了不起的家伙，打理花花草草的能手。"

莫很高兴听到这些，咯咯地笑起来，吹了一杯的泡泡。

西里尔把热咖啡一饮而尽，脸上并未漏半丝不适，弗兰克狐疑地盯着他。

"西里尔，你现在在镇上干什么呢？"

"你知道的，忙这忙那。我要去图书馆拿一些资料。我从图书馆中找到了很多素材。我喜欢自备一些关于时政的笑话，以备不时之需——有的时候，一些电视节目会在节目播出的最后关头突然打电话来说急需几个笑料，像炸弹爆炸一样突然，说要就要！所以我必须做好准备。不过在图书馆做这件事也得时时留个神——有时自己都会被这些笑料逗乐，忍不住哈哈大笑，图书管理员可一点儿也不喜欢这样。"他转向莫："说起书来，莫，你知道我最喜欢的书是什么吗？"

莫摇摇头。

"喔，那可真是一本了不起的书，我真的很想推荐给你，是艾琳·多佛尔写的《险恶的岩石峭壁》。"

莫点点头，西里尔目不转睛地盯着她："峭壁，《险恶的岩石峭壁》，艾琳·多佛尔，知道了吗？艾琳·多佛尔。呃，我靠得太后了——啊，啊，啪！"

莫先是愕然无语静止在那儿，然后难以自控地爆发出哈哈大笑。

西里尔转向安德丽亚："我希望之前的玩笑没有冒犯到你。有时候我的嘴会给我惹上麻烦——思维飞速运转，话还没经过大脑，就脱口而出了。我没有恶意。弗兰克对你赞不绝口。"

其实如果没记错的话，到目前为止弗兰克从来没有向西里尔提过安德丽亚。

安德丽亚微笑道："没事的，西里尔，没什么冒犯不冒犯的。"

"我很讨厌给对方留下不好的印象。是弗兰克让我写的笑话得到利用，对此我非常感激，就像当初我和菲尔的合作一样。你知道我和菲尔·史密斯威一起工作过吗?"

安德丽亚点点头："是的，我想弗兰克提到过。"

"是的，菲尔和我很早就相识了，当我第一次见到他的时候，我只是一个在录音室帮忙的满脸粉刺的小青年。他看到了我的潜质——有一天他听到我和接待员讲了几个笑话，然后告诉我，如果我还有这样的笑话，就给他看看。我总是有很多笑话——当我在干别的工作时，它们就突如其来地冒出来了。所以我开始每周都会给菲尔几个笑话，他都会给我很多钱。一切都是从这儿开始的。"

"菲尔升迁了，但是他没有忘记我这个老伙计，虽然之后的几年里他没有用我的材料。他也没有办法，他有一流的撰稿人为他写稿子，即使他想用，也不能用别的稿子。我时不时地也会发给他几个笑话——你也知道，念在多年的旧情谊上，他总是一有时间就给我发信表示感谢，但是他从来没采用这些笑话。我每周都会看他的节目，有时我肯定下一个一定是我提供的笑话，但是从来没有出现过。话又说回来,我没有看出来他现在用的笑话有多好。"弗兰克这会儿能肯定,西里尔身上散发出来的是威士忌的味儿了。

"弗兰克,我告诉过你吗?就在菲尔悲惨结局之前我在伦敦碰见过他,就在一个小镇,我们不期而遇。世界上有那么多小镇,小镇上有那么多酒馆,可我们就在那儿相遇,很难以置信,是吧?"

莫转向弗兰克,问道:"'悲惨结局'是什么?"

弗兰克不想让莫难过,"我们在谈论菲尔,还记得他被一辆车撞了吗?我们说那是'悲惨结局',是因为我们对他的离世很难过。"

弗兰克想转移话题,但是西里尔接着说:"的确很难过,他非常优秀,看看他的结束方式,你绝对不会知道这儿到底发生了什么。"他拍了拍自己的脑袋。

弗兰克蹙眉道:"什么意思?那儿出了什么问题?"

"我不知道,这只是我个人观点,说不出口。"他看着莫笑道:"真是不好意思,说了这么沉重的话题。你老后会遇到的这种问题,它会发生在我们多数人身上,就像是我的好朋友盖瑞。盖瑞,你该看看他怎样过马路。"西里尔模仿一个中风老头的样子,莫无奈地笑了笑。他突然站了起来,"总之,我爱你,我要走了,见到你、安德丽亚和莫,我很高兴。莫,我会在电视上关注你的。还有弗兰克,这周晚些我会找你聊聊的。"他停顿了一会儿,脸色凝重:"事实上,弗兰克,你哪天有空,我们可以再见一面,就我们两个,我不想让这些事情扰了女士们的兴趣。"

"呃……好的,给我打电话就行,什么事?"

西里尔面无表情,"什么事?对,就是我有一些新的想法想和你探讨一下。笑料中的新台词啊、新的机会啊之类的。"

弗兰克挤出一丝笑容说:"很好,很期待。"

西里尔向莫夸张地眨了眨眼,拿起他的公文包像只企鹅一样向门口走去。他走后,莫笑着转向弗兰克说:"爸爸,那个人很有趣。"

弗兰克望着西里尔消失在路的尽头,"是的,谁说不是呢?"

27

凌厉的狂风猛击着山顶的房屋。弗兰克下车的时候,得用力拼命往外推车门,才不会被风关上。天空阳光明媚,完全不同于上次来的时候那种满街雨水浸泡、阴沉湿漉的样子。山顶地产再怎么说还是一个不错的产业,房屋和花园至今保存完好,蔚蓝的天,白云在头顶匆匆掠过。曾有一本儿童图画书,简单地勾勒过此地。

就像山顶地产的其他建筑一样,这里的商厦建于七十年代早期,金属杆支起的混凝土顶篷,向商店外延伸,为顾客遮风挡雨。商店的小推车绑在一根金属杆上,另一根杆子则拴着一条秃毛黄狗。当地的设施包括赌场、面包店、普通便利店、木板支起来的美发屋,一个自创品牌的迪克西兰小鸡王国快餐批发店。

弗兰克从赛马场入手。屋外拴着一条狗,弗兰克弯下腰去拍拍它的头,狗狗嗅了嗅他的手,指望能得到点吃的,继而颓然垂下脑袋,趴在爪子上,看着眼前的一碗水。屋里比他预料的忙碌得多,十几个客户或站或坐,手里拿着塑料杯装的茶和报纸,不时地看看电视屏幕。弗兰克走上前台,向那儿的女人出示迈克尔·丘奇的照片。他还没真正想好要说什么，却意识到自己问的问题可能很古怪。不管怎样，他还是试了试："请问，您认识这个人吗？他就住在这附近。"

女人一副无所畏惧的表情。

"他欠你的钱？"

"不，不是这么回事。"

她笑笑，说："一般人们都这么说。"她把照片拿近了再看看，说："对了，我应该在附近看见过他，但不是在这儿。"一个戴着棒球帽的中年男子站在弗兰克身后，斜着脑袋看这张照片。女人把照片拿起来给他看，"你见过这个人吗，艾伦？"艾伦很果断地摇了摇头。女人转向弗兰克说："要是艾伦都没见过这个人，你就只好去别的地方打听了，他没来过这里。"

弗兰克谢过他们，拿着照片朝门口走去。有个老头坐在中央，浅褐色的头发，穿着一件破旧的羊皮面料的皮夹克。头斜靠着手，看起来神情忧郁，弗兰克断定他应该是拴在门外那条狗的主人。这个人和刚才那条狗，让他有相同的冲动——弯下腰去拍拍他的头，不过他还是没这么做。

尽管空间有限，隔壁便利店还是想方设法像超级市场一样提供相同类型和水准的货物，企图赢得更多的顾客。货品都用花彩装饰，摆放在四周贴着五颜六色散发荧光星星的硬纸板上，同时用黑色字迹写着五花八门、别出心裁的折扣和各种省钱的优惠：

买四品脱牛奶可免费使用 Bic 剃刀。

买一升威士忌,可半价买一盒吉百利牛奶托盘!

买三本以上杂志,饼干可打六七折。

　　他们打的广告花花绿绿,排列得也乱七八糟,弗兰克一时有点犯晕。他犯愁要是为了一袋打折的波旁饼干,该买哪三本杂志呢。他走到柜台前,向坐在凳子上一个上了年纪的亚洲女人拿出那张照片。"很抱歉打扰你了,照片上这人你认识吗?他过去就住在这附近,我想打听一些有关他的情况。"弗兰克把照片推到她眼前,那女人却微笑着,不住地打量起他本人来。弗兰克只好把话重复了一遍,却发现女人一脸不解,顿时凉了半截。就在他决定放弃时,一个年轻人搬着一箱薯片,从柜台后走出来。

　　"伙计,你要点什么?"

　　"噢,对不起,我只是想问问……"

　　年轻人看了那女的一眼,问:"你又把助听器取下来了?"顺手摸出她耳朵后的助听器,摇了摇头。"人家以为她不会说英语,她英语好着呢,她就是懒,我一去仓库,她就取掉助听器,顾客来了就不管了。是这样的吧,我的奶奶?"

　　女人对着弗兰克点点头,说:"他是电视上的那个人。"

　　年轻人看上去有点尴尬,"不好意思,她觉得英国人长得都一个模样,她以前还以为法兰克·波就是那个跟皇后结婚的人。"

　　弗兰克笑笑,又把照片拿给年轻人看。

　　"哦,对,这人我认识,是丘奇先生。周一至周五的《每日镜报》和《晚间邮报》的第三版都有,周末没有。"

"他以前常来这店里?"

"是,并且每个月都来结账,就这样。"说着,想起那箱薯片,"我得在孩子们放学之前把这东西搬出去。"

弗兰克收起照片,老太太对他说:"我孙子不知道自己在说什么,他连你都没认出来。他就忙着给阿斯达供货,根本不知道在这店里进进出出的是什么人。你说的那个人以前常来,他老婆有病,他料理她。他是个好人,他常问起我丈夫,我也常关心她老婆。很不错的男人啊。"她看着弗兰克,问:"他死了?"

"是的,很遗憾。"

女人点点头,"他老婆死后,我觉着他也不想活了。那以后,他没再往店里来,除了拿一下报纸。"

弗兰克曾在迈克尔家看过埃尔希·丘奇的死亡证明,她死于两年前。弗兰克谢过老太太,从她手上拿回照片。正要离开柜台时,又听到她说,"我丈夫走了,可我还在这。"她的语气中有点挑衅的意味,好像对弗兰克所说的有点抵触。弗兰克点点头,然后离去。

"迪克西兰小鸡王国"不到五点不开门,弗兰克只好往格里格面包房去。柜台后有两个女人,一个在擦台面,一个在清扫午餐残留的三明治。弗兰克给女儿买了一个姜汁面包,自己买了个巧克力奶油蛋糕在车上吃。他觉得那个女服务员一定认出了自己,不过她没说什么。他拿出照片给她看。

"哦,那是迈克尔,真可怜!被发现时,已经在长凳上死去。你信吗?人们纷纷从他身旁走过,却对他漠不关心。真可怕!"

“你是在报纸上看到的？你看到警察在侦缉他的资料了吗？”

女人拉下脸说：“是啊，可我能对他们说什么呢？我跟他不是很熟，他老婆以前还好好的，是吧，玛斯？”

另一个女的凑过来，她这会儿也认出了弗兰克，有点不好意思地微笑道：“我们也可以上电视吗？”

弗兰克像往常听到人家这么说一样，一笑了之。

第二个女人看着照片。“啊，这是埃尔希的丈夫，埃尔希可是个可爱的女人，她每隔一天来买面包，星期六来买周末的蛋糕。她老公吃奶油蛋糕薄片，她自己吃巧克力奶油小蛋糕，要不就是倒过来。”

第一个女人又说：“你应该见过她呀，瘦成皮包骨了，后来她丈夫只好用轮椅推着她。”

虽然两个女人都没问什么，弗兰克觉得他还是得解释一下他这么做的出发点。“我这是在尽力帮他查找最近的亲属。我知道他们没有孩子，不过我想了解一下，你们认不认识他的其他亲戚。”

两个女人鼓起腮帮子，咬了咬嘴唇，寻思道：“我想不起来他们有什么亲戚，他们总是两个人，谁都不靠。我知道女的生病的时候，男的照顾她，除了来他们家的护士，她从来没提到过其他人。”

玛斯点头称是，“她也担心她老公。你还记得吧，有一次他把她用轮椅推到我们这儿，她让他去隔壁拿报纸，其实是想支开他跟我们闲聊。我们问她身体怎样了，她就笑笑说，病成这样，现在只能朝一个方向去了，虽然过去曾经那么快乐。想想我们这里那些有一点点风吹草动就无病呻吟的人，她算是很让人觉得开心的。我还记得她说，万一她走了，她挺担心她老公的。她说自己倒比较擅长交际,喜欢交朋友,可她老公是一个比较孤独的人。"

另一个女的表情严肃地点点头,"她的担心是对的。真是遗憾。"

他们三个站在那,一阵沉默后,弗兰克说:"女人死后,他来过这吗?"

"开始是很少,不过他重新回去工作了,每天会来这买果酱面包圈。"

弗兰克看着她说:"工作? 他都退休了。"

"噢,不是,他那年纪,肯定是退休了,不过他还坚持做事,经营他自己的生意。做点事可以让他不会老想着埃尔希。对了,玛斯,他是做什么的?"

"呵,你问错人了。他的生意好像跟机器有关,工程方面的吧?说实话,你告诉我,我也不懂。"

另一个女的闭着眼睛想了想,"他的工作好像跟工具有关——就是那类型的东西。地点在镇里的银制品街工业园区。因为埃尔希过去常说,她老公在那的时候,总是带珍贵的小银具回来。"

弗兰克谢过她们,正准备走的时候,问了一下她们能不能给他拍些照片。他在蛋糕前摆出各种姿势,大拇指向上,分别跟她们俩轮换着合照。两个女人说,她们会把照片挂在一堵墙上,这堵墙从此会声名远扬,"谁知道以后还会有什么人来这,我们要把今天的事都告诉他们,虽说这么做有点吹嘘,管它呢。"她说这话的样子看起来像想要吃一两段腊肠。

弗兰克说这事他一定会传开去的。想到这里,他咧嘴笑笑,头也不回地迎风而去。

28

　　这个常青之家室内与室外强烈的反差让弗兰克一直无法适应。里面的走廊好像延伸到很远,而且四通八达,可抵达四处可见的楼房。有时,他很想知道,迷失方向是不是一种有意的行为,其意向与房客们的内在困惑是一致的,有种更深远的朦胧和非真实的感觉。走廊用厚厚的地毯覆盖着,从延伸着的空地走过时,他常会被警示要拐弯,而且常觉得身后有体型极小的人影,拖着脚在无声地移动。远处的景物,透过长长的走廊,看起来有点歪斜;卧室门在他前方两侧延伸开去,朝着走廊尽头的方向,渐渐缩小,当他走近时就隐退了。

　　今天,他和安德丽亚缓缓地从走廊走过,有两个他不认识的女人紧随其后,她们迟缓地挪动自己和齐默①助行架,像是要往某个地方去。

　　安德丽亚望着与每个住户卧室门相邻的架子,"你觉得我们真的有所改变吗?"

---

① 齐默(商标名),年老、体弱者使用的助行金属架。

"你想说什么呢？"

她压低嗓子说："我的意思是，看我们前面那两位，你觉不觉得，在她们心里，她们还是过去那个十几岁的小女孩，到街上去叫她们的伙伴，希望自己没穿跟她们一样的羊毛衫？"

"小姑娘很怕别人跟自己穿得一样吗？"

安德丽亚没接他的话，自顾自地说："这地方让我想起学校。每个房间外面都有那种架子，可以摆放个人的小饰品——相框、装饰品、干花什么的，每个人都尽可能展示最能体现自己的一面。就像在学校，我们大家都穿校服，但我们依然还能显出与众不同之处，而后以'这才是真正的我'自诩。"

"你也一样吗？很难想象你在学校是什么样子。"

"当然啦，我也一样，把领结打在后面——轻薄的那部分摆在前面，臃肿的部分塞进衬衣里。我还把标徽别在运动夹克上，尤其是背包上，我甚至花大把时间复制相册里那些经典的脸——比如中世纪修道士，小心翼翼地用墨水'刻'到我的粗帆布包上。"

弗兰克摇摇头，"听起来你有点像那些常常站在公共汽车站，我从旁边经过时，会冲着我笑的那种小姑娘。"

这会儿，安德丽亚真的就那样笑了起来，"是吗？你在你的背包上写过些什么呢？"

"什么都没写啊，你知道的，我比较笨，真的不知道街上流行什么。一九七九年，我还穿着喇叭裤，头发倒剪得挺有意思——戴着一个大大的金属头盔，眉毛覆盖在前额——那眉毛，相对我身上其他部位，更早地像成年人；脸上长了斑，牙托硬邦邦地戴在嘴唇上方。我很确信我的领结就应该那么打,根本没觉得那样让别人觉得多么不正常。我还用铅笔在日记本前页写新浪潮①乐队——我觉得那很狂热。"

安德丽亚欢快地笑着,唱起有关鲱鱼和早餐的歌。

弗兰克看着她,摇摇头说:"你就会欺负人。"

她止住自己的笑声。"不好意思。"恢复镇静后,她说,"不过,我们以前做那些事的原因,是想要吸引男生,当然也引起女生或者其他人的注意。"她慢慢把说话声降低,轻言细语地说:"你觉得呢,摆那些小饰品也许正是出于这种原因? 我的意思是,说不定它是一种高度发展的秘密语言:一个小丑配在一把伞上,意思是'喜欢桥牌';而一只兔子推小推车,意思是'我有空'。"

"拜托,打住。"

那两个推齐默助行架的女人已经靠边停了下来,用一个小酒杯在外面敲门,一个上了年纪、打着领结的男人开了门。安德丽亚睁大了眼睛看着弗兰克,一言不发地,从她们身边走过。

走到另一条走廊半路,他们终于到了莫林的房间。弗兰克指了指空荡荡的顶篷。

"老妈的屋子,空空如也。"

"嗯,还不只她一个,还有不少房间也是空的。"

"不,外面那些是没人住的房子。她的房间是唯一一个什么都没有的。我猜想,这种人去楼空恰恰向人诏示'这就是真实的我',

---

① 新浪潮,一个紧随于朋克摇滚之后的涵盖面极广的音乐名词。

胜过任何装饰。"

弗兰克敲了门，没人应答，于是他轻轻推开门，看到母亲坐在椅子上打盹，一张打开的报纸还摊在腿上。他和安德丽亚在母亲旁边的椅子上默默地坐了一会儿，听着她一浪高过一浪的鼾声，直到后来她打了一个特别响的呼噜，并醒了过来。

"噢!"老太太每次被自己的呼噜声吵醒，都会半含尴尬、半含幽默地笑笑。

"你们来了多久了?"

"我们刚到。"

"嗨,亲爱的安德丽亚,你肯定觉得我很糟糕吧,大白天的睡懒觉。"

"我自己也是这样,一有机会就睡。"

莫林四周看看,问:"小莫儿呢?"

"她今天下午去参加朋友的派对了。"

"噢,那就好! 那是她该去的地方,开开心心的,不用老呆在这坟墓一样的地方。外面还很冷吧? 早上我往窗外看,唉,真是糟糕的天气。哎呀,你们的大衣哪去了?"

安德丽亚笑笑说:"外面挺暖和的,十月有这样的天气,挺不错的。你应该去花园里散散步,那些树叶子都落了,看起来疏疏朗朗的,还挺漂亮。"

莫林往前坐了坐,"噢,这倒让我想起一件事。亲爱的,你替我往窗外看看好吗?"

安德丽亚起身往窗户边走去,"什么? 你要我看什么呢?"

"你能看到右边那棵小小的冷杉吗? 就是顶端摆得颇有造型

的那棵?"

"嗯,看到了。"

"哈,那——看着它你会想到什么?"

弗兰克也跟着安德丽亚凑到那窗户边往外看去,"我们能想到什么?"

"看啊,你没看到吗?"

"看什么?"弗兰克说,可安德丽亚却大笑起来。

"哦,你是说那张脸?"

"是啊,就是那张脸。"

"是,我看到了。弗兰克,你看,叶子间两个洞洞,看起来像两只眼睛,瞧,就在那儿,正好那个喂鸟盆齐平,看起来就像是人的嘴巴。"

弗兰克眯起眼睛看,"哦,是,我看到了。"

母亲挺得意地叫道:"现在你看到了吧,就那死人的头盖骨,整天冲我龇牙露齿地笑。"

弗兰克低声对安德丽亚说:"知道了吧,那是'死人的头盖骨',那可不是什么笑脸。"

莫林继续说道:"呵,就是,那东西每天都在那,露着牙齿。还好,现在我们是老朋友了。我早上一起床就往窗外看,并对他说:'伙计,我今天早上不会随你而去,不过也过不了多久了。'哦,哦,他还真有耐心,他一直在等我。"

对母亲如此这般的絮絮叨叨,弗兰克选择不接她的话,只是问:"那你准备怎么样?你打算就这样懒洋洋地混日子?跟别人说说话吧?"

"哪有人说话呀？这儿没人说英语。星期三那天，有人拿给我一杯茶，真的很可怕，深棕色，茶匙就搁在里面，你知道我是多么讨厌那么浓的茶，所以我对她说'我喜欢我自己的淡茶'。她倒是对我皱皱眉头，根本不懂我在说什么，我只好大声嚷道：'淡茶！我只喜欢自己的淡茶！'愣了半天她终于反应过来，说：'啊哈，星期①，是每星期而不是每天，每天喝茶就太多了！'她大笑着离开，此后我再也没喝过一杯茶，那个愚蠢的女人。"

安德丽亚说："噢，亲爱的，我去跟人家聊聊，顺便解释一下。"她离开了房间，弗兰克站在那，背向母亲朝窗外看。

"他们为什么要把房子推倒？"

他转过身，看到母亲正直直地打量着自己——自打他到这儿来，她还是第一次这么看着他。

"沃尔特让我看报纸上这篇文章。他们为什么要推倒它？"

弗兰克看到了母亲膝盖上的那张报纸，正好就登了那篇关于拆毁伍斯特别墅的报道。他走过去坐到母亲身边，"我不知道，妈。房主想在那儿建公寓——他们认为可以得到更多税收。他们获得了免税排号，对这样的事，我们是无计可施的。"

她沉默良久，然后说："现在伯明翰还剩几幢？"

"这幢拆完，就剩一幢了。"

她悲凉地笑笑，看着弗兰克。"如果他早知道该多好。我们会比那些房子活得更长久。"

---

① 英语"weak（淡的）"发音与"week（星期）"相同。

29

弗朗西斯
一九七五

他父亲的书房被五花八门的建筑图纸占满,墙上和房间其他表面都贴满了这些图纸。同样一座建筑所显示的不同角度,以及在某些小细节上的特写,都展现在这些无尽的图纸上了。但有时候,也许是为了显示规模,图纸里会包含一些人形图,分散在大堂或下行的楼梯四周,这些形象当然是毫无个性的,弗朗西斯觉得他们空洞得有些可怕。当他们渐渐变得真实时,他把他们称为"未来人",他想象着他们穿过绿荫成行的购物广场,沿着高架步行道,眼无所看、耳无所听地默默前行。他想,有一天,他们会来认识他,让他喜欢上他们。

晚上,他躺在床上,希望不会梦到他们,可他还是梦到了。梦境一如既往:他沿着灯光通明、玻璃林立的通道,跟在父亲身后,奔跑……他拼命喊,可是父亲听不见。弗朗西斯不停地跑,试图缩短他和父亲之间的那段距离。感觉好像跑了一整夜,最后,父亲开始慢慢把头转过来，在父亲转身的最后一刹那，弗朗西斯才意识到，父亲的脸会消失。他惊醒过来，心怦怦地跳，呼吸困难。他伸手摸了摸自己的脸，确定自己的鼻子、嘴巴都还在，然后开了灯，确定自己的眼睛能看到东西。他有一本旧书《瓢虫》，正藏在枕头底下，他把这本书藏起来，是因为书中的人物皮特和简对他来说太幼稚了。看这样的书不适合了，所以几年前就把它藏了起来。但每当从噩梦中醒来，他都会拿出这本书，看着他们的脸，还有那只小狗。他喜欢看简的微笑。

为了完成新城区的工程，父亲现在星期六也要上班。以前，他会在家里的书房工作，但现在就不同了，吃早饭的时候，他对大家说，办公室有很多事要做。弗朗西斯的妈妈往土司面包上涂着黄油，没吭声。她把许多时间都花在花园里，弗朗西斯透过自己卧室的窗户看着她。花园是他父亲配合这幢房子的现代风格而设计的，他看着母亲挖掉碎石和仙人掌，种上花草，培上土；他还看到她试图把几何边沿的基底软化，并用叶子将混凝土块盖住。弗朗西斯突然觉得，花园是父亲和母亲之间一种无声的对话，他看着它，试图听懂它无声的诉说……

弗朗西斯站在楼梯顶端，正上方能看见画——并非真正的画，他无法确定它到底是什么，看起来好像人家扔上去的一些细枝和石头，也许是生病的恐龙吧。这样的画遍布整个房子，他父亲特地选择这些画，是要吻合他房屋的设计，弗朗西斯却希望有更合适的画来取代它们，比如那些真正懂绘画的人画的马啊、船啊什么的。他妈妈正在楼下跟她姐姐低声通电话，聊这个新城区。这又是一个紫色的日子。弗朗西斯只能听到些只言片语,他好像听到母亲在诅咒着什么,就悄悄下了两个台阶,听见她好像在说什么"隐形"。他很害怕,于是伸长了脖子,把头靠在楼梯扶手上,想看看她是否真的"隐形"了。看到她人还在那,弗朗西斯感觉有点轻松,又有点失望。她背对着他,雪茄的烟雾在她头顶缭绕。她还提到收拾行李,弗朗西斯以为全家人要准备外出,但母亲挂掉电话后只是返回到花园去干活了。

有天晚上,弗朗西斯小心翼翼地端了一杯茶到书房给父亲,这是他第一次看到父亲设计的模型,一张很整洁的标签上写着:"丹里新城区中心提案——道格拉斯·H. 奥克罗夫及其合作伙伴"。

弗朗西斯呆在原地,忘了手上那杯茶,一座新城区的模型完全像玩具一般在他面前延伸,大小超过二十英尺。过了一会儿,父亲抬起头看着他说:"你觉得怎样?"

弗朗西斯凝视着那些街道和房子说:"太神奇了。"

父亲确信儿子所说的是他那高雅的设计,他微笑着点点头,从椅子上起身,走上前来,用他的烟杆指着模型说:"你看,这个城区的中心是一种回转环绕的道路系统,每隔一定距离就有出口。过往的司机可以沿着城市中心环行而不会受货车阻碍。商业区在城区心脏部位,一个独立的管辖区,购物的人可以在那儿买到他们要的东西,同时可受到这种设计理念的保护。这些顾客的小车可以开到辖区顶部一个梯状排列的停车场,卡车则有专用交货通道,可以开到辖区周边的服务区,这就是新城区未来将呈现的景象。弗朗西斯,我们现在所看到的肮脏的街道、堵塞的车辆、飘浮的尘土、被雨水和汽车烟雾裹挟的行人……这一切都将成为过去。环形公路环绕中心区,地下轨道和高架人行道把行人和小车安全地隔开。"

父亲详细的描述弗朗西斯一个字都没听进去,他眼睛紧紧盯着眼前这个像玩具一般的城市模型,想象着未来居住在那儿的人们的生活。

30

他在桌上摆好骨牌，没过多久，沃尔特来了，手里揣着一份当地报纸，满脸通红。

"你看过这个吗？"

弗兰克看了看沃尔特指的那张报纸，上面有一个当地歌舞表演俱乐部广告。"那是什么？"

沃尔特暴怒地晃着手里的报纸说："看看，这些下三滥！"

弗兰克大声读了起来："'低语者①之夜'。欢迎前来享受轻松美妙的音乐及塔姆沃斯与流浪者的男声和声合唱，并在此亲切友好的夜晚，谨以布莱克杰克的表演向已故的伟大的'低语者'致敬。"他抬起头看着沃尔特说："你不喜欢'低语者'组合？"

"喜欢他们？我本人就是他妈的'低语者'成员，我、雷格·史蒂夫、文斯·凯帕罗，还有雷·派克，我们都是创始人。他们竟然敢那样！他们够狠！我刚打过电话给雷——他在那火冒三丈呢。"

---

① "低语者"在此处是一个乐队名称。

"你也是'低语者'乐队的？真的吗？我从来都不知道你曾经是他们中的一员。"

"不，弗兰克，不是'曾经是'，我现在就'是'这个乐队的一员。我们不是已故的'低语者'，那是该死的造谣，完全是造谣。他们以为自己能干出什么名堂来剽窃我们的表演？他们不就这么想的吗?"

弗兰克不知该说什么好，"那你们还是同一个乐队的?"

"当然是。"

"这倒让人觉得惊讶，沃尔特，你还在排练节目?"

"我们不用排练，东西都在这。"沃尔特豪迈地拍拍自己的脑侧，"我们上次是在汉瑞北门剧院演出，作为圣诞夜歌舞表演的一部分。"

"那是什么时候的事?"

"一九七七年十二月三日。"

弗兰克看着沃尔特说："那是三十几年前的事了。"

"是啊，那又怎样，不都一样吗?"

"没什么。我只不过觉得，人们可能都以为你已经退休了。"

"得了，他们的猜测大错特错，我们一直在等待时机，先保持低调一阵子，再蓄势而发。"

"为什么?"

沃尔特恼怒地叹了口气，"你曾经听说过约翰尼·洛忒吗，弗兰克？跟朋克摇滚①有关的事?"

---

① 朋克摇滚(Punk Rock)，以反主流、叛逆不羁的精神，在英美两地的乐坛掀起了一股不可遏制的热潮，七十年代中期是朋克乐达到巅峰状态的时期，之前的地下朋克运动被称为前朋克，而七十年代末期出现的、更强调艺术性和实验性的朋克乐队则被称为后朋克。

沃尔特说的这些,越说越让弗兰克觉得外行。他只好点点头。

"呃,我们过去经历了不少风风雨雨。我们总是设法将最新的声音糅合在我们的表演里,这都归功于文斯——他是个天才编曲,真正的天才,那些陈词老调经过他编曲,听起来非常赏心悦目,有点六十年代的默西之声①的韵味,甚至带点七十年代都市化的迪斯科味道。但那个朋克摇滚吵了点,太嘈杂了。"

"不过,很肯定,那些可不是你的听众,沃尔特。我的意思是,你现在一定有五十几岁了——你的粉丝必然不会期望你表演的东西听起来像约翰尼·洛忒的。"

"弗兰克,没人喜欢做袖手旁观的人。我们决定采取行动做更让人刮目相看的事情。"

"可那事毕竟过去三十多年了。"

"是,我知道。"

"可是,沃尔特,朋克并没有持续多久。"

沃尔特盯着弗兰克,目光闪烁,"我还是第一次听到有人这么说。"

他们坐在那,沉默良久后,弗兰克先开口说:"'低语者'其他成员现在在哪?"

"文斯住在一个小岛,雷在范保罗落户,雷格这些日子不是太好——他住在远离利奇菲尔德②的一个地方,不过我每年都会收

---

① 默西之声(Merseybeat),美国的摇滚与 R&B 以及英国的噪音爵士的混合体。披头士早期的唱片,就是这种流派的原型。它之所以被称为"默西之声"是因为利物浦那条叫默西的河,此种风格在整个一九六三年和一九六四年的前半年极其风靡。

② 利奇菲尔德,英国英格兰中部斯塔福德郡东南部城镇。

到他妻子发来的圣诞卡。"他停顿了一下,又说,"显然,他已经没当她是妻子了。"有一会儿,沃尔特别过脸,朝着窗户说话。"我知道如果我让他回到舞台,一切又会回到他身边,一切都不会失去。"

弗兰克点点头,"那你接下来打算怎么办?"

"噢,雷已经在张罗了,他找到了那些'黑夹克小丑'的经理,而且让他们准备去演出地点登台。如果有人想和'低语者'共同度过一个夜晚,那些该死的就可以提前预订。"

弗兰克伸手想要去拿他的那堆多米诺骨牌来玩,可被沃尔特阻止了。"今天不玩了,你不介意吧? 我真的没心情。"

弗兰克摇摇头,"没事。我先走了,下星期见。"他拿起上衣,在那儿站了一会儿,沃尔特又在盯着那个广告看,弗兰克不知道该说什么好。

他离开接待处休息室,朝出口走去。前门旁边有一处空地,有些人在椅子上打瞌睡。当他经过时,一个看起来挺虚弱的妇人叫道:"对不起,打扰一下。"

她体型矮小、干瘪,但她的声音是出乎意料地清脆。弗兰克微笑着走近她。

"你是弗兰克,对吗?"

弗兰克向她伸出手,跟她握手时感觉到她的手冰冷干瘦,"你好,是的,我是弗兰克。"

"你好弗兰克,我叫艾琳。"

"很高兴见到你,艾琳。"

"我在电视上看到过你。"

弗兰克自我嘲弄地做了个鬼脸，说："喔，亲爱的，那真是让人难过。"便在旁边的椅子上坐了下来，他猜艾琳比他母亲还老——可能有八十几岁了。"艾琳，以前没在这见过你啊，你来常青之家很久了吗?"他意识到自己不由自主地提高了嗓门，可艾琳的听力还相当好。

"呵呵，可以算是很久了，也可以说不久。到现在，我在常青之家呆了好多年了，但不是在这个分部，呵呵，"分部"用词不当，我是说我以前住的不是这个中心区，那地方叫什么来着? 阿迪森林。你知道，他们把常青之家建到全国各地。我以前住在北安普敦城外——他们称之为索普的地方，我大概九个月前搬到这里。"

"你怎么会搬到这里来的?"

艾琳挤出一丝笑容，"噢，我想我是有点傻。我的朋友艾米去世了，没有了她，我觉得住在那里很难过，伤心嘛。所以我就想，改变一下环境可能对我有好处。"她朝四周看了看，继续说，"说实话，这地方其实也一样，我都感觉不到我已经搬迁了，早上醒来的时候，还像从前一样，期望看到她在吃早餐。"

弗兰克点点头，"真为你的朋友难过! 这里有些挺不错的人，甚至那些员工也挺好。"

艾琳微笑着，"我听说你母亲也住在这里，所以我一直希望说不定哪天能遇上你。"

"嗯，我也很高兴我们能认识，见到观众，总是会很开心的。"

她摇摇头，"呃，我不是真正的……跟你说实话吧，我不是你节目真正的观众，我偶尔打开新闻也是当作背景音，不是有意看，我觉得新闻很沉闷。"

弗兰克意识到自己有点想当然。

"我想跟你聊聊，因为你过去跟菲尔共事过，对吗？"

现在他明白了，人们总是喜欢向他打听菲尔，"菲尔，是的，他是个很了不起的人，没了他，是这个行业悲哀的损失，你过去常看他星期六晚上的节目是吗？"

艾琳摇摇头，"乖乖，不是这样的。"

弗兰克感到她聊的话题似乎跟自己没什么关联。

"我很久以前就不再看菲尔的节目了。"

弗兰克看着艾琳，说："那你认识菲尔吗？"

艾琳笑笑，直直地回看着弗兰克，"应该这么说吧，我跟他有过七年的婚姻。"

弗兰克大笑，"噢，上帝，不好意思，艾琳，你我刚才说的人可能风马牛不相及。我说的是菲尔·史密斯威，电视名人。"

艾琳继续看着弗兰克说："我说的也是他。"

弗兰克皱皱眉头，"可是菲尔……"他欲言又止。

艾琳把手放在弗兰克的手上，"没事，亲爱的，我没有疯。我是菲尔的第一任妻子，我们结婚的时候还很年轻，一九五〇年——那天下着倾盆大雨，我是人们常说的那种与比自己年轻得多的异性结婚的人：二十五岁，嫁给二十岁的菲尔。"

弗兰克凝视着艾琳。从她的诉说中，他知道菲尔曾在米歇尔之前结过婚，而且他知道艾琳所说的没有什么不合情理，可他还是无法接受。对于菲尔的生活，他心里有过许多丰富生动的想象，但他几乎无法将自己的想象与眼下这个坐在他跟前的女人联系在一起。

艾琳似乎看出他的心思，"这一切，有点匪夷所思，是吧？通过整形、头发再植，他在电视上显得一年比一年年轻，风风光光的。而我却是这番模样——像摆在柜子上的骨架标本，无声无息地在常青之家老去。"她大笑起来，"噢，亲爱的，我有点夸张了。你不用显得那么震惊，他又没把我关起来，我们好多年前就离婚了。我后来很幸福地再婚了，但我的杰夫去世后，我就不想待在自己家里了。"弗兰克想起来，菲尔是第一个把常青之家介绍给母亲莫林的人，他当时告诉弗兰克说自己有熟人在那儿，弗兰克没想到他说的熟人就是他前妻。不知道为什么，他替菲尔觉得羞愧，"他来这里看过你吗？"

"菲尔？你这是在开玩笑吧？我们这么多年一直保持联系，圣诞卡、日常电话之类的——我们一直关系挺好的，但菲尔是不可能到这样的地方来的，这会让他胆战心惊的。"

"你的意思是……？"

"他是什么样的人你肯定是知道的。他是我遇到的最爱面子的人——他还是个青葱少年的时候就对自己的着装和发型很讲究。他一想到这个地方就厌恶。我刚搬来的时候，他跟我说过很多，他说：'你怎么受得了被一群老人包围？'我回答他说：'我也是老人，菲尔，你也一样。'他以为他能逃避衰老，可怜的菲尔。当我听说他出了事时，心里特难过，但我那时正生病，没能参加他的葬礼。"

弗兰克猜想,如果艾琳去参加了那个葬礼,在一群名人和崇拜者中,她是多么地格格不入啊。他脑子里呈现出一个画面——她穿着淡紫色的开襟羊毛衫,卷发打理得很整齐,而米歇尔戴着意大利太阳镜,穿着鳄鱼皮靴子,她们俩就那么紧挨着站在坟墓前。

"我的孩子们……呵,他们现在已经不是孩子了——我现在是祖母了……但不管怎么说,他们还是觉得很难相信我跟他结过婚。他们说:'要真是那样,你现在肯定不在这儿,不是吗?'瞧,就这理由。我离开他,原因正好相反,我那么做是因为他不想要孩子。他一想到因为其他人而分心就无法忍受,哪怕是自己的孩子。我认为他自己就还是个孩子,可怜的菲尔。"

有个职员从旁边向他们走来。"艾琳?"

"嗯。"

"生活图画班现在开始了,你把你的名字写下来。"

"哦,好。很抱歉我跟这个人说了一大堆废话。我现在就来。"

那个职员扶她起身,艾琳跟弗兰克道别。他站在那儿看着她被慢慢地搀扶着,朝长长的走廊走去。

31

菲尔

二〇〇九年一月

　　他的下巴疼得要命,右手前臂发麻,汗水湿透手掌。他看了看办公室墙上的钟,米歇尔过一个小时就会回来,他竭力想集中精神。上帝才知道,他花了多长时间去想晚餐要吃什么,最后才想起再也不用享用晚餐了,他把枪管塞进嘴里。他需要调整好心情,手紧紧地握着枪,他确信它性能良好——这支枪,自从服兵役以来他就藏好了。他想知道,枪是不是也有最佳使用日期。

　　他让自己想起伤心的事,再一次触摸到自己的痛处:为一档电视节目作拍摄试验,一个十五秒的瞬间镜头——"今晚,请和我一起,我们的特殊嘉宾包括……"但那些名字总是从嘴边溜走,每次忘记一个人,他都会感到大脑一片空白——那是一种他无法控制的转换盲点。一个环节,他念错七八次后才明白。有两个搭档交换了一下表情——其中一个转了转眼睛,得意地假笑。就那样,像一个猛烈的巴掌抽在自己脸上。在那一刻,他知道一切都完了,路已经到了尽头,无法从头来过,无法东山再起。

"一切都过去了。"他在空荡荡的房间里大声喊道。他闭上双眼,下定决心扣动扳机,但还是什么都没发生。

人们总把成功归结为运气好,但他知道成功跟运气无关,它完全归因于脚踏实地的埋头苦干。他总是批评性地评估自己,而且适时地去改变、调整,并作出正确的决定。那是一个不断更新创造的过程,通过这样来保证自己的节目能满足人们的需要。

大约四十岁的时候,他开始关注年龄带来的种种影响。从那以后,这些负面的东西不断冒出来,像太空的入侵者一样,一直在他面前的镜子里阴魂不散。开始变化的是表面特征——头发改变颜色,皮肤松弛,眼袋出现。尽管能采取的措施都采取了——染发,植发,拉皮,肉毒杆菌毒素除皱,无所不用其极。他认为许多女人在这方面有个误区,她们有点矫枉过正。美容的目的是要让人感觉就这个年龄而言,现在的样子是最好看的,而不是试图让自己看起来比实际年龄年轻四十岁——如果那样,你反而会在看似青春不老中走到生命尽头。在最近一两年,他内在方方面面的衰老远远超过表面:体能大幅度下降,意志薄弱,记忆力衰退,经常忘记人的名字,甚至记不起最近几年去过哪里旅行。他去看过医生,还做过各种各样的测试,可他们说一切正常。

"没什么大不了的,史密斯威先生,上了年纪而已。"可是他觉得,还有什么比年纪大更可怕的呢。

在镜子前,他只看到一个每况愈下的自己,他觉得自己看着这些衰老的痕迹时,还可以忍受,但他忍受不了别人的眼光,那些没完没了的注视。即使当他退休的时候,人们还总是记得他曾有过的无限风光和如今容颜不再的样子。对他来说,最糟糕的是想起米歇尔亲眼目睹自己这种今非昔比的变化。他觉得如果她离开他去跟别人,那倒不会这么难受,可她不会那么做。她会一直留在自己身边,照顾他;她会忘掉他是她的最好的朋友和爱人,只当他是一个需要依靠的病人;每次给他擦脸,都像是在心里一点一点擦掉过去的那个他。

他再次看了看钟。他在这已经待了两小时了。

"干吧。"他说,不过还是什么都没发生。他发出一声绝望的嚎叫,用力将手枪摔在桌子上。

他不知道是因为害怕自己将带给米歇尔痛苦,还是由于自己的怯懦,总之他知道他不能这么做。他上下转了转下巴,尽力让它恢复到正常状态,然后打开台灯。看着台灯底座照出来的自己扭曲的映像——一副露齿咧嘴的扭曲相。他闭上眼睛,想到完成这件事必须要有人帮助,就在这一念头冒出时,他突然想起一个能帮助他的最合适的人选:他所认识的人中最能胜任的、也是总帮他摆脱困境的那一位,那就是米奇。

32

与弗兰克此前设想的现代化工业区不同,这里的楼摇摇欲坠,被周围的大型造纸工厂包围着。弗兰克看了看告示牌上的几家公司:文身艺术馆、球轴承制造店、汽车服务公司、三明治店、精密工具制造商、派对充气玩具供应商、一家名为 SK 的企业,以及名为"复活的耶稣"的十八号商铺。他想,如果店主之间有事要商量,他们会约在三明治店见面。

如果面包店的女人所说属实,迈克尔最有可能在六号商铺的伯克特精密工具制造店工作。弗兰克走进庭院,穿过院子,经过那个把收音机开得震耳欲聋的汽车店男孩,从外部楼梯到达楼上的六号商铺。伯克特似乎已经歇业了,灯光熄灭,大门紧锁。弗兰克最终还是敲了敲门,然后眯起眼睛从缠满了线的窗口看进去。里面是一个机器摆放得整整齐齐的整洁车间,有件棕色仓库外套挂在椅背上。他看见门里面堆了一沓邮件,但看不清楚信封上的名字。

于是他下楼返回到阿扎德的高级轿车店。一个头发邋遢的年轻人正对一些黑色塑料进行热收缩处理，然后粘贴到西雅特伊比萨车的后窗上。他对一个阅读着文件显然没有听他说话的人大声说道：

"她想全权负责，但你应该考虑清楚，她把大约四百个士力架包装弄得地板和座位上到处都是。她不吃奇巧巧克力，也不吃Monster Munch脆卷和road atlas——只吃士力架。她瘦得皮包骨，像零号身材。我猜她一定患上了贪食症。实际上我觉得我不应该泄露我的情绪，那些耻辱和让我憎恨的东西我都还记着呢。在我看来，她对自己很满意。她看着我的时候似乎还带着鄙夷的神情：'那又怎样？我每天吃二十六条士力架，但我身材依然很棒'。所以我只是拿了钥匙，什么也没说，因为我们是专业人士。"

另一名男子扬起眉毛，然后看到了弗兰克在附近徘徊。

弗兰克走近了问道："你是阿扎德吗？"

该男子略带些怀疑地回答："是啊，我就是。谁想打听我？"

"我叫弗兰克。"

阿扎德点头道："嗯，我能为你做些什么吗？"

"我只是想知道，你知道楼上商铺里有个叫迈克尔·丘奇的人在这工作吗？"

阿扎德向他走了过来："迈克尔？是啊，有一个叫迈克的在这工作。他今天不在，如果你愿意的话可以留言，下一次他来的时候我会转告他。"

弗兰克不确定自己和阿扎德说的是不是同一个人。他从口袋中掏出照片，"你说的是这个迈克吗？"

"呃,就是他。我都好几个星期没有见着他了,不过……"弗兰克的表情促使他问道:"出什么事情了?"

"嗯……迈克尔三个星期前去世了。我只是想走访他的亲属或亲密朋友。"

阿扎德闭上了他的眼睛,深深地叹了口气:"我他妈的就知道出事了,总感觉不对劲。上星期这儿的老板过来的时候,我还对他说:'好像有些日子没见到迈克了,你是不是该打个电话给他。'你知道,我正担心出什么事呢。"

"你早就认识他了?"

"是啊。我们早就认识。这真是个令人伤心的消息。"

"我能和你谈谈他的事情吗?"

阿扎德看了看正在为窗户上色的孩子,"Sy,我们要去喝杯咖啡谈点事情,你一个人可以吗?"

"阿扎德,我可是很专业的。"

阿扎德摇了摇头,让弗兰克坐在三明治店外的塑料椅子上。

"你不是来追讨债务什么的吧?"

"不,不是这样的。迈克尔死得很孤单,他是我一个朋友的朋友,我只是想帮忙找出一点他过去的生活轨迹。"他决定让阿扎德知道一些迈克尔的死亡细节。

阿扎德点燃了一支香烟,沉默了一会才说话,"一开始我都没有跟他说过话。他长相普通,和每一个耶稣的子民没有差异。我们见面会互相点头什么的,但仅此而已。我们来之前他就在这里工作很长时间了。他每天早晨八点三十分带上他的小饭盒去商铺，然后又在下午五点回家，这是我知道的关于他的所有事情了。"

"后来有一天是我一个人在店里，Sy病假，这意味着我可以关掉那吵人的收音机。我的意思是——请不要误会我，我也爱听音乐，但Sy听的不是音乐，他只是喜欢听那些像车子启动声音那样的轰隆隆的贝司声。说实话一天下来，我听得都要偏头痛——提前衰老了。那天我在车间整理发票或一些乱七八糟东西的时候，突然听到楼上传来不一样的音乐。一开始我没太在意。但后来我开始听——我无法解释它，但这音乐是如此美妙。我能够辨别出来，这是一首老歌。但是里面夹杂着一些别的东西——有悲伤，也有快乐。我感觉这首歌触及了我的灵魂深处。"

"不管怎样，为了知道这是首什么曲子，我走上楼梯敲门。迈克来到门口，正用一块抹布擦拭双手。他看着我，你知道他第一句话说什么吗？他问我：'是音乐声音太大了吗？'我想——该死的，平时我们的音乐多么大声，他还问我是不是打扰了我们！反正这是我第一次对他说话。"

弗兰克点了点头："那之后你们就熟悉了吗？"

"是呀——那之后我们就相处融洽了，我开始每天上楼去他那儿吃午餐。迈克有咸牛肉三明治，我有火锅面，他有时候也会放些唱片来听并向我介绍唱片的故事。但奇怪的是，Sy认为这很不可思议——我的意思是，大家都会认为我们两个没有什么共同点，但我们却相处得很好。"

"他有没有提过他的家人或工作以外的人？"

"提到过一些。迈克和伯克特一起工作了很多年，但伯克特几年前去世了。我认为他们的生意一定会每况愈下，伯克特去世后，迈克可以退休了。但迈克觉得有责任帮助伯克特继续经营——他不想让伯克特的心血付之东流。你知道的，他这个人很忠诚。他认为他的朋友倾其一生经营的事业，他应该帮他完成。说实话他的客户不多，但他每天都会到店里来。"

"他曾经告诉我一件令人惊讶的事情——每周四晚上，他和伯克特会打扫楼上的车间，把所有机器推到旁边，用毯子盖上。他们会点燃一些蜡烛来营造氛围，七点钟的时候他们的妻子会下来和他们跳一两个小时的交际舞。你能相信吗？我喜欢故事里的人，喜欢想象男人穿着打着蝴蝶结的围兜而女人穿着像宽大浑圆的粉红色长袍，就像电视上的人穿的后背有数字的那种，上上下下地打扫套房——我就是喜欢看到这样的场景。"

"这都是我来这之前很久的事情了。迈克每天按部就班到店里，独自工作，然后回家。像这样过了几年之后，迈克的妻子患了绝症，他便抽时间陪她去医院之类的。最终，他关掉了店全心照顾他的妻子去了。"

"但他回来之后呢？他仍然在这里工作，直到最近?"

"是呀。他后来回来了。我还以为他不会回来了。我想可能是他的妻子去世了……嗯，应该是的。他没提起过他的妻子病情好转。我以为他不会再管店的事情了。但是他却回来了。他情绪很低落。我的意思是，他什么都没有说，他表面上一心忙生意，但能看出来他心里很不好受。他那会没有一个顾客。顾客们在他照料妻子那段时间都跑光了。他每天还来这里，仅仅因为这是她活着的时候他在做的事情。我猜,他在车间的时候就可以假想她仍然在家等着他。他仍然做零件,那有几箱他做的复杂零件,那已经成了他的爱好。"

阿扎德咬了咬一根断钉子。"过去几个星期以来,我一直担心他。你可以向我的妻子求证。迈克的事情她也都知道。我跟她说过我相信迈克除我以外没和别人说过话。白天在楼上一个人待一天,晚上又回到空荡荡的家里,太苦了。我妻子总是说要请他吃晚饭,烧些他爱吃的。但……我不知道那是否合适,我认为这会让他很尴尬,你知道——这可能越线了。我对他并不了解,他住在哪里我都不知道,甚至不知道他姓什么。"

弗兰克想了想,问道:"伯克特的妻子呢?她在附近吗?"

"她丈夫过世后她就移民去了澳大利亚。迈克把她寄来的一张明信片贴在墙上了。具体是澳大利亚哪里我就不知道了。"

弗兰克点了点头,"他还提起过别的什么人吗?"

阿扎德想了一会,"有,我还记得他提起过其他的人。他曾经遇到他以前的老搭档——不是太久以前,也许一年前,反正是因为他妻子的去世,这家伙——那个叫菲尔的,他们还是孩子的时候就认识了,他们还一起服兵役。迈克尔很在乎他。有段时间他总提起菲尔——我猜那时他们重新取得联系了。菲尔应该算是他除了妻子外最在乎的人。"

弗兰克已经忘了菲尔曾经服过兵役,他很少谈起这事——可能是因为这会让人们揣测他的年龄。他想起米歇尔曾经给他看过一个本子。"他提过曾和菲尔闹翻的事情吗?为某些事情争吵?"

"没有。我无法想象迈克尔与任何人争吵——他是一个心平气和的家伙——你知道他是很冷静的。你也不能向菲尔那个家伙求证了,据我所知他大约几个月前就过世了,这事迈克尔讲过。你能相信吗?我很不想慢慢变成老头,看着我身边的人一个接一个去世。我觉得迈克尔甚至还来不及悲痛。"

弗兰克开始向阿扎德道谢并准备离开,他又问道:"那是什么曲子?你第一次听到的那是什么曲子?"

阿扎德点了点头说:"是纳京高的《蒙娜丽莎》。迈克尔有很多他的唱片,他用他的便携式收音机放唱片。我也都很喜欢。他的嗓音很美,旋律很动听,非常能打动我的心。"

弗兰克微笑,"你现在还听那些吗?"

"是啊。迈克尔把他所有的唱片都给我了。他妻子去世之后他就不忍心再听了——听了会难过,就都给我了。我都放在家里呢。有时候孩子睡着了,我就放上一张,跟我妻子在客厅里跳上一曲,就像迈克尔和他妻子以前那样。"阿扎德嘴角浮起了一丝笑容,"我会想他的。"

大家会想念迈克尔·丘奇的。弗兰克握了握阿扎德的手,不知道那是不是迈克尔希望听到的。

33

让莫很困扰的是，奶奶很少离开自己的房间，而且常常看起来很伤心。莫确定，只要自己多多思考、多采取一些行动就可以解决这个问题。她总是想尽一切办法改善莫林的生活质量。她关注新产品和新的创意，搜罗家中的电视节目表，还有杂志上的广告，甚至在药房看到老年产品宣传单都会拿起来。

通过一段时间的试验，她得出的结论是：或许没有一个方法能解决问题。但她仍乐观地认为，各种小措施将逐步减轻她祖母的悲伤。她的最终目的是莫林能像常青之家养老院的宣传海报和小册子上的老人那样：与一个男人在花园里欣赏玫瑰的成长，为拼字游戏板高兴地拍手，当孩子靠近时，会站起来张开双臂表达喜悦，并总是面带微笑。

今天莫在莫林的浴室里待了很长时间。弗兰克拿了些茶和饼给她们。莫林开始担心出了什么事。

"宝贝莫，你还好吗？"

"是的，我很好。谢谢你。"

"你在里面很久了，一切都好吗？"

"一切都好。我马上就洗完出来了。"

门突然就打开了，吓了莫林一跳。莫看上去很开心。

"我刚才在你的浴室里面干了点活。"

"你没生病吧？"

"生病？我没生病啊。"

"那就太好了。"

莫林向她的椅子走去。莫跟在她后面。

"奶奶，您不去看看吗？"

"看什么，亲爱的？"

"我给您的浴室重新装饰过了。"

"哦，重新装饰？我明白了。"莫林看着莫，"我不知道你哪里来的心思想到重新装饰。"

莫很得意地回答道："经过一番研究。"

莫林点点头，"研究？噢，不过我希望你没花过多时间在上面。"

"我喜欢这么做。"

"亲爱的，你对我太好了。但其实没有必要对浴室做任何改进。"她指着身边的房间说道，"这些都很完美，对我来说足够了。我不太关注这些。"

莫明白奶奶的意思，带着莫林来到浴室。

"你看得出来哪里做了改进吗？"

莫林大致看了看四周，"我恐怕看不出来。"

莫笑了，"实际上，要看出来真挺难，看。"她指了指固定架上的卫生纸。

莫林瞄了一眼，"是颜色不一样了吗？哦！粉色的，真可爱。我最喜欢粉色了。这个比以前的好很多。做得棒极了——这是个很大的改善。从今往后我一到浴室来就会更开心。"

莫皱了皱眉，"不，我没有换卫生纸。再看得仔细些。"

莫林只好低下头仔细研究卫生纸和托架。几分钟后，她给出了一个不确定的答案："啊……我想我看到。"莫点头并微笑。"你……你在卫生纸卷桶里塞满了卫生纸？这也算是改善吗？"

"答对了。你知道为什么吗？"

"这可能是什么妙招吧。"

"我读了这本小册子。"莫从她后面口袋中拿出了一个折叠小册子。封面上写着："给老人的小贴士"。

"这里面的建议都很好。"莫打开小册子，指了指不同板块。"里面的内容都很实用。看，一整个板块都是给坐轮椅的老人的：在进飞机之前擦干轮子，可以得到空姐的表扬。"

莫林扬了扬眉说："很好，但清理自己的轮子并不是那么简单。"

莫不听。"看——这是我今天做的：一个快速旋转的卫生纸会让老人感到不安，用卫生纸把中间一圈填满，旋转的速度会降低。"

莫林看了看莫，又看了看卫生纸，"莫，我不知道说什么好了。"

莫很高兴。"没事的，爸爸来了。"

弗兰克正站在浴室的门边。莫林看了看他。

"莫将我的浴室做了一番改善。"

"是呀,她在来这儿的路上提过这事。"看到母亲开心,他松了口气。"你觉得手纸转得太快困扰你了吗?"

莫林仔细想了想,"上帝啊,果然是的。莫的改进的确让我舒服多了。以后进浴室的时候就不会觉得害怕了。"

莫蹦蹦跳跳往休息室去了,恨不得把这个简单有效的措施告诉全世界。莫一离开,莫林的脸色就变了。

"我希望你不要让这个可怜的孩子觉得她必须逗我开心。"

弗兰克笑了笑,"不关我事。莫只是做了她想做的事情。"

莫林不再看他了。"我感觉是你让她这么做的——让我像电视上的老人一样开心,愉快。"

弗兰克觉得自己有些恼怒了,"我为什么要努力让她逗你开心? 为什么鼓励她去浪费时间和精力?"

"是啊,的确是浪费时间和精力,我就是这样的人。我都告诉你了,但你还是坚持每个该死的星期都来。"

"你为什么要这样做? 你为什么不能愉快地享受她陪伴的日子呢? 和别人相处也一样。为什么每件事都让你觉得受折磨呢?"

"我很抱歉我跟那些整天笑嘻嘻的傻瓜不一样。他们每天拍着手,为每个新的一天的到来充满感激之情。而我看到的和他们不一样。我肯定要让你失望了。"

弗兰克站在那儿看着他的母亲,既生母亲的气也生自己的气,完全不明白为什么刚才还好好的,一下子就变成这样了。

弗兰克拿起莫的衣服离开,"是啊,你就是这样的人。"

34

他观察出经济不景气的兆头。新闻界和国家新闻简报已发出全球金融危机逐步升级的警告。不久,当地新闻对经济不景气的报道由怀疑转为确认,每个人都揣测这一场经济危机将会带来腥风血雨。经济衰退让大家对节目有一种前所未有的凝聚力。这一切都不是空穴来风,其原因和结果在晚报上已了然。

星期一,周报报道了当地住房市场的低迷,房屋价格已跌破上一季度最低价;星期二,晚报道建设和挖掘机械制造商解雇了四百名工作人员。今晚的报道是关于该地区领军房地产公司停止其中一项建设项目,该公司在周边地区有一个站点,紧临着一个古老而著名的足球场和一个汽车制造厂的旧址。

弗兰克记得几个月前曾有关于汽车厂旧址改造的计划报告。他回想起那个有点艺术性效果的场景:玻璃幕墙的公寓,被水景和小树包围的中环广场,毫无个性的人牵着狗走过;他想起了童年的恐惧,那些毫无表情的数字。当地委员曾满意地表示,该项目将带来新的就业机会,可促进该地区的再发展。

当他继续读报道时,弗兰克发现项目停建的一些事情,使他的注意力陷入了僵局。城市的变化和重建通常是渐进的,无形的。新旧过渡的变化是显而易见的,就像投影仪突然停止工作,留下两帧静止的画面。他认为,大规模的汽车厂的存在,和艺术家笔下新的公寓和商店在某一未知的时间段是共存的。过去的已经过去了,未来还没有来,这仍然是目前的僵局。居民仍然为汽车和债务疲于奔命,脸上的表情和大脑里想的都是这些。弗兰克又想到了艺术家那个面无表情的胚胎作品。这块空旷的地,形单影只,再没有其他人会来,未来,像幽灵一样搁浅在眼前。

他的思绪被新闻室里唐纳德·巴克纳尔的到来所打断,莫斯坦萨以极具讽刺意味的掌声对唐纳德表示欢迎。

"巴克纳尔粉墨登场,我们现在可以投票表决了吗?"

巴克纳尔只张开了一只手臂摆 V 字手势,当着编辑部的人答谢莫斯坦萨。三十多年英格兰新闻中心进行政治报道的工作经验,让他能够迅速抓住新闻的要领。他的工作几乎都是在老阿尔比恩①某个角落的桌子上闭门造车,只是偶尔走出去和委员打一场高尔夫——他称之为搜集新闻。

在电脑面前坐了几分钟后,他把外套穿上,晃悠到弗兰克的办公桌前,"埃克罗夫,过来。这是我买的,让我们纪念这个日子。"

"什么日子?"

"你不知道什么日子? 你开玩笑吧?"

---

① 阿尔比恩,英格兰或不列颠的雅称。

"今儿不会又是你的五十岁生日吧?"

"啊,对了,埃克罗夫一向这么随意。非常好,很快你就可以不继续忍耐这些了。来吧,你这没有耐性的笨蛋。我们走。"

弗兰克惊讶地看着唐纳德,"你什么都没有看见,对吧?"

"看见什么?"

"办公桌、电脑、文件柜、电话——现代化办公室的所有装备。他们对你来说就是隐形的,对吗? 当你慢悠悠地穿过这些门,你看到的是一个绅士俱乐部——有几个翘班的不中用的老家伙坐在那,只为等待一天中的第一杯雪利酒①。唐纳德,我可是有一堆工作要做。"

"哦,不要逗我开心了,你所要做的唯一工作是确保你的假发是直的。你难道真的不知道今天是什么日子?"

弗兰克摇了摇头,唐纳德叹了口气,大声对莫斯坦萨说:"可别像那些爱显摆自己的人,我尊重我同事的成就。今天轮到先生你要接受我们的敬意。"

弗兰克继续看着他。

"因为今天,上帝帮助我们,是你从蹒跚着历尽艰辛进入电视界二十周年纪念日,电视台是一个了不起的地方,是它使你单枪匹马成为他人的笑柄。"

弗兰克咯咯笑了,"真的吗?"

"当然是真的,我记得非常清楚。你做了一个上午公告的报

---

① 雪利酒,西班牙产的一种烈性白葡萄酒。

道,紧张得读错了自己的名字。于是我意识到,我是在见证一个传奇的诞生。"

弗兰克大笑起来,"那我能说什么呢? 你一直在我事业上帮助我,真叫我感动。"

"是啊,这就像慢动作小汽车碰撞,我一直无法忘记过去二十多年发生的事情,其中十三年都堪称完美。来吧,我们去喝一杯。"

弗兰克看了看表,快到午饭时间了。唐纳德看了看其他同事。

"有人想去小饮一杯吗? 庆祝埃克罗夫二十年的辉煌成就? 茱莉亚,来吧。二十年的黄金时光。想想大家一起的欢乐时光吧。"

茱莉亚看着他,"我头疼。"

"去吧,茱莉亚—— 只是一杯柠檬酒,会让你的疼痛去无踪。"

茱莉亚不再看他而是看着弗兰克,"我真的不能。我要去做那个一团糟的医院报道。"她稍停顿了一下,对弗兰克憋出一句:"周年纪念日快乐。"

这个酒吧以前是个银行,那会儿的银行造得像教堂而不是廉价的酒店大堂。史诗般宏伟的银行周围破烂不堪。人们很容易惊叹圆顶天花板,并没有注意到偶有老鼠穿过瓷砖地板,老鼠牙缝里紧紧咬着陈旧的普林格尔弹片。唐纳德点了一品脱温性酒,弗兰克考虑到要回去工作,要了半品脱掺了柠檬汁的啤酒。他们坐在后面的一张桌子上。

唐纳德举起了杯子,"周年纪念日快乐。感谢上帝我周围还有你这样的卫道士。"

弗兰克喝了一口后举起杯子："同时向那些走得比我们早的人致敬。"

他们一起干杯，唐纳德难过地摇了摇头，"我担心另一个同事也要翘辫子了。"

弗兰克皱了皱眉。"不要告诉我你要退休了——我们都没感觉你像要退休的样子啊。"

"笨蛋，不是我。我干吗要退休。我仍然精力充沛呢。"

"你不是已经在领退休金了吗?"

巴克纳尔没有理会他的话，"我是在说博斯克。"

"黑手套博斯克?"

"要被辞退了。"

"不会吧!"

唐纳德点点头继续喝。"昨天下午我遇见他了。他刚刚与马丁和大老板开完会。他们说他们正在进行成员调整，不需要特殊通讯员了。"

"但博斯克可是个传奇人物，作为一个通讯员，但却没有任何职务。他们将他解雇了?"

"他们给他一个一般报道员的职务，但是他没有接受。他们知道他不会在这个年纪学习使用摄像机的。"

弗兰克摇了摇头，"我就知道这是早晚的事。虽说斯蒂芬·博斯克他确实不适合这个节目，可是，可怜的斯蒂芬·博斯克就这么离开，一个时代就这么结束了。"

"他不适合是因为他个性太强，他不是生产线复制下来的完美男人。"

"那些皮革手套，还有有色眼镜是他的标志——他像是一个刺客。他身上有很多戏剧性的成分。"

"他们对那些地方色彩的东西不感兴趣了。他说他们不想要那些空洞无生命的故事。"

"什么意思？"

"鬼屋、运河的历史、工业遗产……这些都是没有生命的东西。观众像喘着气的狗一样——他们喜欢跟随移动的、活生生的、会呼吸的东西——比如孩子们在医院等待手术，卫士的奖牌被盗，歹徒内讧。"

弗兰克叹了口气，"我觉得这也是可以理解的。"

巴克纳尔喝了一大口他的温性酒。"你还记得有段时间，他总是被人偷拍吗？"

"是啊，'公民凯恩①'，菲尔过去就是这么叫他的。"

"他在我们这是屈才啊，做做地方新闻而已。"

"博斯克最好的故事还是《塔姆沃思儿童绑架案》。"

巴克纳尔皱起了眉头，"我不记得那个了。"

"那是很久以前——也许九十年代初，我不太确定。反正有些家伙开着面包车在塔姆沃思小学周围，企图绑架小孩——这些绑架犯会用一些糖果之类的东西诱骗小孩。有一次，他们成功拐骗

---

① 凯恩，著名摔跤选手。

了一个小女孩,但她在过红绿灯的时候跑掉了。很多家长向警察投诉这个事情,我们有好几个晚上都为这事奔波。当时大家都很惊慌,斯塔福德郡的每一个家长都认为,他们的孩子将是歹徒下一个下手对象。说实话,我从来没觉得那些家伙会是什么大的威胁,他的行为更像是个笑话,但你能想象当时家长是多么歇斯底里。反正第二个夜晚,警方派给了我们一个画画的,让他根据孩子的描述画出罪犯肖像。你真的不记得这些了吗?”

巴克纳尔摇了摇头。

“我们在报道的时候也登出了罪犯的肖像,菲尔转身对我说:‘你有没有发现这个肖像有什么特别的?’我还没看过呢,所以我接过来看了一下。菲尔和我都愣了一会。这真是个棘手的问题。”

“有什么奇怪之处?”

“绑架孩子的,居然像是博斯克:戴着有色眼镜,头发坚硬——我是指两人惊人地相似。实际上我们要是不知道这事发生的时候他在哪里,就会向警方告发他了。不管怎样,博斯克的坏运气还没有结束。下一个报道就是他的专题——新科尔西公园开放的报道。我发誓,他刚出现在屏幕上,电话就响了。我估计我们当时接了上百个电话投诉塔姆沃思绑架儿童案的凶手在为我们工作。”

巴克纳尔大笑起来。

“幸运的是真正的罪犯几天后落网了,由于害怕报复,博斯克后来就没有在斯塔福德郡工作过。”

“就是这个事情吗?”

“是啊。”

"我的意思是,你不会因为你的报道而被认为是绑架儿童的恋童癖吧。"

"的确让人伤心。"

"说到令人伤心的日子,我要走了,去问问看伦泰科特·里夫斯对重建项目的看法。"

"我猜他会很愤慨。"

"我猜你是对的。如果他的团队实行理事会管理制度,本地汽车产业不会遇到瓶颈,全球经济衰退不会发生,英国电视网每年都会赢过欧洲。"

"怎么啦?听起来你好像很厌倦,好像你早就听过似的。"

巴克纳尔喝光了酒,"行了。咱们就到这吧。所有的故事,所有的人,早就听过、看过上百万次了。"

35

他站在那里看，猜想那应该是常青之家正举行的歌唱会，他经常看到他们在告示板上张贴活动时间等信息。他听见走廊上依稀的音乐，跟随音乐声走到他现在站着的这扇玻璃门前。

他们坐在塑料椅子上围成一个圆圈，周围放着手杖、报纸和他们的羊毛衫。有个陌生人在演奏吉他，大家就跟着唱起来。弗兰克听出这是一首《飞跃彩虹》。这是一首他听了上百遍、从过去到现在一直都很喜欢的歌曲。音乐让他心潮澎湃，这种感觉和以前瞥见莫或安德丽亚离开人群的侧影，或者一片黄叶飞过黑色路面的感觉很相似。有一瞬间他深受感动，他的心被所看见的和所听到一切深深触动。眼前的几个人各自拿着歌词单，旋律和歌词深深地触及了他的内心。每次合唱的时候，团员就抬起头，不需要看歌词而是互相看着对方，一起唱广为传颂的歌词。弗兰克相信，他所体验到的，不是某一首歌的力量，而是伟大的音乐本身的力量：那是一种超越自然的、变幻无穷的魔力，在此之前他从未如此纯粹地感觉过它的魅力。

歌曲结束后,谁也没有出声,他们在感受回到现实世界前的静止时光。歌词单传回给弹奏吉他的那个人,大家各自取回自己衣服,想着去喝杯茶。大家挪开椅子后,弗兰克能看到之前被挡住的景象。他注意到瓦伦特之前坐在左手边,现在则俯下身回收报纸,他旁边还站着一个他认识的人。他想了好一会才想起来,原来是自己的母亲。他赶紧转身,走出了房间。

他回到自己车上,却不知道自己为什么要逃出来,只是坐在发热器上看着常青之家的外面。潮湿的树皮碎屑覆盖着地面,铁丝网笼罩着瘦小、光秃的树苗,这是一个毫无生机的公园。

之前几个晚上,他花了好几个小时看莫在找她祖父的旧照时淘出来的照片。从一堆钱包里抽出来的柯达照片铺满了一桌子,混乱不堪。父母结婚前的照片给安德丽亚留下了深刻的印象,因为这些照片的自然、优雅超出她所料——就技术质量而言,远比弗兰克和安德丽亚使用复杂相机拍出的照片高很多。装有照片的那些钱包也没什么规则,有小巧、白边的,有黑白相间长方形的,还有看上去华而不实、油光滑亮的等等。照片上的弗兰克,有的是向微笑着的父亲皱眉的婴儿;有的是正看着太阳眯眼的小男孩。这些照片安德丽亚看过,但她很喜欢多看几遍。当看到弗兰克十三岁生日照的时候她更开心了,弗兰克的发型和舞步让她禁不住大叫起来。晚上弗兰克仔细研究了一下照片上母亲的表情,对比母亲的老照片和现在的样子,想要弄清楚时间改变母亲的是什么。乍一看,之前照片中的她总在笑,但弗兰克发现她的表情有了一些变化,他无法确定具体是什么变化,但她的笑容似乎不再柔软,而是脆弱。有时候她好像忘记了该怎么自然地笑，只是按手册上的说明去做。

　　他从未料到会在演唱组看到他的母亲，从未期望她会加入，但最没料到的是母亲脸上那一缕红晕。他觉得他看到了不应该看到的东西。他猜时间差不多了，她应该已经回自己的房间去了，于是他再次收起东西，往前门走去。他知道他和母亲都不会提起刚才的事情。

36

　　有时候弗兰克会去看电影,通常会选择以报社编辑部为背景的美国片。他试图在影片中找到某些和自己工作环境相类似的东西。报界人士总是要么冷眼旁观,要么做睁大眼睛的理想主义者——全然不像他和他的同事那样不善言辞,其貌不扬,辛勤工作。那些人说行话时语速极快,哪怕是问对方的三明治馅料是什么,都会用一句很长的话。而弗兰克同事间的谈话通常语速缓和。他们的好莱坞同行不喝奶茶,喝黑咖啡,不吃企鹅饼干,吃丹麦糕点,从来不谈论有争议的事情,比如新的交通措施。

　　上午的制作会上,弗兰克看了看周围的同事们,开始对那种带有大椭圆桌面、用玻璃做侧墙的会议室无比向往,要是有这样的会议室,这类会议就可以在屏幕上开了。他从来没在电影中看到过精明的新闻团队人员,围坐在员工厨房的脏沙发上,旁边是飘着酸牛奶味的冰箱。他注意到那位科学通讯记者仍然穿得很"休闲"——如果不能说他"脏"的话;腰以下的衣服露出一截,似乎还穿着绒毯室内拖鞋。

制作人马丁正在谈论考文垂①推出的新型环保防火引擎项目。"显然,它们的制作材料是一种特殊轻质耗燃料少的塑料。"

莫斯坦萨插嘴问道:"塑料? 塑料遇火不会熔化吗?"

有人发出唏嘘声,有人偷偷笑了,但马丁只是举起了笔。"莫斯坦萨,好样的。弗兰克,来个不错的玩笑怎么样——这个环节,你得给我们来点什么吧? 我们都知道,埃克罗夫的魔法会让这些琐事变得不那么枯燥。"

茱莉亚在弗兰克之前回答道:"不那么枯燥? 不如把这个工作丢下吧? 那样就不枯燥了。"

马丁没有理会她,继续下一个故事。"下一件则当然是关于今晚这个篝火之夜②的。我们去年做过一个专题节目,说的是沃尔萨尔③一位女士,用衣服夹做出世界各地的地标,然后在当晚烧掉。大家都还记得吗?"

茱莉亚向弗兰克嘀咕道:"谁会忘记那独家新闻啊?"

"因此我们应该再次与她合作。但他们七点前不会点燃篝火,所以我们拍不到实际燃烧的画面,但我们可以对她的其他事件进行采访,对吧?"

茱莉亚打断他:"我们为什么要那么关照她? 去年我们就做得够多了,一次性做一个星期的栏目还不够吗?"

马丁摇了摇头。"读者会喜欢看回访类的新闻。她是个当地

---

① 考文垂,位于英国中部,是欧洲汽车研发和制造中心。
② 篝火之夜,英国每年十一月五日举行的一项活动。
③ 沃尔萨尔,英国的一座城市。

名人,这个点子不错。来吧——大家有什么主意呢?"

有个记者开口了:"不如在节目开头放一些女士洗衣服的片段,把重点突出在衣服架子上,然后问观众:'这位女士今天晚上为什么那么忙?'大家都知道的,这带有挑逗意味。"

马丁点点头,"嗯,我喜欢——有些神秘,会让观众感兴趣。大家是怎么想的?"

弗兰克觉得这个点子很差劲,他能感觉到茱莉亚的愤怒像火一样就要涌出来了。

那个记者又说了:"呃……呃,还有别的可能性。节目一开始,弗兰克可以这样开场:'今晚是燃烧的白宫(或者别的她的事迹)节目!'之后再开始深入。"

"好主意,"茱莉亚说道,"假设白宫在燃烧,我们的观众一定希望这个故事成为英国报纸的头条。听起来不错。"

马丁还是没有理会她。"史蒂夫,这是个好主意——我觉得观众会带着轻松的心态观看的。顺便问一下,今年她又有哪些成绩?地标是什么? 萨莉在哪儿? 是她提的建议。萨莉,在吗?"

萨莉正躲在后排一句话没说,"马丁,我在这儿。"

"今年有什么重大事件啊?"

萨莉很尴尬,"呃——实际上,我提出建议那会还没想清楚。当跟她打完电话后,才是想到了这个主意。"

马丁不耐烦了,"是吗? 然后呢?"

萨莉做了个鬼脸,"嗯……显然,今年她做了一个清真寺的复制品。"周围响起了几声喘气声。

马丁面无表情，"那是什么？"

莫斯坦萨用怀疑的表情看着他，"那是神圣的麦加清真寺。"

马丁瘫坐在自己的座位上说道："胡说八道。"

但茉莉娅抬起头来，"她要在沃尔萨尔烧清真寺的复制品？"她笑嘻嘻地问，"是啊，这样的话，观众肯定会如你们所料轻松地看节目的。马丁，我收回'你真是天才'那句话。"

大伙儿回到座位上，弗兰克对茉莉亚说："刚才那样你很开心是吗？"

"哦，上帝，这是坐在那里听废话的小小补偿。那人就是个白痴，他太低估观众了，他觉得他们都是弱智。"她停顿了一下，但弗兰克觉得她要开始长篇大论了。"当然他不是唯一的傻瓜。我有时候搞不清楚方案是做给谁看的？是那些渴望听到我们拿消防署的新闻稿重新包装的人吗？还是那些除了想在电视上获取电子邮件地址之外，并无其他互动要求的人？要不然，是那些注意力短到不会超过一点五分钟的人？我们所做的一切，无非是用任意、杂乱的事实和面孔去攻击人。你难道就不会去想，是什么人真正在看我们的节目吗？"

"行了，我们的节目的确有人看——这有数据可以说明。"

"看我们的节目？当真？你真的这么认为？好吧，也许老年人经常看我们的节目，但对大部分人而言，我们的节目只是一个背景音，喝茶时的嘈杂背景音乐而已。"

弗兰克摇了摇头，"地方新闻还是很重要的，人们需要关注小范围的当地新闻,至少我是关注的。我们为什么不能报道当地发生的故事呢?为什么我们不能有自我认同感呢?"

茱莉亚笑了,"你在开玩笑吗?我们谈的认同感是什么?这是什么地方?我们的新闻囊括约三分之一的英国。谁在伯明翰斯托克城折腾反社会行为治理组的地产纠纷,或是赫里福德农场事件?如果他们想了解这个国家其他地区的动态,他们可以看全国新闻。如果他们想了解当地事件,他们看本地的新闻。大家都认同的一点是,制作节目的人是傻瓜。""有时候我们也做得很出色。"

"很少——而且巧合居多。大部分时候我们的话题要么太宽泛,要么太狭窄,感兴趣的人不多。有时我觉得我们是故意避开那些有实际意义的新闻或者报道。"

弗兰克回应道:"这只是一个过渡时期——现在我们已经顺利渡过了。互联网改变了一切,我们要去适应。好吧,我们没有达成一致,但我认为我们仍然会努力工作。与此同时,我认为我们做的事情既不邪恶也没什么错。"

茱莉娅笑了:"不,这些完全没有意义。我喜欢与你一起工作——弗兰克你知道的,这只是你每天来上班的地方,不要为此动怒,这只是一份工作。工作之外你已经有了家庭之类的,这里的一切对你而言并不算什么,但我的工作就是我的一切,我希望用工作来体现我的价值。如果我觉得我的工作像狗屎一样侵蚀了我,我觉得自己毫无价值。"

弗兰克微笑了一下。

"有什么好笑的?"

“没什么。”

“什么？”

“我正想着你跟我们在电影里看到的那些记者一样——一肚子火——你很真实。”

茱莉亚难过地点了点头，“我必须离开这里，弗兰克。”

“也许无论你到哪去都会发现，天底下的事情无非如此。”

“用衣服夹子做地标性建筑？上帝啊！”

“一些地方性色彩而已——无伤大雅。”

“每年都一样，都是令人恶心的垃圾题材。”

弗兰克突然觉得自己被茱莉亚的愤怒弄得疲惫不堪，他重重地坐在了椅子上，“这就是生活，不是吗？”

37

当他走近母亲的房间时,听到一个陌生的声音。有一瞬间他猜母亲是不是在听收音机,那是他四年前买给她的,如今侧板上满是灰尘。他站在外面敲门,意识到这声音非常不一般,母亲居然在轻声地笑。他首先想到的是,她的老年痴呆症终于来了。他急促地敲门,笑声停止了。他听见母亲清了清喉咙问了声"谁呀"。他已做好最坏准备,打开门,却吃惊地发现瓦伦特坐在母亲常坐的椅子上,而莫林站在窗前。弗兰克愣了好一会,眼前场景就像是霍克尼①《克拉克夫妇俩》的老年版本,只是里面没有珀西。

瓦伦特站起身来说:"弗兰克,你好。最近还好吗?"

弗兰克许久没反应过来,他被眼前的奇怪场景弄晕了。"嗯……还不错。不用站起来了,不用在意我。"

瓦伦特有些犹豫,但莫林说道:"没事。瓦伦特反正也要走了,他还有别的事情要做呢。"

---

① 霍克尼,英国画家,创作了大量腐蚀版画,《克拉克夫妇俩》是其代表作之一。

"呃，不是这样的。"瓦伦特边说边往门的方向走，"看看吧，你母亲今天状态很好。"快要离开之前，他对莫林笑着说："哦，亲爱的……打小球。"然后就自己笑着离开了。

莫林咬着嘴唇笑了笑说："再见。"瓦伦特关上门，莫林坐回椅子，又恢复平日里不冷不热的样子。

弗兰克盯着她看了一会，确认母亲不会向他解释。"到底什么事?"

"什么事?"

"你们说到小球时候，笑得那么神秘。你好像很享受刚才的时光。"

"弗兰克，你不要夸张。瓦伦特只是来借报纸。"

弗兰克想起之前那个星期看到莫林和瓦伦特一起在歌唱团里的情景。

"我问你每天都做些什么的时候，你从来没有提过瓦伦特。"

"那我为什么要告诉你?"

弗兰克想要反问她怎么最近好像总跟瓦伦特粘在一起，不过他意识到这么说听起来像一个嫉妒的丈夫，于是停住了。他知道母亲不想让他看到她开心的样子。

"那你最近都干吗了呢?"

"哦，和往常一样，晚上散散步罢了。"

"真的吗?"弗兰克问道。

"上星期我的膝盖痛得要命。晚上我躺着的时候，感觉像有人拿钉子往里面扎。"

"你跟理疗医师说过吗?"

"有必要吗? 只不过是我老了,关节老化了。"

弗兰克感到自己很沮丧,想要换个话题。"我是想来告诉你一些好消息。"

"很好。"

"你知道伦威克大楼吧?"

"曾经是你父亲的一个——别问我是哪一个。"

"埃德巴斯顿办事处。"

莫林低下头想了一会说:"那儿有一个池塘还是别的什么?"

"是的,大楼前有一个矩形观赏池塘,能倒映出大楼的样子。不过那池塘通常都很混沌,看不清里面。那时我还是个孩子,池塘让我感到很兴奋,它看起来像个游泳池,我能想象那些商务人士在午餐时间换上泳裤来这里游泳。"

莫林似笑非笑着说:"我猜那是不可能的。"

"是啊。我觉得那个池塘用来做漂浮垃圾装置再合适不过,薯片包装袋、果汁盒都飘在上面,像百合花瓣一样。"

"这楼到现在还没拆掉吗?"

"没,这正是我想说的。这是父亲在伯明翰剩下的最后一幢公共建筑了。我觉得我们现在有机会让它载入史册了。这是很重要的一幢楼,它的建筑意义和独特性很不一般,这一点是毫无争议的。业主没有申请免税,所以它应该不会被拆掉。"莫林未置一词,弗兰克觉得有必要让她非表个态不可,于是说,"这样很好,对吧,在父亲建的楼房都被拆掉后,留下一幢作纪念。"

莫林直直地看着他说:"哦!弗兰克。如果他们要拆掉就让他们拆吧,事物都在发展。这话是你父亲说的。"

弗兰克吃了一惊。"但是……我不认为他会赞成否定过去,重写历史。"

莫林一言未发,他们坐着沉默了一段时间。外面的光线开始暗下来,弗兰克觉得他应该开灯,却不能这样做,母亲的呼吸很重,他想她可能睡着了。后来她又突然开口说话,吓了他一跳。

"你父亲和我结婚前,为你西尔维亚阿姨做了一个美丽的玩具屋。全是他自己设计和手工制作的。你想象不到那些细节,连小小的餐具都很精致——这真的是令人叹为观止。那时候,西尔维亚阿姨和莫差不多大,你父亲在圣诞节早上把这玩具屋送给她。我猜如果可以的话,她会嫁给他的,他是那么贴心。"莫林转向弗兰克,继续说,"你知道你父亲集中注意力的能力很强吗?"

弗兰克耸了耸肩,"是这样的。"

"简直难以置信。他可以将一切抛开,把自己的思想和精力专注于一件事上。能找到自己的目标是相当了不起的事情,就好像阳光只照在你一个人身上一样。"

弗兰克脑海中闪过过去的记忆:他在父亲身后追着,喊父亲转过头来。

"但你的父亲不是一个重感情的人。他的目标常常变换——但永远不会回头看。你知道对于你父亲而言最重要的事情是什么吗?"

弗兰克摇了摇头。

"下一件事，"她停了一会。"当然往回看不是件好事，事物都是在前进的，这点我们都清楚，对吧？"

弗兰克朝远方看去，不能直视母亲的眼睛，她的率直让人很不舒服。

"现在好了，他建的楼要被拆掉并被世人遗忘了。让推土机来吧，我甚至都不想流眼泪。"

38

弗朗西斯

一九七五年

　　他踮着脚尖下楼，拿着一个装满火柴盒的小汽车和塑料玩具：牛仔、印第安人、德国和英国的步兵、各类农家动物。他已经连续第六个星期偷偷溜到父亲的书房了。他的父亲在工作；而母亲在花园里用蛮力撕扯一些竹秆子。他不知道自己这么小心翼翼是要提防些什么。

　　他经常在卧室里尝试给自己的玩具小车建比赛车道或士兵打斗的战场。他用书做隧道，枕头做山丘，但结果总是难以令人信服。可父亲的小镇模型却很完美，色彩不是很丰富，细节却无可挑剔。

　　他每次都是敲了门才进去，这样做是以防万一。进去后就迅速把身后的门关起来了，然后径直向模型走去，试图不要窥到图纸上的未来人。他把小车和人物尽可能准确地放在上次放过的地方，好让故事继续。

道路不是很宽,不能双向而行,但火柴盒车倒是很适合在道路上行驶。环绕小镇的环形马路很快被开往不同目的地、不同国家的跑车和救护车堵塞了。一些司机开始发脾气,经常有车子把别的车子挤出道路。弗兰克尝试着去协调并缓解这些问题。他没法把他的人马安置在楼房里面,但可以放在人行道、空旷的广场、行人天桥上,甚至屋顶上。他的每个角色都有自己的名字和故事。交通陷入瘫痪,科林正在等出租车;芬格和约翰尼正在银行外准备抢劫;马丁在一条小街中枪死亡;一个叫小云的侦探站在最高建筑的顶部看台上,看着环形路的周围。

弗朗西斯称这个镇叫做圣弗朗西斯科。他之所以这么叫,部分原因是因为他在电视上看到的激动人心的城市名字缩写都是圣弗朗西斯科——有摩天大楼,有枪支,未成年人可以开车;另外一部分原因是由于圣弗朗西斯科这个名称里面包含自己的名字。他在这个城市里扮演的角色,就是集市长、首领、上帝于一身。在漫长、昏暗的冬天下午,学校里的老师在黑板上列方程式时,弗朗西斯则想着圣弗朗西斯科以及那儿正在发生的一切。

他总是在父亲回来之前,就把他弄的这些都清理干净。他听到母亲在厨房里走动着准备午饭,就开始不情愿地把他的城镇拆除。当他把镇上的公民一个个移走的时候,他就想象这是由于一场街头恐慌的到来。他把这些人和车子放回盒子里,一个架着一个。当把他们都放好之后,他会最后一次检查模型。圣弗朗西斯科此时渺无人烟,街道冷清,但他仍然能听到不同的故事和人们的喧闹声回荡在空荡荡的街道。

今天他陷入了一个难以对付的局面。一头超大的黑白花奶牛在购物区引起混乱。弗朗西斯认为牛仔肯定能处理此事，但牛仔既无能又懦弱，被这庞大的动物吓得躲在隧道入口处。一个英国步兵做出一个临时决定，放一头狮子去捕那头奶牛。他的同事们呼吁援助，但大家都知道没有车能直接开到这儿。看上去小云应该是这场混乱的终结者，他在屋顶用箭瞄准奶牛、英国人、德国人、牛仔们和印第安人……这时，突然一阵风吹过圣弗朗西斯科：

"这究竟是什么……?"弗朗西斯回头看到他父亲正站在门口，不知为什么，他的第一反应就是把奶牛从购物区移开，好像怕这样的场面让父亲觉得无法接受。

他父亲轻声说道："你觉得你在做什么呢?"弗朗西斯发现自己说不出话来了。他的父亲瞪着他，"我在问你问题。"

弗朗西斯低下头看着脚，"玩游戏。"他讨厌自己回答时声音颤抖。

"我房间门上写了'游戏室'吗?"

"没有。"

"这个手工制作的精致模型上写了'玩具'两字吗?"

"没有。"

"有谁允许你单独进来吗?"

弗朗西斯只能摇头。

"既然没有，好，我很高兴我们之间想法是一样的。也许是我错了，我刚才进来的时候以为你把我模型的东西弄乱了，因为我看到你正笨拙地把你的玩具乱放在建筑模型里，没有意识到这个模型不属于你，也不知道这间房间的规矩。"

弗朗西斯低头站着，等待父亲发火。他从来没见过父亲发脾气，他甚至想听他吼，就一次。但他父亲只是叹气。

"让我失望的是，弗朗西斯，你看到模型的时候只会想到稚气的游戏。你的眼中只有游戏。如果我是你，想到建造新城镇、展望未来并为人们提供更好的生活，我一定会很兴奋。"弗朗西斯觉得父亲说得对，自己的确做错了。他没有去关注那一幢幢楼房和四周的公路、环形车道，却对黑白花奶牛、懦弱牛仔感兴趣。他发誓要加倍努力。

父亲仍在说话，"我们的城市拥挤并且脏乱，伯明翰有部分人生活在极为恶劣的贫民窟。是的，我们可以重建我们的城市，我已经参与其中。但每秒钟都有婴儿出生，我们的公民迫切需要新的城市。"他感觉父亲已经忘记房间里只是一个小孩子。他说话的腔调和他在一屋子人面前谈论工作一样。

"我们必须着眼于未来，继续努力。你应该记住，弗朗西斯。当你完成一项工作后，不应该沾沾自喜，不要浪费时间自我夸耀——那是其他同行正在做的事情。你的任务是接着继续做下一件事情，下一件事情，以及下一件事情。只要我们在前进，就会发现新的、更大的挑战。我开始设计楼房的微小细节，后来设计整幢楼，现在，我已经做了所有我觉得我可以做的事，开始设计一个新的城镇。这是一个新的挑战，也是我们每天早上起床的理由。"

弗朗西斯没再往下听，此时他的好奇心完全集中在父亲提到的"未来公民"上。等着父亲说完，他便问父亲："你是在为未来人类而工作吗?"

父亲看着他,"是,是的,那正是我所说的。我当然是在为未来人类工作,那是我们所有人必须要做的。"

弗朗西斯想到了他过去始终质疑的事情:父亲是那些面无表情的人物的奴隶,即使他并不知道这些人物到底长什么样子,也不知道他们将来会说什么,他依然在为他们建设办公大楼和新的城镇。弗朗西斯突然觉得对不起他。

39

"莫,别坐那么近,离电视机远点。"莫往后退了退,眼睛却没离开电视屏幕。在接下来的几分钟里,她还是慢慢地往电视机旁靠。安德丽亚试图不去理会电视里的内容,一心读她的书,可似乎还是做不到,每隔几分钟,弗兰克会听到她因为电视播报的东西而发出的叹息或啧啧声。

屏幕上的丈夫笑得很拘谨。虽然是在自己的客厅,但很难放松,因为有一个电视摄制组和一个迷人的主持人正采访他。

"尼尔,你和卡罗尔结婚多久了?"

"到现在有二十二年了。"

"哇。二十二年,太棒了。恭喜你们,真了不起。"

尼尔点点头,微笑着。

"这是你婚礼那天的照片吗?我们可以看看吗?"尼尔拿起相框,交给负责拍照的米歇尔。尼尔年轻时很瘦,头发浓密,旁边一个金发女子正在笑。

"真是天设地造的一对啊。这真的是卡罗尔吗?简直难以置信。"

尼尔笑了，"我们现在变化很大。我估计我现在穿不上那时的裤子了。"

米歇尔也笑了，"我知道你的意思。不过我是说卡罗尔都让人认不出来了。"米歇尔认真地看着尼尔，似乎要传递一些重要的新闻，"我是说，卡罗尔真是一个美丽的女人。"

尼尔有些羞愧，"我知道……"

米歇尔打断了他，"但你现在不知道如何面对她，对吗？我是指她只是隐藏了她的美貌，她穿着那么肥大的一套连身裤，走路都只能慢慢挪动。"

尼尔笑了，"嗯，我觉着婚纱礼服对于日复一日的平淡生活来说并不实际。"

米歇尔没有笑，"当然是不实际的，尼尔。但我的意思是，我们仍然可以照顾好自己，对不对？至少穿得让我们对自己的外表有些许自豪。你是做生意的吧？"

尼尔有些手脚无措，"是的，我是一家门业制造商的销售经理。"

"好的，我了解销售工作，我知道这个行当有很多与客户拉关系、品尝美酒和聚餐的机会。您和卡罗尔一定经常外出。在那种场景，你会为卡罗尔的外貌自豪吗？在客户的面前，你觉得她展示了自己最美好的形象吗？"

尼尔有些生气，"我一直觉得她很美。"

"很美？尼尔，你指的是我在她衣橱里找到的这件带亮片的土耳其长衫吗？拜托，你一定很尴尬。"

他摇了摇头，"实际上我都没在意她穿了什么。我不懂时尚。"

"嗯，这是你的一个特点。但我的意思是，为什么不能更加亲密些呢？不要总是看着卡罗尔，想着和你结婚的女人怎么变成这样了。当她穿着宽松的灰裤子站在卧室里，坦率地说，你觉得浪漫吗？"

尼尔显然很不舒服了，"我很在意她的样子，我爱她。"

"我觉得你完全不了解她，你好像对她的一切都习以为常了，她对你而言像隐形了似的，不再是个女人，你觉得一切都是理所当然的。可她是个女人！你得加倍珍视她才对！"尼尔无言以对。"难道你不希望她更爱自己一点吗？难道你不希望她对自己评价更高一点吗？"

"我知道她一直很自卑。这些年她长胖了，我并没在意，但我知道她相当郁闷。过去的衣服她穿不上了，这让她很难过。当我第一次见到她的时候，她是一个人中尤物，我仍然这样认为。但她认为人们觉得她是一个肥胖、没有吸引力的女人。我告诉她，她应该更有信心。我告诉她我爱她，她很美丽。我当然希望她能更有自信，希望她能感觉自己很好。"

"可是尼尔，你知道吗？自信和自我感觉良好都是从外在形象开始的。穿着麻袋一样的衣服，她怎么能自我感觉良好呢？我们该把麻袋扔到垃圾桶——不是吗？扔进垃圾桶！你明白吗？"

尼尔犹豫地点点头。

"我们该怎么处理这些松垮垮的连身裤呢？"

尼尔想了一会问道："扔到垃圾箱？"

"还有呢?"

尼尔努力想了一会,"呃,带亮片的土耳其长衫也要扔到垃圾桶里。"

镜头切回了演播室。米歇尔和卡罗尔正坐在沙发上。

"卡罗尔,尼尔有些话要对你说,但又觉得很难当着你的面开口。"

卡罗尔皱起了眉头,米歇尔按下遥控器,她们看到尼尔在屏幕上说:"当我第一次见到她,我以为她是一个尤物。"卡罗尔转转她的眼睛。尼尔的脸占了整个屏幕:"她这些年来体重增加。"卡罗尔试图微笑一下,但就是做不到。"过去的衣服她穿不上了。"屏幕上的镜头是卡罗尔在超市走廊推着购物车,尼尔的声音还在继续,"人们看到的是一个肥胖、没有吸引力的女人。"镜头切回到卡罗尔这儿,当她听到丈夫说"我希望她能更多地为自己骄傲"时,眼泪滚滚而下。

米歇尔抱着卡罗尔,"亲爱的,这没什么。男人不善表达,他们并不想伤害我们的感情。有时我们真正需要的是'坚贞的爱情'。"

屏幕上写满"坚贞的爱情",开始插播广告。

弗兰克转向安德丽亚:"真他妈的见鬼。"

安德丽亚放下书抬起头,"我早告诉过你。"

"这太残忍了,对吧?"

"是啊,我认为他们已经引进了毛泽东的文化革命战略。她被进行再教育,最终会成为一个模范公民。"

"米歇尔已经被吓坏了,对吧?"

"是啊,也许现在你就明白为什么上周我不待见她的原因了,她已经变成魔鬼了。"说完，安德丽亚赶紧瞅了瞅莫，看她在不在听自己说话。还好，她仍然紧盯着电视。"我们不应该让莫看这个，这样的节目只能让她学会如何讨厌自己。这太可怕了。"

弗兰克看着莫，"也许我可以让米歇尔告诉她，这只是个节目，一切都是荒唐的。"

安德丽亚有些怀疑，"那好吧，希望管用。我不太肯定米歇尔也是这么想的。"他们都沉默看着莫，直到弗兰克再次开口。

"我一直在想她对菲尔说过的话。"

"谁？"

"米歇尔。"

"关于什么？情绪变化无常？"

"不光是这些。听起来很奇怪。银行账户的钱丢了，神秘的肇事逃逸。"

"一点都不神秘，这是一起抢劫事件。司机当时不在，他已经解释并道歉了。"

弗兰克没理会安德丽亚的插话，继续说，"还有迈克尔·丘奇提到的笔记……"

"那个笔记，关联到其他什么事情吗？"

"很奇怪不是吗？他说菲尔错了，是什么意思？"

"我不知道，可能只是一点意见相左，像 *Terry and June*①里

———————————

① *Terry and June*，英国 BBC 播放的情景喜剧，Terry 和 June 是英国郊区一对中产阶级夫妇。

面一个小插曲吧。听起来可能怪怪的,但我们不知道具体情况——这事太寻常了。"

"也许——不过确实有点蹊跷,事情到后来更加如此。便条上说'我下周不会到那里去',他们肯定已经安排好了,大约在菲尔死亡的那个时间见面。"

安德丽亚故意不动声色地说:"嗯,是很神秘。"

弗兰克看着她说:"你在嘲笑我吗?"

安德丽亚笑了:"哇,弗兰克,难不成我们要充当 *Hart to Hart*① 里面的业余侦探了?那我们穿上猎套装去寻找线索吧。"

弗兰克也笑了,但莫清了清嗓子说:"小声点,我在看电视。"

"对不起,莫。"

弗兰克安静了一会,小声对安德丽亚说:"也许你是对的。"

"哪方面?"

"你叫我不要那么疯狂地去调查迈克尔·丘奇的事情。我是不是像个疯子?"

"你不像疯子,只不过你那么做,听起来有点像阴谋论。我担心你会渐渐对飞碟感兴趣。"

"或者甚至把它写进当地电视节目。"

"甚至去看地方节目。"

弗兰克扔给安德丽亚一个坐垫。他们坐在那儿,和莫一起看《坚贞的爱情》,节目快要结束的时候,米歇尔朝摄像机展示了

---

① *Hart to Hart*,美国电视剧,讲述业余侦探的故事。

一样东西。

"有时候，我们必须诚实。虽然很难，但是很值得。我们看看我们身边的人，他们已经失去了自己的方向，任自己随波逐流，我们却什么都不说。像尼尔一样，我们用爱做借口，但自顾自的爱是不够的。你说对吗，亲爱的?"镜头中站在米歇尔旁边的卡罗尔摇了摇头。

米歇尔笑了，"我们究竟需要什么呢，卡罗尔?"

"坚贞的爱情。"他们一同笑起来，片尾曲也开始响起来。

40

这次，亨利又在角落里碰上他："我们来玩得分论输赢!"

弗兰克摇了摇头。

"和薯条一样便宜!"

"什么？亨利! 别，你找错人了。"

亨利冷漠地耸耸肩，伸出手指。"玩游戏，或坐火车!"

"这是一句流行语？"

"啊，当然是的。有人这么说过。是你吗？"

"不，不是我。"

"噢，我知道我在电视上面见过你。我的脑袋都乱了，乱了……"

亨利不断重复着，感到很开心，弗兰克真想逃之夭夭，但亨利又缠上他了。"哦，好吧! 给我点提示，好吧，你的节目结束时你都说什么？"

"嗯。我想我通常说的是'晚安'，或者'享受美好的夜晚'，又或者'保重'什么的。"

亨利盯着弗兰克，有些嘲讽地问道："你说'晚安'？"

"是啊，"弗兰克耸了耸肩，"我的确没有什么更煽情的流行用语。"

亨利不住地注视着弗兰克的脸，仿佛他第一次看到弗兰克。"那你究竟说什么?"他有些厌恶地说着，往回走向窗口的扶手椅。

弗兰克仔细考虑了这个问题，实在想不出一个满意的答复。

他离开休息室，往他母亲房间的方向走去。经过饭厅时，他看到艾琳正在喝茶。看见是他，艾琳就笑着挥手：

"弗兰克，你好，来看你母亲啊?"

"是啊，顺便的。我还没到她房间去过呢，在休息室被亨利缠住了。"

艾琳一副很茫然的样子，"我没见过亨利啊。他是你的粉丝吗?"

"我不这么觉得。"

"哦，我知道了。"

弗兰克有些犹豫。他知道他应该就这么算了，但正好摸到口袋里的照片。

"其实，我也想要见你。有些事情上次我就应该和你确认的，但当时没想到。我能给你看些东西吗?"

艾琳在捣鼓着眼镜，弗兰克则在旁边等着，直到艾琳最后找到合适的，戴上一副，另一副则丢在离照片几英寸远的地方。这会儿，她才开始仔细地盯着照片看。

"上帝——看看菲尔——他还只是一个小男孩。我们第一次见面时，他也不过如此。看看那笑容! 这是他最先引起我注意的地方。当菲尔对你微笑的时候，一切都很美好，那就是他连谋杀罪都可以逃脱的原因。"她的笑容消失了，"照片太残酷了，回顾过去，真的太可怕了。我不敢回想发生在我们身上的事情，我无法面对自己，过去让人太伤心了。"

"我很抱歉，"弗兰克说，"另外一个男孩呢？你认识吗？"

艾琳调了调眼镜，好像为了避免不愉快的气味似的，脖颈子往后仰了仰，"哦，是米奇，对吧？"

弗兰克点点头说："迈克尔·丘奇。"

"是的，我们总是叫他米奇。我常常想知道他发生了什么事。这些年我问过菲尔几次，但他们已经失去了联系。"

"你还记得有关他的其他事情吗？"

"一点点，他是菲尔的老朋友——从小玩到大，你从照片中也可以看到这一点。他是我们婚礼的伴郎，我觉得让他演讲对他而言是个小小的考验，他是一个腼腆的小伙子。"

"你经常见他吗？"

"一开始挺常见面的，他经常来找菲尔，他们会去喝酒或打牌。他们一起服过兵役，我对他们的故事不感兴趣。菲尔总觉得米奇是个神射手。我也不清楚，但米奇的枪法相当出色，菲尔觉得是神乎其神。米奇总是很害羞展示自己的特长。"她又看看照片，"他还活着吗？"

弗兰克摇了摇头，"应该已经去世了，最近才发现的，这事我也是听说的，就想起一点上次他与菲尔见面的事情。我想看看是否能找到他家人的一些线索，他死得很孤单。"

"噢,可怜的米奇。他是个可爱的小伙子。"她停下来想了半天。"我知道他母亲住在附近小镇,但她已经过世很久了。他没有任何兄弟或姐妹,年轻的时候他和菲尔就像亲兄弟一样。"她把照片放下,看向窗外。

"我喜欢米奇,他和菲尔不一样。他是一个安静的小伙子,有点像梦想家,娶了他青梅竹马的恋人。菲尔废话的时候,他总是安静地站在一边。我不知道他们是怎么疏远的,菲尔只考虑他自己的世界,又很粗心。他搬来搬去,没有和米奇保持联系,我能想象米奇不希望打扰越来越出名的菲尔。"她停顿了一下。"菲尔喜欢聊天和微笑,但我发现他没有内涵。米奇很安静,但他身上有菲尔所没有的东西。"

"是什么?"

"我不清楚,但就是有些东西,顽强地存在着。"

艾琳抬头望着天花板,试图去回忆。"比菲尔差的结婚对象多的是,这我知道,我也知道他是你的朋友,但他性格软弱,而且他自己也深知这一点,所以他会被那些不懦弱的人吸引,这也是他看重我的地方——某种他所没有的坚强。他很少谈起他的过去,但他说过米奇的父亲是德国人,因此在学校常受欺负——大家都知道他父亲是个逃兵。菲尔说,米奇被其他小伙子欺负,但他总会还手反击。我问菲尔他的队友被殴打时他在做什么,至少他是诚实的,他说他藏起来了。我想他的功劳在于,他是唯一一个对米奇友好的人。他说他曾尝试在回家的路上逗米奇笑,他假装自己是一个评论员,分析战斗技巧,讲述对战斗的印象,米奇就会笑。菲尔说,他喜欢米奇笑的声音，我想这也是米奇羡慕菲尔的地方，他能说会道，非常有魅力。大家都敬佩菲尔，这让他觉得生活中最需要的是一个漂亮的外表。"她透过眼镜片凝视着弗兰克。

"你不是那样的，对吧？"

弗兰克笑着摇了摇头，"我没想太多，不然就不会穿这裤子了。"

艾琳笑了起来，"确实像是过上了好日子，就像我一样。"她又看了看照片，脸色一变。"可怜的菲尔，他做得够好了，我很高兴我最后找到了很好的结婚对象。"

41

菲尔
二〇〇九年二月

视频短片结束，门打开，两位嘉宾边向观众挥手，边从干冰云中走出来。菲尔热烈迎接他们，并引导他们到台前。他搂着嘉宾的腰以保持稳定，往正确方向引导。他的动作很轻，只是一个引导性的动作，观众鼓掌呐喊。他看到黑暗中涌动的人群，有几个横幅在舞动，一些观众站起来鼓掌。这两位嘉宾是观众最希望能赢的人。当他冲着摄像机微笑的时候，突然闪过一个莫名的慌乱：他不记得嘉宾的名字，甚至记不得自己的名字，他也记不得这是一场什么节目。还好不到一秒，他就恢复了自制力：嘉宾是简和托比，自己是菲尔·史密斯威，这是周六晚的《两人游戏》节目，有一千一百万的观众。

透过简的雪纺衬衫，他感觉简正在小幅度颤抖，带着些恐惧和兴奋的痉挛。他经常觉得，对待一个普通老百姓，就像对待一匹马一样：因为容易受到惊吓，所以需要谨言慎行。她正在酝酿足够的热情来带动整个播放室。菲尔将计分签给他们两人。

"现在是你们两个的时间了。刚才我们看的影片很有趣。"观众呐喊起来："托比你究竟在干吗啊？金枪鱼和熏肉？那是哪种三明治呀？你是不是想把可怜的简抛在一边不管？"

托比似乎有点遗憾地摇了摇头，观众大笑。

"我只是想创新。"

菲尔故作呕吐状，对着人群说："创新？这话会让大家吐的。"观众开始发出唏嘘声和笑声，菲尔无所谓地耸耸肩。"不，我是认真的。托比、简，感谢你们的精彩表现。女士们先生们，他们棒吗？"于是雷鸣般的掌声响起来。"你对简的表现如何评价，托尼？"

托比的表情很严肃，"菲尔，只是玩笑。我很尊重这里的女性。"掌声再次响起，"这里的女性，"他努力想听清人群的呼声，"这是个奇迹！"观众情绪很高涨，他等他们平静下来。"我不知道怎么样经营自己的三明治店。菲尔，你我都在电视台工作，我相信我们有时候都会觉得压力很大，但这种压力没有二十个大胃王正排着队等饭吃的压力大。"

菲尔没有说什么，他只是向观众扬了扬眉，就让观众情绪又一次高涨起来。

托比继续谈论三明治，菲尔仔细看了看托比的脸。他很羡慕托比的肤质那么好，很想知道他使用什么护肤产品。肤色如此完美，菲尔觉得这是一种加州秋天的颜色，这让他觉得自己的加勒比焦糖色外表显得廉价而且过时。托比把自己的眉毛也处理得很好，菲尔记得几年前在一个儿童节目上第一次见到托尼。他是一个外形挺不错的小伙子,但他从那时开始就很努力工作,或者,有人在他身上很努力,他现在已经被打造得很完整。头发之引人注目,对此,菲尔最少用四种不同的语气念叨了四次——的确非常漂亮。

他转向简说:"那么,太太,你怎么样?前一分钟,你还在批发囤积的卷心菜,后一分钟你就成了主人以及检测女主人的线索嗅探器。你换工作前,我是怎么跟你说的?我很明确地对你说过什么?"

简咯咯笑了,"你告诉我不要过于优秀。"

"没错。我是告诉过你不要过于显眼,省得我们这些人看起来很不专业。简,你真让我失望,你怎么能这样做呢?"

简笑了,并开始讲述她那激动人心的一周。菲尔觉得,作为一个普通百姓,她的外形还不算差,但跟托比却没得比,她缺乏保养一眼就能看出。她的皮肤暗淡,尽管化妆了也难以弥补她眼睛以上的鸡痘疤痕。他看见她耳垂上有三四个已经闭合的耳洞,是十几岁时打的,由于疏于呵护而留下小小的痕迹。她很有亲和力,观众已经在心里接受她了。

节目的结尾,优胜的队伍将选择一家慈善机构捐赠所得的奖金。菲尔站在银行支票牌后面,要求为捐赠想一个好的理由。他会认真听,因为这关系到这笔资金的去向。他想起他给迈克尔的现金。他在想观众是否会因为这一笔捐赠而热烈鼓掌呢,他们会觉得迈克尔的理由充分吗?

两位嘉宾正感谢对方,并呼吁观众为他们投票。菲尔注视着托比的一举一动,感觉时间过得很慢。他能感觉到一千一百万观众正关注着他的每一处皱纹、年龄斑、已经花白的头发。他感觉自己的裸体正被高清晰度等离子电视在全国范围内进行尸检,残酷的光线照射到他干瘪的身体上,他想尖声叫喊让人把灯关了。不过他没这么做,相反,他转向镜头对大家说:"感谢现场和电视机前的观众。你们是了不起的观众,希望我们下周再见。你们觉得自己比我们的嘉宾还要优秀吗?那么,请记住《两人游戏》。"

他向摄像机挥手微笑,并在心里感谢上帝,这一切马上就要结束了。

42

弗兰克看到当天的菜单，菜名用卷曲字体写在精心制作的羊皮纸上：

烤南瓜和山羊奶酪卷子
百里香炆炖羊腿和烤冬季根类蔬菜
香煎鲑鱼、蟹及香草面包、芦笋、贝类

沃尔特出现在他身边。"来点馅饼这要求不过分吧？偶尔做些鸡蛋和薯条也行吧？我不知道他们是在哪里找到的这些厨师。"

"菜单上写得很好啊，沃尔特——感觉每天都是在高级餐馆吃饭？"

"我不想每天在高级餐馆吃饭。谁想？我又不是赢家迈克尔，我只想每天吃些寻常的食物，我不能忍受这么大肆张罗的食物——要是手上有关节炎，这些可没什么好处。有个星期我花了十五分钟对付两只龙蒿叶黄油虾，最后还是放弃了。要不因为房间里有滚雪球，我会变成皮包骨的。我和营养学家聊到我的菜单，告诉她这不合理，但她只关心营养是否均衡。我告诉她，'我不是吃这些长大的，我不是残忍的法国人。'我又犯错了，她丈夫就是法国人。瞧我这大嘴巴。"

弗兰克笑了。

他们坐在一张桌子旁，沃尔特抖出多米诺骨牌。弗兰克看了看电视，一对穿蓝色 T 恤的中年夫妇欢呼雀跃，他们在"车厢货物销售"以十五英镑买来的一个盘子，拍卖了十八英镑。那个男的高兴得手舞足蹈，大喊大叫。有人换了频道。

沃尔特放下第一块骨牌，"你还记得伦纳德吗？"

"是的。"

"我今天去看他了。"

"他现在怎么样？"

沃尔特摇摇头，"那鬼地方。"

伦纳德现在待在常青之家的"黄金岁月"里。莫林刚搬到常青之家时，伦纳德已经是"援助之手"的一个成员。他将自己视为常青之家各种活动统筹规划和游览的秘书长，用自己的方式让莫林宾至如归。沃尔特的努力无法改变莫林铁石般的决心，让弗兰克看着觉得既好笑又同情。不过沃尔特仍然乐观，"弗兰克，我想我找到了问题的关键。"

"真的吗？"

"是的，确实如此。现在我们已经确定她对前往当地市场、乡村和西部夜晚，或者雄伟的山峰这类的旅行没有兴趣。"

"是的。"

"这些都是我为莫林打造的休闲计划。"弗兰克猜他甚至起草了文件。

"但我已经想到了能让她振作的办法。"

"真的吗?"

"是的,弗兰克,下周六是利奇菲尔德大教堂的拓印之旅,所有的东西都准备好了。"

"好极了,伦纳德。"

"我想就在她那条街道尽头。"

"问题是我妈,她不喜欢人多,她喜欢独处,我不确定她是否喜欢这个主意,但她肯定会为此烦恼。我的意思是,如果她不和我们一起的话,不要介意。她只是不喜欢参加活动。"

伦纳德点点头说:"我知道,弗兰克。一些人喜欢和自己独处,直到生命结束。但是我想你妈妈不是这种人。我想她肯定另有其他情况你不知道。她想参加,只是不知道如何参加。"弗兰克认为伦纳德错了,但是没有吭声。伦纳德笑道:"我会让她玩得很开心的。"

结果证明,莫林的意愿在伦纳德预料之外。当伦纳德建议去索尔兹伯里大教堂的短途旅行时,弗兰克第一次觉察到了不对头。弗兰克说一天来回三百英里可能时间不够。伦纳德却皱着眉头告诉弗兰克他以前常常十五分钟之内就能到达。几个月过去了,伦纳德不知道自己在什么地方,经常以为他已经回到了威尔特郡村——他自小在那里成长,等着妈妈给他带三明治。半年之前在去沃里克的一次旅行中,他与团队走散了,失踪了好几个小时。警方发现他时,他在朝着大熊座双星的方向沿着路前行,并且认为是通向斯通的路。不久之后他搬到了"黄金岁月"。

弗兰克问道:"那里怎么样?"

"和这里一样,一样的装饰,甚至连菜单都是一样的,但是……弗兰克,这难道是我们所向往的吗?人们开玩笑说这里更好,但我不这么认为。"

"伦纳德怎么样?"

"还行,如果给他糖的话,他会很高兴,朝你笑,但不知道我是谁,也不知道自己在哪儿。他又有什么选择呢?一个精神健全的人进去不到一周会完全地精神错乱。有个没有腿的坐在轮椅上的老家伙满脸怒气,嗖嗖地移动轮椅,几乎能把我推倒,他像条鱼一样穿过房间,几乎要撞上墙的时候,在镜像门前突然刹住了,然后对着镜子里的自己开始高喊:'滚出去,你这个家伙!'这些让空气也变得忧郁了。他不知道那是他自己,弗兰克,他认为是一个坐轮椅的怪老头挡住了他的路。最后护士把他推走了,但是他依然在骂。

"之后在我们旁边的一个老妇人开始哭泣。我走过去说:'亲爱的,不要哭了。没有那么糟糕。'但她看着我,她脸上的痛苦你从未见过,就好像她失去了所有的东西、所有的人。她的状态很不好,一直在哭号。这时一位护士过来,一个菲律宾女人,我不知道她的名字。她说:'怎么了,伊娃,今天不是哭泣的日子,今天是微笑的日子!'她拿起那女人的手轻轻地摇晃,就像在哄一个婴儿一样说,'是的,今天是微笑的日子,我们一整天都要笑。今天不是哭泣的日子。'然后怎么样你知道吗?"

弗兰克摇了摇头。

"她不哭了,"沃尔特的眼睛湿润了,声音哽咽,"完全不哭了,她开始笑,一个大大的微笑,上帝!弗兰克。"

弗兰克不知道说什么好,他们一直在沉默。

过了一会儿弗兰克发现沃尔特在微笑。

"有一天你妈妈说她非常喜欢海。"

"是吗?"

"嗯,这就是我们的共同爱好之处,很有趣,尽管我们离海很远,但心中都有这个向往。"

弗兰克开始为自己辩护道:"只要她想去大海,我就会带她去,但她从未说过她想去看海。我的意思是说,我是经常会问问她她想去哪儿的。"他在想是否邀请沃尔特一起去,他还不确定,是否现在这样就可以认可他和沃尔特之间似乎正在发展的友谊了。最后他还是决定不邀请他,他妈妈这边都没有确认,更何况是他呢。

过了一会儿,沃尔特又开始说:"你知道吗,一直以来我的感受都是一样的。"

弗兰克抬起头问:"什么?"

"在心里。我现在七十七岁了,但无论我是四十七岁还是二十七岁,还是与现在的感受一样。在这里,什么都没有改变。"他轻轻拍拍自己胸腔。"这家伙……"他指自己的心脏,"一直都这么愚蠢。"

弗兰克看了沃尔特一会儿,回答道:"我想这是个好事,不是吗?"

沃尔特笑着说:"是的,弗兰克,我想是的。"

43

他们站在楼梯平台上,中间隔着一个梯子。

"你确定你想来这儿和我一起吗?"

"是的,我来帮帮你,妈妈说你不知道什么该扔什么不该扔。"

"你妈妈可不该这么说,我知道要扔哪些破烂的不想要的东西。你妈妈专爱扔那些好的、还能用的东西。莫,那可不是美德,那是精神有问题,她一直在扔我的衣服——都是些很好的衣服。"

莫没有作声,她上一次帮妈妈打扫过弗兰克的衣柜。她记得,他们找到了弗兰克的一个长袖运动衫,看到上面小狗的图像时他们都大笑不已。

弗兰克抬头看着阁楼的门说:"因为你从来不喜欢住在这儿。"

莫的眼睛骨碌的转了一下,回答道:"爸爸,我那时还是个孩子。"

弗兰克点点头说:"你现在不怕这些东西了,对吧?"

莫用力摇了摇头。

"你这几年没来这里怎么知道你不会害怕呢？我还记着，莫，上一次你坚持想上来看看，结果我们上来了，可你不喜欢这里，你还记着吗？我可不想再重演一次，我们可没法让你静下来，在伯明翰的人都能听到你的尖叫声。"

莫啧啧道："爸爸，你太夸张啦。"

"我可没有，我绝对没有夸张，你还记着是什么东西吓的你吗？"

莫耸耸肩表示不知道。

"记得挂在衣架上的大衣吗？你觉得是一个人在上面挂着。"

莫微微一笑，弗兰克知道她现在已经忘记大衣那件事了。他看她抿着嘴。

"那么，最后一次问你，你确定你想上去吗？你没有必要去，我能够自己清理干净。"

莫点点头。

"你确定吗？"

她又点了点头，但是她脸上还是一副犹豫的表情。

弗兰克开始上梯子，他回过头来问："我先上去把外套拿回来怎么样？"

莫耸耸肩表示无所谓，但是当弗兰克看着她，扬了扬眉毛，她大笑起来，迅速地点点头。

弗兰克爬了上去，在想大扫除是否有必要。房子还在出售过程中，但是过去这么长时间，他始终不相信他们最后会离开这座房子。买者是个律师，一家人迁至这个地方。他们对房子的兴趣和之后的报价让弗兰克和安德丽亚措手不及。长久以来,对于他们更喜欢住在哪里的种种考虑,一直都只停留在理论上,可现在,到了必须找到新地方住的时候了。

他把大衣从衣架上拿下来,然后让莫上来。他们站在梯子的顶端,环视周围。头顶上透着亮光,但是莫坚持要带着把手电筒,透过手电筒能清晰地看到一堆堆的东西。

"爸爸,这都是些什么?"

"什么东西都有。"

"好像和我们屋子里的东西一样多。"

弗兰克慢慢点点头,"嗯,是的。"

"这些东西都是从哪儿来的?"

"大多都是我父母房子里的东西。你奶奶搬家时,她只能带很少的东西去常青之家,所以我们把东西都放在了这儿。本来很多东西都要扔掉的,但是还是没扔。我们宁愿拖延着事情不做也不愿立即动手处理。这真不是个好习惯,莫,我希望你没有遗传这个习惯。"

莫又耸耸肩。弗兰克站在那儿,环视着一摞摞的报纸和成堆的箱子——用脚趾推了推旁边一个手提箱。

过了一会儿,莫问道:"我们该做点什么吗,爸爸?"

弗兰克笑道:"是的,对不起,既然妈妈给你安排了任务,你看到角落里的那堆衣服了吗?那些都是你奶奶的旧裙子,专门参加宴会和其他场合的裙子,还有其他零零碎碎的东西。你妈妈还想着我们可以在网上把这些东西卖掉。有的物品,像酒一样,放的时间越长越有味。你想把它们收拾收拾放进包里吗?"

莫朝着横杆爬了过去。弗兰克转向离他最近的一堆东西,上面盖着落满了灰尘的床单。他拉开床单,下面是一叠文件和总账本。他拿起上面的一些看了看,是从他爸爸办公室里拿回来的文件。

他坐下开始翻阅这些文件。首先映入眼帘的是罗姆贝斯大厦的素描画,一些早期的原型与最终定型的结构图迥然不同,这些图都采用了不同的设计方法。许多画纸的留白处都留有弗兰克爸爸注释的笔迹。这些图像能把工程追溯到早期的概念草图,一直到最终定稿的设计图,图纸如此之多,如此不同,以至于弗兰克在翻看的过程中出乎意料地发现草图很快就看完了。他想象这些草图从开始实施一直到大楼的竣工。那些模糊的人物的脸和衣着逐渐清晰,手提袋装着午餐,随着时尚不断改变的轮廓。一幅草图画着一个滑滑板的人,常在工作之余的闲暇,沿着入口坡道滑行。之后的图纸展示了因不恰当改造而显现出来的外部装饰的忽视。再之后的一幅图是办公室职员正在从箱子里搬出马尼拉纸文件夹和盆栽。接着是一些图画,上面有空旷的大楼,在楼前行驶的公交车,飘落的树叶。而杰西博挖掘机就像一只恐龙一样,大口大口地吞噬着大楼,大楼逐渐变成了碎石、灰尘,最终变成了现在这个样子:一块空旷的空地。

弗兰克看着一堆堆图纸和记有他父亲所有工程的笔记本。在这个布满灰尘的阁楼上,所有的故事在这里停止了,在这个美好的开始中结束了。

莫的声音从屋顶的另一端飘了过来，"爸爸，奶奶真的穿过这些裙子吗？"

弗兰克眯着眼睛盯着一个架子回答道："是的，她真的穿过，我们还有她穿着这些裙子的照片呢。"

"爸爸，它们就像在外太空穿的衣服。"

"那是六十年代的衣服，有点像未来派的风格。"

"但是奶奶不是未来派，"她停顿了一下，"她是完全的过去派。"

"那是因为人会变老的，莫，当你年轻的时候，就生活在未来中，当你老了之后，会生活在过去中。"

"我生活在现在中，爸爸。"

"对，我知道，这样最好。"

"爸爸，我能留着这个裙子吗？"莫举起一个短的银色的 A 字形短裙。

"我想我们应该扔掉这些东西，对你来说不是有点大吗？"

"我穿上它，肯定是个笨拙的机器人。"

弗兰克耸了耸肩："那样的话，你就好好保留着吧。"

他转身看着这一堆文件，想图书馆是否对他父亲的文件感兴趣。或许图书馆会有那些不复存在的建筑物的详图，等待着某一天会有人建设与之前相似的城市。逝去的建筑将会重现在人世间。

莫收拾完衣服之后，走到阁楼另一个角落。她拉开了一条满布灰尘的床单，惊呼一声，弗兰克听到了，转身发现莫置身于一片灰尘中。莫忍住喷嚏说:"爸爸,快看这个!"

弗兰克开始向她走过去。

"是你的旧玩具。"

弗兰克皱着眉头说:"不是,我的旧玩具都没有了。"

他走到她那里,看到了她看的东西,"噢,那是……"

"你小时候把小玩具人放在大街和这些大楼里吗?"

他笑道:"我的确干过,但是我不应该这么做。"

"为什么不能?"

"这不是我的,莫,而且,它不是玩具。"

莫又看了看说:"噢,是个城镇的样子。"

"嗯,但这不是玩具,而是建筑模型,是我父亲的。"

"他不让你玩吗?"

弗兰克大笑道:"是的。你不能动他的东西,莫,你不能碰它。当然,我动了他的东西,只有他出去了或者是你奶奶去了别的地方的时候。"

莫慢慢地绕着模型转,"那么,这是个真实城镇的模型吗?"

"是的。"

"这个城镇还在吗?"

弗兰克盯着这个模型,陷入沉思。他还记得小云曾站在最高的大楼顶端。

"爸爸?"

父亲去世后,他很快地把模型拼好,碎片重新拼好后的细纹几乎看不出来。

"爸爸?"

"嗯?"

"这个城镇,叫什么名字。"

弗兰克看着莫,意识到自己刚才走神,没听见她在说什么。

"你是说这个城镇吗? 叫旧金山。"

44

迈克尔
二〇〇九年十月

埃尔希和迈克尔经常能在电视上看到菲尔，一般是在周六的晚上。电视上的菲尔容光焕发，牙齿和眼睛像玻璃一样在灯光下闪烁，一群光鲜亮丽的助手环绕着他。但是对于埃尔希和迈克尔来说，菲尔还是以前的那个菲尔——那个头上抹着油，想成为史都华·格兰杰①的小男孩。埃尔希总是对迈克尔说："你应该给他写信。"迈克尔听后总是点点头说他会写信的。

他依然还记得菲尔的婚礼。迈克尔认为他不是伴郎的最佳人选，他原以为菲尔会选一个比他更合适、更擅长辞令的人。菲尔却告诉他，他不在乎这些，他希望一个在他一生中最恐惧的时刻能照顾他的人来做他的伴郎，而迈克尔经常照顾他，所以他依赖迈克尔。迈克尔觉着很搞笑，因为他一直觉得其实是菲尔在照顾他。

---

① 史都华·格兰杰，英国演员。

他想，他们现在的生活应该差不多一样：结婚，工作，搬家。他们很少见面，只是在圣诞节的时候寄张草草书写的卡片，但是新地址弄丢之后，他们就完全没再联系了。其实迈克尔通过电视很容易就能联络到菲尔，但是因为菲尔总是在客厅的电视里出现，所以迈克尔从未感觉到他们失去联系了。

埃尔希有时担心迈克尔太沉默寡言了，但是迈克尔不这么认为。埃尔希能包容他，他不需要其他的人。

迈克尔和埃尔希在恋爱时常会去散步。迈克尔不是个健谈的人，而埃尔希也不会让他感觉他应该一直滔滔不绝地说话。但散步时，他们还是经常交谈。当然他们承认，他们所交谈的内容不是什么重要的事情，只是漫无边际地闲谈，有时聊聊周围随便一个什么话题，有时谈论自己记忆里的东西，或者交流交流他们自己的思想。他们常常会在公园里、在树下、任何他们所想的地方停下来，躺在茂密的草地上，透过树叶看蔚蓝的天空，感觉地球就在他们身下旋转。

埃尔希第四次流产时，迈克尔紧紧地抱住她，生怕她会离开似的。他们相拥哭了许久，他们知道这是最后一次机会。他向埃尔希承诺，未来的生活哪怕就只有他们两个人，也会很好，他们不需要其他人。他知道，埃尔希很难接受，但是对他来说这些都是肺腑之言，他已经拥有了他想要的一切。

即使现在，他也没有感到孤独。他站在喧闹的大街巴士站，没人注意到他。晚上他坐在休息室里听到楼梯吱吱嘎嘎地响。他花大把大把的时间在工作室里制作精密的工具，据他所知，没有人想要这些工具,但他从未感到孤独。他不想参加社区中心咖啡馆的早茶会,不想与那个每月来拜访他一次的年轻的跛脚牧师谈话,也不会回复那些来自学校、邀他参加每年一次的老人聚会的邀请信。

有时候,看着自己的双手双脚,他有点儿不相信它们属于他的身体,不相信大脑会支配它们。看着自己的手把茶包放在杯子里,看着自己的双脚拖向邮局然后再拖回来。他并不孤独,他不需要伙伴。他的埃尔希已经离开了。他的埃尔希永远离开了。

45

　　茱莉亚要休息一周。她说她要去度假,并自信地告诉弗兰克,她只需一个星期就能理清思路,知道在自己的职业生涯和生活中想要什么。她对节目幻想的破灭最近已经达到了极限,当摄像机开机时,与她一起坐在小沙发上的弗兰克能够感觉到在她平静如水的表面下已是波涛汹涌。弗兰克甚至觉得某一天茱莉亚会突然爆发,大发雷霆之后辞去直播的工作。他甚至能想象得到她就像彼得·芬奇所饰演的那个愤世嫉俗的、在节目中公开自杀新闻的播报员,朝着摄像机高喊:"我疯狂得如同地狱中的恶魔,我不会再这样继续下去了!"他承认这只是想象,或许只是他一厢情愿的想法。这不是茱莉亚的风格。

　　茱莉亚不在的这个周,弗兰克与苏西一起主持节目。苏西每天都会穿着干净整齐的针织衫轻盈而自信地走进导播间,利落的头发让她英姿焕发。她对新闻的深入探讨不感兴趣,同样也不想知道记者们到底想要表达什么。她是个主持人,但是对她来说自己只是扮演一个宽慰大众的角色。她能注意到自动提词机上的语法错误,她却绝不怀疑新闻稿中的逻辑性,或许是她觉得不值得这样做。必须承认一点,经历了茱莉亚跌宕起伏的情绪波动之后的这个星期,苏西对于弗兰克来说还是挺有趣的。他与茱莉亚对节目有着或多或少的共同点,比如他们要努力达到的标准,怎样合宜地播报新闻等等,但是要跟上茱莉亚的节奏让他有点吃不消。

到了与苏西合作的最后一天,弗兰克问她节目结束后是否可以喝一杯。

"不了,弗兰克,我要走了。"

"哦,那太遗憾了,我只是想说很高兴能在这周和你一起工作。"

苏西笑了笑,然后摇了摇头。

弗兰克觉察到了什么,"怎么了?"

"没什么。"

"不,到底怎么了?"

苏西看着他问道:"你觉得我很可笑,是吗?"

弗兰克大吃一惊说:"当然没有。"

她皱着眉头说:"你至少可以诚实一点。"

弗兰克不知道回答什么才好。

"人家经常说我是'守旧派',你觉得呢?"

弗兰克耸耸肩自嘲道:"起码不是种侮辱。"

苏西笑道:"我认为是,弗兰克,你和我都清楚这一点。"她抓起她的手提包,穿上衣服,突然停住又看了弗兰克一眼,"能问一下你多大了吗?"

"四十三。"

"我五十了。难道看不出这之间的天壤之别?你在这儿主持一档重要的晚间节目,而我却整天淹没在如雪花般的早晨新闻简报中,在那里根本没有人能注意到我。"

"苏西,没有人把你淹没在那里,是你自己选择那儿的。"

"是我自己选的,四十岁来临的时候,有人给了我很多建议和指导,让我决定去那儿工作。"

"是谁?"

"当权的人,那些提出让我退休的人。你知道吗,我已经在这份工作上耗费了大量的心血,所以为什么不放松一下退休,享受一下应得的休息呢?"

"他们为什么想让你退休呢?"

"得了吧,弗兰克,我已经五十了,我是个女人,男人在这个年纪主持的话还好。男人在我这个年纪还有可能升迁到国家电视台,可以在更多的观众面前开启自己事业的新阶段,甚至还可以娶一个年龄只有他一半大的女孩。但是女人到了这个年龄呢? 在四十多岁的时候女人就应该高雅地离开,然后我们会在 Saga 假日广告或是针对老年人的金融服务中出现,电台里会偶尔出现我们的声音,但是要是在新闻中露脸,谁愿意看呢?"

弗兰克感到震惊,不是因为苏西说的什么,而是因为她居然把这些全部说了出来。他很是惭愧,因为他总是认为苏西没有意识到在这个电视台她多少有点作为陪衬的身份。

"我敢肯定,茉莉亚认为她能替代我,是因为她的新闻正直感、严谨性。有一天你可以告诉她,这些东西一点儿意义都没有。在她之前,我们节目有很多女主持人,她们一开始就是才华出众的新闻工作者,后来成为了率直专业的主持人,但是没有人能撑到五十。"她紧紧地盯着弗兰克,"你知道吗,你脸上的皱纹会增添你的成熟魅力,而我的皱纹会让我失去工作。"说完之后,她就离开了新闻室。

一个叫克莱夫的记者一直站在旁边,显然听到了他们的谈话内容。他看着弗兰克,指着他自己的太阳穴暗示她疯了,"更年期,让她们都神经质了。"

弗兰克移开视线,觉着自己与整个事件的幕后主导者是同谋。

他一直在想苏西的事情,直到口袋里的手机铃声突然响起,吓了他一大跳。他没有看是谁打来的便接了电话。

"你好。"

"你好,西里尔。"

"今天晚上的节目很精彩,做得很好。"

"谢谢。"可弗兰克对节目的事已忘得一干二净了。

"我刚才还在想明天又会有什么事发生呢?今晚我就琢磨琢磨,然后明天一早带点饼干去找你。"

"好吧,等一下,西里尔,我先看一看……嗯,说实话,都是一些重要的事,失业啊,纵火啊,一个奸诈的建筑商骗取了千元的养老保险金啊,还有教区拒收女牧师……"

"等等,等等,弗兰克。关于女牧师有个笑话,你听过那些女牧师在祈祷结束后不会说 Amen 而是说 Awomen,①她坚持让教区居民唱 hers 而不是赞歌。②

"西里尔,这些都是老掉牙的笑话了。"

"是的,是的,我都知道,我只是想说所有事情都是有很多可能性的。就像榨橘子汁一样,只要里面还有一滴,我也会把它榨得一干二净。不用担心,弗兰克,有我呢。我今晚就琢磨琢磨,明天给你三个选择。"

弗兰克倒没有太多担心,等明天晚上节目开播之前,这个事就早给忘了。

"好吧,西里尔,我明天再和你谈。"

"好吧,明天。"西里尔犹豫了一下,"你能认真考虑一下我所说的吗?"

弗兰克的脑子一片空白,"你指的是哪门子事啊?"

"还记着几天前,我碰见了你乖巧的女儿和怒气冲冲的妻子。弗兰克,你真幸运,我欣赏你的妻子。她让我想起了一头老虎,怒火汹汹。"

弗兰克努力摆脱头脑中一只燃烧的老虎形象,"是吗?"

"我想说,我们再见一次面吧,就我们两个。只是和你说说几件事。"

---

① 当祷告结束时,教徒会说阿门,men 指男人,但女牧师或说 Awomen,women 指女人。

② 教区信徒会唱赞歌,而赞歌在英文中为 hymn,其读音与 him,即"他"相似,女牧师让唱 hers,即"她"的意思。此两例为女权主义的例子。

现在弗兰克记起来啦。西里尔说的是某种新的商业机遇。他在考虑是否在西里尔提出见面之前以忙碌为借口搪塞他。"好的，可以。"

"下周一，你做完节目后见，怎么样？我到录音室去找你。"

弗兰克竭力寻找借口。他怀疑应该不是什么商业机会，而是西里尔想释放压力。西里尔想见面的唯一原因是想藉此对往日时光和约翰尼·杰森来一番唏嘘感叹。

西里尔见弗兰克没反应，便说道："哪一天都可以，我都有空。"

弗兰克大致了解西里尔的孤独生活。他想起了迈克尔教堂。他知道与一个需要陪伴的人度过一个晚上是种很大的牺牲。

"星期一可以，西里尔，到时见。"

"遵命，队长。"

46

他们斜靠着车注视着伦威克大厦外部。

"爸爸，编号是多少?"

"你说的是什么编号? 街道的?"

"不，我是说这座大厦在列表里的编号是多少?"

安德丽亚碰了莫的胳膊一下说:"被列入的，并不意味着一定都会显示在表格上。即使要显示，也不是在普通的列表上，它只是以这种方法被保护着，至少现在是这样。"

"但是如果有个列表呢?"

"你指的是什么样的列表?"

"就像……伯明翰的一百座著名建筑，你觉着它能排名第几?"

"这我不知道，莫。或许是第九十九名吧。"

莫急切地摇摇头，"不可能。"她最近开始很喜欢谈论这个话题，"肯定是排在前二十名，最少也得是第十七。"

弗兰克点点头，"嗯，伯明翰的第十七座著名建筑，听起来没有说服力。"

"这有个标牌吗？注明是爷爷设计的？"

"没有，很多建筑在排名单上列出来了，但它们都没有标牌。"

"我不相信，如果没有标牌注明的话，那排名有什么意义呢？"

"这只是在保护这座建筑。"

"那么任何人都不能拆除它了？永远都不能？"

弗兰克停顿了一下说："也不能说永远都不可能，但是要拆除的话确实很难。"

莫看着楼顶说："我想，四百年后，一定会有很多人来这里旅游参观，他们肯定会有一箩筐的问题想问：是谁设计的这座建筑，窗户的形状和艾斯顿大厅怎么这么相似。或许他们还想要爷爷的照片呢。我敢肯定这么多人看到这个建筑会惊叹道：'哇，好伟大的建筑！这位设计师是不是还有孙子或孙女呢。'然后他们会试着想象我的样子，但他们肯定找不到我，因为那将是很久以后的事，而且我很神秘，是个谜一样的人。"

安德丽亚点点头说："是啊，莫，你很神秘，你就是他们以后所谓的神秘人物。"

莫对此很满意。她在前面的大街上走来走去审视着这栋大楼，就像它是自己的故居。弗兰克很庆幸今天是星期天，没有公司职员在这里，否则莫极有可能会收取他们的入场费。

安德丽亚转向弗兰克说："你觉得你爸爸看到这场面会很高兴吗？"

"他要知道七座建筑被夷为平地，大概也不会怎么震惊。"

"至少这一座还在这儿。"

"我不确定这对他有多大的意义。在他晚年,他对个体屋宇建设失去了兴趣。对他来说,它们似乎已经不重要了。"

"人都会从幻想中醒来。"

"不,他没有清醒过来,相反,他比以前更狂热了,只是没有了勃勃雄心。他痴迷于自己设计的新城镇。他感觉自己总是被周边的环境、历史、其他人的想法和错误所限制。他是一切从零开始,一步一步地设计这个新城镇,满脑子都是它。"

"我们该带莫去那儿,她会喜欢的,她会觉得自己像是市长夫人似的。"

"把她带到哪儿?"

"那个新城镇啊,你也从来没有带我看过,达恩利就在伍斯特郡,是吗?"

弗兰克默不作声。

"我已经看过那个模型了,再去看看令人失望的现状也不错。"

弗兰克沉默了几分钟,"现实会比你想的更令人失望,我们可以去参观达恩利新城,任何时间都可以,但是它与我父亲无关。"

"什么意思?"

"他一直都没拿到合同,倒是克莱文合伙企业拿到了。"

安德丽亚盯着弗兰克,"可是……对这件事,你聊了那么多:他对建筑的痴迷,他无休止的工作。"

"好像的确是他建造的。它曾占据了我们的生活,一直。没完没了的会议、咨询和规划申请,他好像一直不断地提交自己的计划,就像是一场漫长的选美比赛,最终他们把范围缩小到我父亲的公司和克莱文合伙公司。在作出最终决定之前,他们还要外出,不断地修改自己的计划。对他来说,这是时间和精力的巨大投入。他从来没像别的父亲一样,围绕在我们身边,他好像完全置身于自己的世界,与我们形同陌路,即使坐在饭桌旁一起吃饭,他的目光也从未在我们身上停留。所以我们不相信这一切会化成泡影。"

安德丽亚沉默了一会儿说:"不过我猜他肯定习惯了这种事,像这种输给竞争对手的事情本来就经常发生。"

弗兰克摇摇头,"对我父亲来说,可不是这样子。他在伯明翰前途似锦,他似乎能得到他想要的任何东西,他都习以为常了。"

"他肯定很难接受吧?"

父亲书房里散落在地板上的城镇模型碎片,弗兰克还历历在目,"是的,我想是的。"

"对于这件事,他肯定念叨了很多吧?"

"他没什么机会了,他一个月之后就去世了。"

安德丽亚惊讶地看着弗兰克说:"天啊,弗兰克——我从不知道……"

他无所谓地耸耸肩,"他们之间可能没什么联系。"

"可很显然你认为他们之间是有联系的。"

弗兰克远望着莫,她正在大楼前面用小树枝戳着水池。

"我不确定,我父亲大概意识到在即将失去重要东西之前应该留下点东西。"

安德丽亚伸手紧紧抓住了弗兰克的手。

"我最近一直在想,我为什么会试着挽救这栋建筑。他的建筑如果真的都消失了,那又与我何干? 许多人都死了,没有留下丝毫痕迹,就像迈克尔·丘奇。但是当你轻抚着这些建筑的表面,你会发现有人知道他,有人对他意义非凡,有人因他而深受影响。他留下了印记。另外一种情况是像我父亲那样,逝后留有有形遗产的人。那是他在世间生活的切实证据,但是如果他的建筑物都消失了,他还会留下什么呢?”

安德丽亚蹙起眉头说:“起码,他有你。”

“是的,可是他一直忽视我……还有我妈妈,很早之前他就厌烦了我们。他总是关注未来,从来没有真正跟我们同处一室,与我们一起生活过。即使你把他的工作以及跟工作有关的话题都抛开,他还是会不知不觉地回到他的工作上来。”

莫朝他们走了过来,她笑容四溢,好像她是这座大楼的主人。

弗兰克朝她笑了笑,继续对安德丽亚说,“我从未真正了解他,就像这座大楼也从未让我知道更多。”

47

菲尔

二〇〇九年三月

　　这是他在公园跑的第二圈，汗水顺着背脊往下滴，肾上腺素激增传遍全身。他的眼光扫向周边的灌木丛，肌肉有节奏地抽动着。他的大脑就像一个自动收报机，不断出现着：现在，现在，现在。

　　他努力不去想米歇尔，努力不去想昨晚她温软的身体，早晨离开时她的微笑，但是他却一直在想念。他最近一直隐藏着自己的绝望心情——紧紧地抓住她的手，专注的神情都能吓着她。昨晚，他以他们的结婚纪念日——一个简单却真诚的纪念日为由，告诉她，她是他的一切时，她露出了几周以来的第一次笑容和轻松。之后在家里，她看他的眼神让菲尔确信在她心里他还是原来的那个他——至少短时间内他还是。

　　他无数次地看他的表。现在，或是现在，或是现在……到底是什么时候？迈克尔在哪儿？一只狗突然从灌木丛中窜出来，菲尔惊呼了一声。他稳住呼吸，直到安之若素，任何事情都在控制之中。

　　早上他向她吻别时，他没有逗留，只是扫了她一眼。她只是微微一笑，菲尔轻抚她的头发，轻轻地说了声："保重。"

　　菲尔知道，即使这么多年过去，米奇还是个值得信赖的人。他身上有种东西永远不会改变——独立的个性，这是菲尔一直羡慕的品质。米奇懂菲尔，他知道菲尔的弱点，他却可以为他去做任何事情。就是现在，米奇也不会让自己失望的。

48

弗兰克喝茶时吃了块饼干。这只是块普通的粗粮饼干：除了削价出售，别无其他激起人们兴趣的东西。

他母亲坐在扶手转椅上紧紧地盯着他看，"好吃吗?"随即她又盯着饼干。

"是的，挺好吃的。"

"噢，我希望我也能吃饼干。"

"你为什么不能吃呢?"

"它们都太甜了。"

"所以你不喜欢吃?"

"不是，"她伤心地说，"我从来没吃过。"

弗兰克抿了一口茶。他觉得母亲忧郁症的诱因有无数种，仅仅是看别人吃一块饼干都能让她陷入莫名的忧伤之中。

他注意到房间被重新整理了，这还是第一次。

他想起来了，放在书架上的一摞书被动过了，挂在门后的一堆衣服也瘪了下来。

母亲觉察到他在到处看，便说道："哦，我最近在整理东西，把垃圾清理出去。"

弗兰克不悦道："你在这儿也没什么东西——你哪儿来这么多的垃圾？"

"这些乱七八糟的东西逐日增加，上面堆积着许多灰尘，让整座房子增添了一种破烂不堪的感觉。"

弗兰克环视着阳光斑驳的房间。母亲做这些，不可能像她自己说的只是打扫卫生那么简单，一直以来都是如此。厄运、死亡、衰落之类的词一直都陪伴着她，她就像一个永远被锁在哥特式建筑里的青少年。"安德丽亚忍受不了杂乱，搬家正好是给她大扫除的机会。我害怕每天晚上回来有什么东西没了，连我也可能会被扔掉。"

母亲端详着他说："弗兰克，你是个储物狂，从来都不扔任何东西。"

"我要扔也是扔我不想要的东西，而不是值得收藏的纪念品。"

"是的，任何东西都对你有纪念意义，每件东西都会勾起你的回忆，任何事情你都牢牢地记在心里，这样太累了。"

弗兰克无所谓，无论她的动机如何，他其实为母亲的活力感到高兴，这是她多年来第一次对外界事情感兴趣。他注意到窗台上的花瓶里插着鲜花。

"那些花很漂亮。"他说。

"那些吗？是很漂亮。"她并不打算告诉他这些花是从哪里来的。"搬家的事准备得怎样了？"

"嗯,很好,莫很兴奋,她自创了用多种色彩标记打包的方法,不让我们插手,她说她都准备好了。"

莫林微笑着说:"住在城市里她会更开心,她很活泼,不能只待在一个地方。"

"我想我们都会开心。我们不适合乡村生活,起码我不适合。"

"是的,那里没有这里的乱七八糟,没有你过去的回忆。"她犹豫了一下补充道,"我一直在思考你搬家这件事。"

弗兰克听到这话觉得很奇怪,他有种感觉,感觉自己和家人都猜不透这老太太在想什么。在他们的生活中,她总是显得格格不入,她不知道莫的年龄,她始终认为安德丽亚还在做十五年前的工作。他等着她继续说下去,但是她什么都没说。

"为什么这么想?"

"你再来这个地方会更不方便了,不是吗?"

弗兰克从未想到母亲会担心这件事。她一直在让他不用惦记着她,其实她害怕弗兰克会真的忘记她。

"其实,没有什么——只不过多了三十英里而已,我们还会过来看你的,就像现在一样。"

她盯着自己的手说:"不,我不是那个意思,我不担心这个,你是知道的,我从不担心这些。相反,我在想,我们离得太远了,尤其是对莫来说,我不希望你们时常来探望我。你每周来两三次,我很担心你来得这么频繁。你肯定要有自己的时间,有自己的事情去做。"

弗兰克猜不透母亲的想法。她经常打亲情牌,而现在却有点莫名其妙。

她的声音更加平静,"你搬走了,我在哪儿就无所谓了,是不是?我没理由住在这个特别的地方,如果我不担心你的话,我就能在我想待的地方生活。"

弗兰克被弄糊涂了,他不知道说什么好。"担心我们来拜访?我没想到我们会给你造成困扰,我们也绝对没有这个意图。"

"其实我不是那个意思,我只是担心,你会因我担负太多的责任,我不想成为你的负担。"

"我告诉你很多次了,你不是我的负担。"

"或许我会让你少承担点儿,这可能是个机会。"

弗兰克看着母亲,"妈妈,我真不知道你在说什么。"

莫林深深地吸了一口气,"事实上我在想,我也想搬家。"

"什么?你想搬家?回到你自己的小公寓里吗?这是什么主意啊?"

她迫不及待地回答道:"不,不是我那个小公寓,我可不愿自己做饭,打扫卫生,为那些账单而烦恼,我是指另一个地方。"

弗兰克感到不安,"这儿发生了什么?你和这里的人有什么问题吗?"

"没有,当然没有,我只是想换一下环境。"

弗兰克面带不悦道:"行了,这都一样,我们会回来看看这儿的人,或许会有新人搬到这。"

"我不想住在这儿了,这才是关键,我想换一下环境。"

"你想去哪儿?"

"南海岸……"她停顿了一下，"或是东海岸，西边也行，但北边不能，我受不了寒冷，我想在南边的话，你去会比较方便。"

弗兰克看着她问道："海边？"

"是的，弗兰克，海边，这不奇怪，我一直都想住在海边。"

弗兰克摇摇头说："为什么人们都这么说？你从来没有告诉过我。"

"不，我肯定说过，你可能没听进去。"

"可这肯定要折腾一番。"

"没什么可收拾的，我最多有两个包，我马上就收拾好了。"

"但是你是自己一个人，你在那里没有认识的人。"

莫林静待了一会儿说："如果说我有认识的人在那里呢，你是不是不会太担心？"

"妈妈，你认识谁？你和你的朋友都失去了联系。"

"或许，这儿也有人想搬家。"

"这儿的人……"弗兰克恍然大悟，"沃尔特？"

他母亲转移了视线，"是的，沃尔特好像也想搬到海边去。"

弗兰克盯着她几秒钟，"你和沃尔特已经决定一起搬到海边了，你为什么不直接这么说呢？"

"噢，弗兰克，我不认为我说的方式很重要。"

弗兰克暂时无法集中精力思考其他可能性。母亲的想法——为未来做积极的打算，开始一段恋情，对生活充满兴趣，这些对他来说都难以接受。他的第一反应被其挫败感所代替。

"因为……我不知道，这不坦诚，如果你和沃尔特是朋友，那很好，我很高兴，但是你为什么不直接说呢？你觉着我会不同意吗？"

莫林没有回答。她走到窗户旁边，望着窗外的花园。过了很长时间她才说话，"我和你父亲结婚的时候，我很为你父亲自豪，我逢人便谈论你爸爸，就像他是我的财产，'我的丈夫'——这种称谓暗含着一种所属关系，不是吗？我没想到之后我们没有拥有任何东西，尤其是我们的好运，它悄悄溜走的时候，我还傻傻地在那儿等。和你在一起我没有犯这种错误，我从未吹嘘你的成就，我不想让别人听到后想煞我的傲气。期待着最坏的结果或许是保护自己的最好的办法——这样就可以伪装自己。就像我做过的那些事情，我都不知道我做的是对还是错，我怕这是难以改掉的习惯。"她回头转向弗兰克，"可我知道我现在已经厌倦了住在这里，我不想再住在这里，我需要呼吸新鲜空气。"

49

他们在市中心的运河旁会合，几分钟后他们就把咖啡馆和酒吧甩到了身后，在工厂和仓库的影子下沿着纤道走着。

"我希望你不会介意在户外见面。"

"不，挺好的。"

"弗兰克，这就是我现在的生活，像流浪汉一样游走于公路和小巷中，只有这样我才能吸支烟。他们把我们当成麻风病人一样，对我们的经济困难不管不顾。大家成天没完没了地抨击中国的公民自由，但早晚有一天我宁愿跟他们换个位置，那里的人至少热爱他们的辛劳——再多也不够。你知道吗，如果我可以随意吸烟的话，即使让我站在正向我靠近的坦克面前也在所不辞，如果可能，这将是多么两全其美的事。"

弗兰克在想，这个晚上是否要演变成西里尔·维克斯之夜——以这个男人以及他的思想为主。

西里尔觉察到了他的想法，"弗兰克，真的非常谢谢你能来，我真的很感激，我知道你很忙。"他开始向纤道的长凳椅走去，"坐下聊好吗?"他又点了一支烟,弗兰克注意到他的手在颤抖,"我们就像是一对男同志,不过没事。"他深深地吸了一口烟,"你知道这个地方到处都是同性恋,是吧? 自从禁烟令颁布后,我知道了很多关于同性恋的事情。如果沿着运河游荡,会有一些家伙过来搭讪,问你时间,或者在桥底下看着你。我都称他们为鬼鬼祟祟的男人。很遗憾我没有这种倾向,但这起码让我在外面的闲逛有点收获。 箭双雕。'需要点火吗?''我得到的可不仅仅是伙伴。''噢……'"

弗兰克打断他道:"西里尔,你到底想说什么?"

西里尔长吁出一缕烟,"我是来坦白交代的,弗兰克,我应该向你道歉——根本没有新的商业机遇这件事。很抱歉让你希望落空了——这可不是个好玩的玩笑。"

弗兰克做出很失望的样子,"哦,我知道了。"

西里尔没有继续说下去,弗兰克只好提醒道:"你还想谈论什么特别的事吗?"

西里尔凝视着水面说:"写稿,是个有趣的游戏。"

正如弗兰克所怀疑的,这将是一个缓慢的追忆之旅。他计算着要等着布莱斯·斯帕科夫的登场要多长时间。不知道为什么,他发现自己其实已经不在乎了。坐在长椅上,看着运河上漂浮的碎片,倾听着西里尔对过去的回忆,会起到莫名的镇静作用。

"尤其是为他人撰稿,自己就好像是个隐身人一样,你存在的唯一证据,是在别人偶尔播报的你所写的稿子里。"

弗兰克蹙眉道:"什么促使你这么做的?"

西里尔大笑一声:"肯定不是为了钱,我猜大概是很高兴能看到电视节目在播我写的稿子,证明我的存在,人有时候需要这个。有时,生命的其余部分似乎都不真实,让人觉得可笑,不过也只有在我听到你这么说的时候才感觉到的。有时我几乎遏止不住想给你打电话,告诉你更多东西,让这一切变得有意义。想象一下这则新闻:'号外,号外,西里尔·维克斯今天去图书馆了。'"

弗兰克微笑着说:"这就是你想说的?西里尔的突发新闻?你今天洗车了吗?"

西里尔转移话题说:"你是菲尔的好朋友吧?"

弗兰克有点儿措手不及,"菲尔吗?是的,应该是。我们虽不是走得特别近,但彼此经常保持联系。"

西里尔点点头说:"菲尔和我没那么亲密,尽管我们一起走过了那么长的一段,但差不多还是你说的是那种工作关系。他是荧屏上的红人,我是幕后的隐身人。没人知道我的角色,多数时间我很享受这种状态,但是偶尔有别人的认同也很好,让别人知道你起的作用……至少要告诉别人……"

"西里尔,你没有必要告诉我,我知道你为菲尔,还有其他人——杰基所付出的努力。"

"是约翰尼,是大约翰尼·杰森。"

"对,就是他,还有其他人……当然还有我。"

西里尔咬了咬下唇,然后说道:"如果我告诉你菲尔的死不是个意外,你会怎么想?"

弗兰克皱着眉头说:"我会把它当玩笑。"

西里尔摇了摇头。他的烟吸完了。弗兰克耐着性子看着西里尔把所有的口袋都摸了好几遍,直到在长椅上发现了他落在上面的打火机。他点燃另一支烟,长长地抽了一口之后终于开口说:"我之前告诉过你,是吧?在他死之前我碰巧遇到了他,就是他死之前的那个晚上。我当时在伦敦赶工作,然后在牛津广场附近的旅馆酒吧喝酒,他也在那里。他穿得颇为破旧,见到我就像是失散多年的亲人一样,执意让我和他一起喝一杯,还给我买了双份烈酒。我们开始谈论以前的时光,但他总是会转到令人消沉的话题:年老,衰退,羞辱,死亡,忧愁。说实话,这些话题都很让人伤感。我暗想:'要记住——将来要避免和菲尔在社交场合中喝酒。'"西里尔勉强低笑了一声。

弗兰克想起米歇尔告诉过他的话,还想起与菲尔单独见面的最后谈话,但他什么都没有说。

西里尔继续说道:"就当我觉着情况不会更糟时,他却告诉我说死亡是他唯一的选择。"

"他为什么会告诉你这些?"

"有些事情,总是发生在错误的地点、错误的时间,这就是我的人生,弗兰克。我可能有很多次机会可以偶遇菲尔,但偏偏在那个晚上遇到了他。他喝醉了,急需向一个人袒露心声。我第一眼看到他,我就想告诉他菲利普王子和波兰女佣之间的趣事,我知道在这种场合说这些话不适合。"

"那你说了什么?他是自杀吗?西里尔,他只是喝醉了。"

"是,也不是,他是喝醉了,但他不是自杀。"西里尔犹豫了一下,"至少自杀这个词不合适。"

"什么意思?"

"他自杀过,他尝试过自杀,但自己下不了手。所以他才会想起这个计划。"

"什么计划?"

"雇人杀自己。"

弗兰克盯着西里尔,开始有一种很不安的感觉。他宁愿相信西里尔疯了,然后对他慈和地点点头,幽默地跟他开开玩笑,然后赶紧回家去,让自己对此变得理性而坚强。但是他不可能这样。他迟疑了一下才问:"他雇了谁?"

"和他一起服兵役的人。"

弗兰克闭上双眼,不知为什么,他总是有一种感觉:那人应该是迈克尔·丘奇。

西里尔转过头看着他说:"天啊,真该死,弗兰克。如果你以前听说过什么,那我就什么都不说了。"

"请继续。"

"是的,迈克尔,那是他的名字,失去联系多年之后他们又见面了。很显然,迈克尔的妻子得癌症死去不久。他告诉菲尔,最后埃尔希饱受病痛的折磨,让人无法忍心看下去。菲尔同情地听完之后就要求迈克尔杀死他。"

弗兰克抱住自己的头,"天啊!菲尔。"

"这个迈克尔,很显然枪法不错,在军队的时候曾经是个神枪手。菲尔有个疯狂的想法,让迈克尔在大街上朝他走过来,然后用服兵役时的左轮手枪杀死他,再转身离开。就像是之前电视节目主持人吉尔·丹多的死法一样。这又会成为一桩悬案,迈克尔不会因此受牵连,菲尔也如愿以偿,米歇尔也永远不知道真相,他最担心的就是这个——不能让米歇尔知道真相。"

"他付给了迈克尔两万美元?"

西里尔又望了弗兰克一眼,"你听说过?"

"不,我只是把一切都联系在了一起才想到的,你接着说。"

"迈克尔不想要钱,菲尔说他可以把钱捐给慈善机构——他妻子去世的那个临终关怀医院。他把钱寄给了迈克尔,迈克尔无法拒绝。菲尔告诉他埃尔希在临终的时候疼痛难挨,难道他能忍心看着菲尔也与埃尔希一样遭受病痛摧残吗?别说菲尔一直都靠sod①延缓衰老,可是……他很有说服力,而且迈克尔是他的老朋友,所以最后迈克尔还是答应了。"

弗兰克挪开视线,凝视着水面上的油层。他努力压制住积郁在胸口那震惊的笑,强忍住在眼眶里打转的泪水。他应该很生菲尔的气,因为他的愚蠢,他的自私,但他没有生气。现在他只是感到伤心。尽管很是惊愕,但他还是相信这是菲尔的做法。他很容易想象到菲尔对慢慢等死过程的恐惧,他也能想到菲尔对迈克尔的劝说掷地有声、他在争论中的不折不挠,还有他们一起分享过的种种。他想起艾琳提到过迈克尔,提及过迈克尔的强大和菲尔的软弱。他知道埃尔希死后迈克尔的生活很不好过。他脑中不断闪现迈克尔的那双眼睛,他是菲尔忠诚、坚定的朋友,一个可以为菲

---

① Sod,一种抗衰老超氧化物歧化酶。

尔做任何事的朋友。

西里尔目不转睛地望着运河。"要杀死自己的朋友并不是一件简单的事,迈克尔失约了三次。到了约定好的日期和时间,迈克尔会出现,但他无法开枪,因为菲尔的离开会让米歇尔的生活痛苦不堪。但他依然没有放弃,因为不这样做的话,结果只会雪上加霜。

"我碰到他的那天是第四次计划实施的前一夜,菲尔说他将会沿着他家附近的小路跑步,迈克尔说这次能行。"

弗兰克的脑中突然浮现出纸条上迈克尔倾斜的笔迹,"下周我不会在那里。"迈克尔醒悟过来,但菲尔没有接受。

"菲尔想到即将发生的事情,既高兴又害怕。他一直在说'十点半准时,所有的一切都结束了,西里尔,都结束了。'我实在是无法承受,弗兰克,我一点儿都不想知道这些事情,结果菲尔告知我第二天他会被杀死。我失去了耐心,我告诉他要振作起来,想想他这一生都被幸运女神所眷顾,我劝他不要再喝下去了,回家找他的妻子。最后我自己离开了,他还在酒吧里。

"在回家的路上,我试图想别的事情,编一些笑话来忘记所有的一切,但是菲尔的话在我脑海中一一闪现。回家睡觉前我又喝了几口。第二天黎明时分,我睁开眼了但还是宿醉未醒,我想的依然是菲尔。不知怎的,那个家伙让我寝食难安。我知道我不能坐视不管,我必须做点什么。

"我试图打电话给他,但总是接通到语音信箱。我想'好吧,你看,我试过了。'但这只能让我安稳两分钟,不久之后我又开始担心，'你应该去看看他，和他当面聊一聊。'最后，我只能向自己妥协，开车去了他家。

"他家路途遥远，到他家的时候是十点十五，打电话还是没人应答。我只有十五分钟的时间。我绕着小路转，不知道要去何处。这些小路弯弯曲曲就像是迷宫一样，两边都是望不到边的灌木丛——可恶的幽闭恐惧症，我的头开始疼了，还好有一瓶尊尼获加①在旁边的座位上，这比扑热息痛有用多了。

"当我开车绕着转时，我脑子里不断排练我将要对他说什么。他可能会步入迟暮之年，优势尽失，贪图安逸——但每个人都这样，不是吗？我的意思是这些都是每个人都要容忍的。除了这些，他还有什么好抱怨的？事业有成？听众忠实？家有娇妻？我想告诉他，还有比这更糟糕的生活方式，非常糟糕。设想如果这一切他都没有——没人求着他做另一系列节目，没人会加倍薪酬聘用他在电视网工作，没人回他的电话，没人记住他的名字……那会怎样？再设想一下这种生活：没人买他的账，女人对他不理不睬，男人不会请他喝酒，他的一生只能宅在他睡觉的屋子里工作。"他停顿了一下，"或许那时他才会恍然大悟。"

他又点了一支烟，直到快吸完的时候才开口说："我在一个拐弯处，看到他在不远处的前面，穿着鲜红的运动外套，就是他。我一踩油门，追上他，我看了一下时间，已经过了十一点了，这个迈克尔又失约了。

———————————

① 尊尼获加，一种威士忌。

"那时我真的感觉到我了解他的痛楚。可怜的菲尔,可怜的家伙,又要面对一个见鬼的早晨。你能想象得到吗?苍白的光线在窗帘下渗出,哭泣着爬上你的枕边。或许他日他可以喝尊尼获加买醉,借酒消愁愁更愁,不是吗?有时,一切都可能始于糟糕的一天,也会在糟糕的一天结束。你能明白吗?你经常又不清楚坏日子何时才能结束。我离他越来越近,我现在看他看得很清楚。他看起来心烦意乱,这次,又失望了,你可以想象得到他的感受,就像一只苍蝇一而再、再而三地撞窗户,急切地想出去,向玻璃冲去,惨不忍睹。我慢慢地踩向加速器。发动机咆哮着,我脑袋一阵眩晕,汽车向前飞去。我闭上双眼,我在空气中飞起来。我感到我解脱了,我感受到了自由的味道;我向光奔过去,但砰地一声,我又退缩回来,该死的,我又撞到了窗户上。"

　　西里尔和弗兰克静静地并排坐着。西里尔在哭泣。"我回到来时的路上,蔚蓝的天空下,蜿蜒着柏油路,却没了菲尔的影子。"

50
一个月之后

弗兰克母亲的房子新来了一位入住者。弗兰克穿过楼房,注意到在陈旧的门外面的展示架上摆满了装饰品和照片。装饰品包括一些稀奇古怪的陶瓷用品,里面有一半腐烂的水果片,上面还有可恶的老鼠探出头来。他能想象得到母亲看到此景定会忍俊不禁,这些令人厌恶的腐烂场景时时刻刻提醒着房客——并非这里的一切都可以像常青藤一样天长地久。

他终于找到了艾琳的房间。门是开着的,艾琳坐在扶手转椅上,早已穿戴完毕。

"我是不是迟到了?"

"亲爱的,没有,我喜欢提前做好准备而已。"

他忖度她坐在那里,紧攥提包,等待他的时间应该不会短。

在去教堂的路上,他们绕了个大弯,比艾琳原先所想的绕得还要远,因为在艾琳脑子里存有的,都是五十年代中期的道路设计,她是以此来判断方向的。当他们驶到双线车道或天桥,艾琳会轻呼"噢"，弗兰克便知道这会儿他们又要折回去了，她要指给弗兰克看她刚嫁给菲尔时所居住的地方，也是埃尔希、迈克尔和菲尔共同成长的地方。但透过车窗，她看到了大片的金十字架住宅群。

"我已都不认得了，所有的东西都已不复存在了。"

"并不是所有的东西，还是有一些东西保留下了。"

在单行道上多次穿梭和迂回绕转后，一所古老的维多利亚式学校突然映入眼帘。

"我想，这儿很可能是菲尔和迈克尔上过的学校。"

他们沿着学校行驶，来到了一条主双车道，弗兰克认得这条路。他看到了在这条路的远处有一个长椅。他知道就是在那儿发现了迈克尔的尸体。他一言不发，一直向教堂驶去。

出乎他意料，很多人参加了葬礼。他认出了阿扎德和来自格雷戈的一些女人，但还有十五个其他他不认识的人。之后他发现那些来自格雷戈的女人在找埃尔希的老朋友，和认识迈克尔的几个邻居交谈甚欢。弗兰克把艾琳带到前排的座位上并坐在她旁边。

警察没有找到迈克尔的亲属。最后他们建议验尸部交出尸体，然后举行个地方葬礼。乔打电话通知了弗兰克，问他能否代为支付葬礼的费用。

葬礼很简单。弗兰克唯一要求就是朗读第二十三首诗篇。虽没有赞美诗，但是葬礼结束时阿扎德选了纳特·金·科尔的一首歌。歌的旋律触动了弗兰克的心。他没听过这首歌，是关于一个男孩的"有点害羞，带着悲伤的眼神"。这首歌虽无创新之意却萦绕于脑际，难以忘却。

去世五个月之后的迈克尔终于葬在了埃尔希的旁边。墓地位于斜坡之上，俯瞰六号高速公路，周围雨雾迷蒙，周边环境甚是凄凉。牧师说了几句话，一些哀悼者朝棺木上撒了几把土。

在这之后一位女人来到弗兰克的跟前，与他交谈，她来自埃尔希病逝的那所临终关怀医院。她告诉弗兰克几个月前的一天迈克尔拿着一个大棕色信封出现在她面前。她以为弗兰克知道一切。她说她的新家刚建好，本想举行个小活动邀请迈克尔庆贺一下。她说他们一家对迈克尔的慷慨大方心存感激，连他的名字都被刻在了门口的板上。她离开之后，阿扎德走近弗兰克说："你人真的很好，为迈克尔做了很多。"

弗兰克摇摇头回答说："我什么都没有做。"

"不，你做了很多，你到处询问，找到了认识迈克尔的人，并通知他们迈克尔已经去世了。"

弗兰克注视着向四处延伸的墓地说："这是我所擅长的事——追忆逝去的东西。"

"能够记住是件很好的事情，忘记是没有意义的。"

"但这真的不是我的记忆，我只见过迈克尔一次，而且只有几秒钟而已。"

"虽说如此，但你给别人铭记的机会，就像是我的妻子。她能记住所有的东西——日期、地点、不同的脸孔。我每年都会忘记我们的结婚纪念日。我看到在桌子上等我开启的卡片，没想到还会再次出现。我不想忘记，它对我意义非凡。她说没事，她会替我们俩记住。"

弗兰克微笑道:"你的妻子做得比我好。我妻子从不记得我们的结婚纪念日,我喜欢看到她一整年都因此而感到愧疚的样子。"其他的哀悼者现已陆续离开了墓地。一名市政工人在附近的小型挖土机旁转来转去。"我想说,我喜欢你选的那首歌。"

阿扎德微笑道:"是不错,'你所学到的最重要的事情就是去爱,然后得到爱的回报'——我想迈克尔肯定会喜欢的。"

51

新来的制作者比之前的制作者马丁要年轻。他叫本尼迪克特，他让弗兰克直接叫他本。他戴着黑框方形窄眼镜，眼睛好像贴在眼镜上一样。在见面过程中，弗兰克不得不一直告诉自己停止一个念头——万一他的眼镜掉下来，他的眼睛也会随之掉下来；鼻子上方的大片皮肤已牢牢记在他心里，让他很是不安。本向之前没有早点与他正式坐下交谈而道歉，他解释说他想先观察这个团队工作几个周，然后再与团队成员单独见面。

"弗兰克，我注意到笑料已经越来越少了。"

"呃，是的，这几周不多。"

"观众对此可不满意，相当一些人已经投诉了，我们也已经注意到收视率已经下降了。很显然，你的妙语连珠曾经给很多观众带来快乐。"

弗兰克知道这件事终于来临了，"很抱歉，以前写笑话的那个人……"

本盯着弗兰克，他的眼睛似乎要填满整个黑框："那个人？之前有人给你写笑话吗?"

"是的。"

"我一直以为……我的意思是,我以为那些笑话是你即兴创作的。"

"不是的,是由专门人员撰稿的。"

"好吧。"

"不管怎么样,恐怕他要退休了。"弗兰克之前收到了西里尔的一封短函。他写信说自己需要好好休息一段时间,好歹他姐姐过去几年来一直让他搬到布特尔与其家人住在一起。他说自己从现在开始,想专门为他的两个外甥创作。如果他被带到警察局去,就把他的新地址告诉警察以备所需。他在最后写了两个字:抱歉。弗兰克不知道他因何事而道歉,是因为他知道菲尔死因的真相并让弗兰克因此而有所负担,还是因为从此之后没有了他的双关语和小笑话。

本点点头说:"我知道了,往后你打算自己准备笑话吗?"

弗兰克不置可否,"我可能做不了。这需要一种特殊的心态才能在各种场合找到笑料。"

"那你想找别人替你写吗?"

弗兰克的心一沉,"你认为我应该找个人吗?"

本盯着弗兰克看了一会儿,"弗兰克,你喜欢在新闻报道中添加笑话吗?维护主持人的形象很重要吗?"

弗兰克没有精力向本讲述西里尔和菲尔的事情,叙述这一切对他来说是很勉强的事,他也希望一切都没有发生,他也一点儿都不在乎自己主持人的形象，他只是随遇而安地答道："不。"

本微笑道："很好。"

弗兰克抬起头，"什么？"

"先把笑话放在一边吧。"

"那观众呢？收视率下降呢？"

"实话实说，弗兰克，我想在这里做一些改动。这将会有段过渡期，我们会失去一些观众，但希望我们会吸引新的观众。我刚刚和茱莉娅交谈过我的想法，令人兴奋的是，我们有很多共同想法，从她口中能了解，你跟我们观点可能也是一致的。我非常尊敬你的工作，弗兰克，我也知道你是个高水平的专业人士。我只是担心无法说服你，因为双关语和俏皮话将不会出现在改版的节目里了。"

弗兰克离开后心里忐忑不安。在他在英国新闻中心工作的这段时间里，他看到过节目改版之后新的亮相，像品牌再造、重新定位、重新调整焦点。可此时此刻，他觉得关于节目方向变动的想法让他疲惫不已。他试着向好的一方面想，再也没有笑话了——他本应该欣喜万分，但他发现自己却对此而感伤。但至少茱莉娅会很高兴。

他看了一下表，发现他和米歇尔约好的见面已经迟到了。自从得知菲尔的死亡真相，他就一直拖延见面。他知道自己必须要告诉米歇尔他所发现的真相，但这不是一件轻松的事情，他已经与安德丽亚讨论了无数次，安德丽亚也是这么认为。至于米歇尔如何对待此消息，还是由她自己决定。

当弗兰克跑进来的时候，她已经在酒吧里等他了。

"对不起，我来迟了。"

"没事，这次我等你也是应该的。"

他轻轻吻了一下她的脸颊，"你看起来还不错。"

"谢谢，你这么说，我是不是可以理解为上次见面的时候，我看起来就像一袋狗食。"

弗兰克不知道为什么，每次他的简单恭维都会变成这个样子。米歇尔大笑起来，"没事，弗兰克，别生气，我只希望我确实看起来很好。我自己也是这么感觉的，所以我才想见你。"

弗兰克很确定，这次见面是他提出来的，他急切地想告诉米歇尔和她见面的目的，从而了结这一切，但他发现米歇尔早已喧宾夺主。

"弗兰克，事实上，我想为上一次我们的见面道歉。"

"为什么道歉？"

"因为让你担心了，因为我表现得像个精神病，因为我说了关于菲尔的很多废话。"

弗兰克看着她，这是次机会，他可以把一切说出来。但是他犹豫的时间有点长，所以她又开口道："上几个周我就一直反复思考这件事。我意识到我只是小题大做，我肯定是疯了，让这几个月的不愉快来掩盖我和菲尔在一起的多年幸福时光。"

弗兰克迟疑地点点头。他不知从何说起。"他的情绪起伏怎么样？还是你上次讲的行为古怪吗？"

"他很快就要退休了，弗兰克，下一年他就该退出节目了。我无法从他的角度看待事物，这将是个巨大的调整——当然他会变得喜怒无常，但是他不得不适应，休息，放松，让我来照顾他的生活——这些事情都是他最为痛恨的！这次的过渡就像是他的第二个青春期——我的意思是，这次可能会愈演愈烈。"

"是的，我想这都言之有理。那你之前提到过的那两万英镑的事呢？"

"哦，那件事挺荒唐的，我从未关心过菲尔怎样花钱，他总是让我远离那方面的东西，让我置身事外。上次当我看到他的清单上有两万英镑现金提款的时候，我是想抓住这个证据，去证实某些莫名其妙的事——我一直期待着能发现的事，但事实上，他提那两万英镑、可以去做任何一件事——比如慈善捐赠，扑克游戏，或是其他什么。

"是的，我知道，可能只是肇事逃逸事件。说实话，我始终认为这有点奇怪，但关键有时会有奇怪的事情发生。我不会浪费我余生的时间编造古怪离奇的阴谋理论，但我会一直思考这件事，而且我突然对十年来自己所做的一切一目了然——你知道，'想着她的名人丈夫被黑手党所杀'在白天的节目中一直在我的名字下面滚动出现，你可以让自己相信这些事情。一旦你的脑子产生了这种想法，你就会绞尽脑汁编造逻辑来符合此理论。但理论为什么不是美好的？我为什么不能先设想我和菲尔一起度过的美好时光，而不是仅凭几天的不遂意就臆造一连串的假设？"

弗兰克很是羡慕米歇尔，他非常希望西里尔从未告诉过自己那个惨烈的故事。他想起了菲尔，想起菲尔对米歇尔是如此情深，所以要用自己的奇怪的方式来保护她，或许一些理解被高估了。他凝视着米歇尔回答道："完全可以。"

52

弗兰克的母亲搬家三个月之后，他依然还觉得每次去常青之家探望她的经历都令人特别迷惑。这里的所有东西，从墙上挂的艺术品到员工的长相，一切的一切，虽不是全部但几乎与常青之家一模一样，铺着相同地毯的走廊通向不同的房间，客房的电视放在角落的对面，布满银丝的头一转，便露出一张张意想不到的脸。他总是一如既往地从门口转错方向，无数次把伯顿夫人的房间错当成他妈妈的房间，以至于伯顿夫人每次在走廊路过时，都不再对他微笑。

除了方向的混乱，他的每次探望都一成不变：在妈妈的房子里喝杯茶，然后与沃尔特在休息室玩多米诺骨牌。弗兰克的妈妈很少提及沃尔特，偶尔提起"一个朋友"说过的某些话或去过某个地方，只有在玩多米诺骨牌的时候才会得知他们一起散步所走过的路、他们参观的茶馆，由此而知道他们之间的友谊进展状况。莫林是个细心周到的人，而沃尔特则开朗、乐于助人。他屡次告诉弗兰克，他觉得弗兰克的妈妈是个奇妙的人。弗兰克却不知如何回答，有时候发现自己只会违心地说声"谢谢你"就别无他词了。

"我从未如此快乐过,弗兰克,你相信吗?我已经七十七岁了,我从未感到如此的心满意足、舒适自在。我知道你妈妈也感到同样如此,只不过她不会像我一样又唱又跳。"

唱歌跳舞不是母亲所擅长的,但是弗兰克觉察到她的情绪是在等死。

他现在与莫坐在她的房间里,莫正在用放大镜透过窗子欣赏海边的风景,而放大镜则是在这个城镇的一个化石和纪念品店淘到的。

"有趣,"她说道,"非常,非常有趣。"

"莫,"弗兰克开口道,"放大镜远距离不会起作用的,只有靠近东西才行。"

"远距离、近距离都可以,靠得近会变大,但是靠得远会变得模糊。"

"哦,对,模糊不清——这样好吗?"

"别管她。"莫林说,"有很多东西雾里看花才会更美。"

莫点点头,"我可以假装回到远古时候,没有人类,只有恐龙。"

"有进步,想象一下,恐龙会比我认识的很多人少说不少废话。下午有什么打算?"

"我要和我爸爸妈妈一块寻找化石。"

"找化石?"

"是的,这可是侏罗纪海岸,肯定有很多化石。"

莫林微笑道:"亲爱的,我知道,我每天都会与它们一起吃早饭。"

之后他们穿过海滩,寻找野餐的最佳位置。安德丽亚来到海滩中心处,把包放下,"这是个好地方,你们觉着呢?"莫点点头,弗兰克抖了一下地毯,然后铺在鹅卵石上。安德丽亚开始把化石包从购物袋里拿出来。莫打开她的背包,从里面拿出她崭新的搜寻化石的配套工具,其中包括一个锤子、一个凿子、干净的塑料袋、防护镜和一本关于如何搜寻化石的小书。她带上大大的防护镜开始读书。

他们从瓶中倒出茶来喝时,莫从书中抬起头来问道:"你们觉得一万亿年后有人会发现我们的化石吗?他们将会坐在大石头上吃着野餐,一低头,发现我们的化石就在下面——正看着他们?"

弗兰克做了个鬼脸,"你的三明治会吓掉的。"

"但这可能发生吧?"

"我可不这样认为,我们死后的未来的某一天,可能被埋葬或是火化,最终我们会成为尘埃。"

莫不为所动,"尘埃?我不想成为尘埃,成为一块石头要好得多。"

弗兰克摇摇头,"你真是这么想的吗?囿于一块岩石,对我来说很恐怖,就像被终身监禁一样,但如果变为尘埃,随风而飘,就会落在你想去的地方。"

"但是,爸爸,没人会注意到灰尘。"

弗兰克向空中一挥手里的三明治,"也许它们会注意到的。"

他们吃完三明治后,莫开始拿着她的锤子和凿子找化石。弗兰克和安德丽亚在旁边注视着她向悬崖底部走去。她试图在乱石上维持平衡。当她走远时，莫与悬崖之间的大小差异开始明显，直到她置身于悬崖之下，莫是如此地渺小和脆弱。他们发现她脱下风衣，将它放在了地上，然后坐在上面，靠近一块岩石的底部，背对着他们和大海，放大镜紧紧地贴在眼睛上，专注地查看着岩石表面，寻找远古时期生命的迹象。

53

迈克尔

二〇〇九年十月

现在外面一片黑暗——就好像黑暗吞噬了整个城市，天空中没有星星，只有街道的灯光映射出橙色的光辉。最后一辆班车也在数小时之前离开了，这时他才意识到自己一直坐在长椅上。前面有更艰难的路要走，他想起了埃尔希，想起了菲尔。

菲尔告诉过他，他曾救过他一次。菲尔说："我所要求的只不过相互抵消。"迈克尔没意识到，这将意味着要他如何做。

他答应了，因为菲尔的请求，也因为他觉得自己能够做到。迈克尔以为自己的双手还能做很多事情，自从埃尔希死后，他们像往常一样在早上系好鞋带出门，像往常一样把休息室的家具擦得干干净净，既然这些事都可以木然、不需要任何热情地去做，他怎么会拿不起手枪、扣不动扳机呢？它们之间几乎没什么区别。

但是他的双手让他惊讶不已，它们颤颤巍巍地不听使唤，冰冷的金属握在手中，但手却被固定了一样。他的手指变得迟钝，让他无法完成想做的动作。

菲尔认为年龄会剥夺一切,让他一无所有,迈克尔告诉他这是不可能的。他让他在镜中观察自己,眼睛里的东西从未改变,也将永远不会改变。迈克尔在埃尔希的眼睛中看到过,在她临终的时刻,他感觉到她的眼睛似乎仍能照亮一切。她还是那个埃尔希。

迈克尔的脸上闪过一丝笑容。可怜的菲尔!总是畏惧,总是逃避问题,迈克尔多次告诉他逃避解决不了问题。

埃尔希在公园边上的一棵树下站着,一阵微风吹过,照在她脸上的树影轻轻晃动,当他逐渐靠近她的时候,她在那儿若隐若现。数月来他依靠相片、信件和记忆与她相伴,而现在他能真切地看到她整个人了。她也在凝视着他,但她的脸却模糊不清。最后他突然跑起来,就像归来的士兵,露出久违的微笑,跑着拥抱他的爱人。她也走出树影,在日光下他看到她也在笑,这是他一生中所看见的最幸福、最美丽的画面。

如今公园早已被夷为平地,取而代之的是环形公路,室外音乐台也成为了交通安全岛,所有的树也都消失了,没有丝毫痕迹,他们的树也不例外。但是标志着它曾经存在的长椅依然在那儿,尽管显得格格不入。他路过长椅无数次,但是没人在上面坐过。他不知道它是不是在等待着他。

有些人说,他们能感觉到死去的人的存在,他们因为感觉到了空气的扰动而知自己逝去的丈夫站在身边,逝去的猫蜷偎在他们的膝盖上,逝去的妻子依然在对付一堆要熨烫的衣服。

自从埃尔希逝去，他从未感受过她的存在。他眼睁睁地看着她咽下最后一口气，整个世界都发生了天翻地覆的变化。她永远地离去了。

虽然他始终能感觉到她已不在身边，

可她的影子却渗透在日常生活中的一点一滴中：

床上她躺过的地方留下凹陷的痕迹，

她打落花瓶后花瓶上裂缝的形状。

她的气息如影随形：

在围绕着他的空气里，

在他们卧室的夜色里。

他终于明白，正是因为某个人已经不在，这才无时无刻不提醒我们，这个人一直在我们身边。